DIE MAGISCHEN LOGRONOS
DADDY
LEO
ISABEL
ALMA & BELÉN

Anna Meriano

Love, Sugar, Magic

Fünf Schwestern und ein Zauberspruch

ANNA MERIANO

LOVE, SUGAR, MAGIC

FÜNF SCHWESTERN UND EIN ZAUBERSPRUCH

Aus dem Amerikanischen
von Yvonne Hergane

cbj

Sollte diese Publikation Links auf Webseiten Dritter enthalten, so übernehmen wir für deren Inhalte keine Haftung, da wir uns diese nicht zu eigen machen, sondern lediglich auf deren Stand zum Zeitpunkt der Erstveröffentlichung verweisen.

Dieses Buch ist auch als E-Book erhältlich.

MIX
Papier aus verantwortungsvollen Quellen
FSC® C014496

Verlagsgruppe Random House FSC® N001967

1. Auflage 2018

Die Originalausgabe erschien 2018 unter dem Titel
»Love Sugar Magic – A Dash of Trouble«
bei Walden Pond Press, an imprint of HarperCollins Publishers

Umschlaggestaltung: Geviert, Grafik & Typografie
Umschlag- und Vorsatzillustration & Kapitelvignetten: Laura Rosendorfer
ml • Herstellung: UK
Satz: KompetenzCenter, Mönchengladbach
Druck: GGP Media GmbH, Pößneck
ISBN 978-3-570-17475-3
Printed in Germany

www.cbj-verlag.de

KAPITEL 1

Leo kommt alles ziemlich spanisch vor

Leo hetzte ins Badezimmer, schlug die Tür hinter sich zu und schloss ab. Keine Sekunde zu früh – schon klopfte es wütend an der Tür. »Hey, mach mal schneller da drin!«

Leo kicherte hämisch vor sich hin. Was perfekt zum heutigen Tag – Halloween! – und ihrem Hexenkostüm passte.

Marisol, Leos sechzehnjährige Schwester, hämmerte von außen gegen die Tür. Aber die konnte ihr den Buckel runterrutschen! Leo hatte nicht vor, sie reinzulassen. Mit vier älteren Schwestern im Haus waren solche morgendlichen Kämpfe für Leo nichts Neues, aber es tat gut, ausnahmsweise mal auf der richtigen Seite der Tür zu sein.

Wie Mamá immer zu Daddy sagte: Ein einziges Badezimmer für fünf Mädchen grenzte an Folter. Überhaupt war das einstöckige Haus zu klein für so viele Kinder – selbst der Handtuchgarten war größer als die gesamte Wohnfläche. Aber wenn

Mamá das sagte, schlang Daddy nur seine Arme um sie und erwiderte: »Du bist doch auch klein, Elena, und trotzdem bist du perfekt für diese Familie.«

»Bist du da drin, Leo?« Marisol rüttelte am Türknauf. »Was machst du bloß so lange?«

Leo beugte sich über das mit Rissen durchzogene Waschbecken, dessen Abfluss immer von langen schwarzen Haarbüscheln verstopft war. Sie stippte einen Finger in die Dose mit der apfelgrünen Schminke und schmierte sich die Farbe auf Stirn und Wangen.

»Komm schon, Cucaracha!«, schrie Marisol, die ihre Schwester immer auf Spanisch »Kakerlake« nannte, wenn sie sie ärgern wollte, ohne selber Ärger zu kriegen, weil sie schlimmere Schimpfwörter benutzt hatte.

»Ich muss mich doch für Halloween fertig machen«, rief Leo zurück.

»Bist du dafür nicht langsam ein bisschen zu alt?«

»Mit elf ist man noch nicht zu alt dafür.« Außerdem, mit ihrer schwarzen Lederjacke und den zerrissenen Strumpfhosen sah Marisol jeden Tag so aus, als hätte sie sich für Halloween verkleidet.

Leo wackelte mit den Fingern in Richtung Tür, wie Hexen in Filmen es immer machten, wenn sie jemanden verzaubern wollten. *Du hast Schlangen in den Haaren!*, dachte sie, so laut sie konnte, aber außer Marisols Seufzen drang leider nichts an ihre Ohren. Keine Schreie, was so viel hieß wie keine Schlangen, was so viel hieß wie keine Zauberkräfte. Schade eigentlich.

»Marisol, lass Leo in Ruhe«, war plötzlich Mamás Stimme zu hören. »Du kannst mein Badezimmer benutzen, wenn du willst.«

»Aber mein Eyeliner ist da drin«, wandte Marisol ein. Dann hörte Leo sie allerdings doch in Richtung des Elternbadezimmers davonstapfen, das am anderen Ende des Flurs lag.

Ein paar Sekunden später klopfte es wieder an der Tür, diesmal wesentlich leiser. »Leo, bitte beeil dich ein bisschen«, sagte Isabel, Leos älteste Schwester. »Ich kann dir auch mit deinen Haaren helfen, wenn du magst.«

Isabel war die Einzige in der Familie, die genug Geduld aufbrachte, um Leos schwarze Lockenmähne zu bändigen. Leos Schwestern hatten allesamt das glatte, glänzende Haar ihres Vaters geerbt, während Leo mit einer wüsten Lockenmähne geschlagen war, gegen die sie jeden Tag aufs Neue ankämpfen musste.

Sie warf einen letzten prüfenden Blick in den Spiegel und lächelte zufrieden. Die perfekte Hexenverkleidung gehörte zu ihrem »Der perfekte Halloween«-Plan. Jetzt musste sie nur noch zu Mamá gehen und sie von ihrem Plan überzeugen. Leo zog heftig am Knauf, um die immer klemmende Tür ächzend aufschwingen zu lassen.

»Buh!«, stieß sie hervor, als sie Isabel erblickte.

»Danke, meine kleine Leo«, sagte Isabel, ohne mit der

Wimper zu zucken. »Dir auch ein fröhliches Halloween.« Sie trug einen Rock und eine Bluse mit breitem Kragen, und ihre Ohrringe in Form winziger Kürbisse waren der einzige Tribut an den gruseligen Feiertag. Als sie ins Badezimmer schlüpfte, klackerten ihre Schuhe mit den erwachsen hohen Hacken über den gefliesten Boden.

Leo konnte beim besten Willen nicht verstehen, wie man an Halloween keine Lust haben konnte, sich zu verkleiden. Halloween war einer ihrer liebsten Feiertage. Nicht unbedingt wegen der Süßigkeiten oder der Kostüme, obwohl Leo beides durchaus sehr mochte. Der Tag war vor allem deswegen etwas ganz Besonderes, weil direkt danach Leos *absoluter* Lieblingsfeiertag folgte, nämlich der Día de los Muertos. Der 31. Oktober war für sie also so etwas wie der Tag vor Weihnachten.

Einen Moment lang überlegte sie, ob sie sich vielleicht lieber so wie Isabel hätte anziehen sollen. Würde sie ohne Kostüm erwachsener wirken? Aber dann schüttelte sie den Kopf, rieb die grünen Hände aneinander und machte sich auf die Suche nach ihrer Mutter.

Die üblichen Morgengeräusche hallten durch das Haus, während die Familie Logrono sich für den Tag fertig machte. Leo schlurfte durch den Flur, und ihre schwarz-orange gestreiften Kniestrümpfe raschelten bei jedem Schritt über den Holzfußboden.

Dann platzte Leo abrupt in die Küche. Sonnenstrahlen sickerten durch die Fensterläden auf Mamás Kräuterbeet auf dem Fenstersims, in dem Basilikum, Oregano und Koriander im Licht schimmerten. Leo mochte zwar gerade ein grünes Gesicht haben – aber ihre Mutter hatte eindeutig einen grünen Daumen.

»Muhahahaaa!«, kreischte Leo ihrem Vater ins Ohr, der mit dem Rücken zu ihr am Herd stand und kleine Tortillastücke in das Rührei bröselte, das in der Pfanne brutzelte.

»Buenos días, Leonora«, erwiderte er und lächelte. »Du hast hoffentlich großen Hunger.« Leos Vater konnte unheimlich viele Sachen, Gutenachtgeschichten vorlesen, zum Beispiel, und Gittare spielen, aber beim Kochen beherrschte er nur zwei Gerichte: Migas (Rührei mit Tortillastückchen und drübergestreutem Käse) und Quesadillas (gebratene Tortillas, die nur so vor Käse troffen). Leo schnupperte lächelnd. Köstlicher Käse gehörte zu jedem Logrono-Frühstück unweigerlich dazu.

Alma und Belén, Leos vierzehnjährige Zwillingsschwestern, rauschten in die Küche, Mamá auf den Fersen. Dass die beiden schon wach waren und noch vor halb acht Uhr am Frühstückstisch saßen, kam einem Halloween-Wunder gleich. Zumal sie am Abend zuvor lange aufgeblieben waren und das Badezimmer blockiert hatten, um sich die Stirnfransen türkisblau zu färben, damit sie sich als irgendwelche Anime-Figuren verkleiden konnten, die Leo nicht mal kannte.

»Hat jemand zufällig meine Liste gesehen?«, fragte Mamá und scheuchte die blauhaarigen Zwillinge aus dem Weg.

»Welche Liste?« Leo warf einen Blick auf die mit allem möglichen Zeug vollgestellten Regale und den Küchentisch. Wenn sie die Liste fand, würde Mamá ihre Hilfsbereitschaft bestimmt anerkennen und dafür Leos Plan zustimmen.

»Meinst du die Liste mit den besonderen …?« Belén brach mitten im Satz ab, als Alma ihr den Ellbogen in die Seite rammte.

Leo blinzelte ihre Schwestern argwöhnisch an. »Mit den besonderen was?«

»Ach, nichts.« Mamá durchwühlte einen Papierstapel, der auf dem Tresen lag. Leo reckte den Kopf, um ihr über die Schulter zu gucken.

»Ich hab sie jedenfalls nicht gesehen«, sagte Daddy, den Kopf tief über die Pfanne gesenkt. »Leo, du musst gleich los. Also iss jetzt bitte.« Er verteilte die Migas auf rot-blaue Teller mit dem weißen Texas-Stern in der Mitte.

Leo machte den Mund auf, um Mamá von ihrer Idee zu erzählen.

Da klingelte das Telefon.

»Amor y Azúcar Panadería, guten Tag.« Mamá meldete sich am Telefon immer mit dem spanischen Namen der Bäckerei – Liebe und Zucker. Ihr Mann hatte schon oft versucht ihr beizubringen, dass sie das auf dem privaten Anschluss nicht tun musste, aber vergeblich. So ziemlich jeder im texanischen Rose Hill wusste, wen man anrufen musste, wenn man zur Bäckerei wollte, und jeder Zweite hatte garantiert nur die private Festnetznummer im Kopf.

»Hier!« Isabel kam herein und wedelte dabei mit einem Blatt Papier durch die Luft.

»Ah, danke, mija«, flüsterte Mamá und hielt dabei die Sprechmuschel zu. Sie schaute auf die Liste, zog einen Kugelschreiber aus dem festen Dutt am Hinterkopf und kritzelte stirnrunzelnd unten etwas aufs Papier.

»Sí, ya voy«, sagte sie – was so viel heißt wie »Ja, ja, ich komme gleich« – und plapperte dann so schnell auf Spanisch weiter, dass Leo nicht einmal einen Bruchteil davon verstand.

Isabel stellte sich neben ihre Mutter, schaute ihr über die Schulter und nickte. Isabel konnte Spanisch. Marisol auch. Beide waren noch mit Abuela – ihrer Oma – aufgewachsen, die ihnen Lieder vorgesungen, Geschichten erzählt und auf sie aufgepasst hatte, während Mamá arbeiten war. Bei Almas und Beléns Geburt war Abuela hingegen schon zu alt zum Babysitten gewesen, aber nach einem Jahr Spanisch an der Schule verstanden selbst die beiden schon einiges von dem, was zu Hause gesprochen wurde.

Nur Leo, die sowohl für Abuela als auch für den Spanischkurs zu jung war, konnte kaum mehr als zwei, drei Wörter Spanisch.

Mamá legte auf. »*Otro* hechizo«, sagte sie leise. Isabel nickte.

Leo legte stirnrunzelnd den Kopf schief. Eigentlich sprach ihre Mutter nur mit den Kunden Spanisch – oder wenn sie nicht wollte, dass Leo sie verstand … Aber das war jetzt auch egal. Sie hatte doch einen Plan!

Das Día de los Muertos Fest war nicht nur der schönste Feiertag des Jahres und eine der beliebtesten Traditionen in Rose Hill, sondern zudem das größte Ereignis für die Familienbäckerei – die beste Gelegenheit, haufenweise Kuchen, Kekse und Hefezopf an alle zu verkaufen, die an diesem Tag ihrer Verstorbenen gedachten. Mamás Familie veranstaltete das Fest schon genauso lange, wie es Rose Hill gab, oder zumindest behauptete Abuela das immer. Und die Vorbereitungen für das Fest dauerten mindestens einen ganzen Tag.

Die ganze Woche über schon hatte Leo ihre Mutter gebeten, sie mit in die Bäckerei zu nehmen, damit sie mithelfen (und die Schule schwänzen) konnte – vergeblich. Aber genau das würde sich jetzt ändern!

»Mamá, ich weiß jetzt den perfekten Grund, warum ich heute auch in der Bäckerei mithelfen sollte.«

»Süße, das haben wir doch schon hundertmal durchgekaut«, sagte Mamá und kritzelte etwas auf ihre Liste, ohne aufzusehen. »Ich möchte bitte nichts mehr davon hören.« Leo klappte den Mund auf, um zu widersprechen, aber Mamá hielt warnend einen Finger hoch. »Das reicht.«

»Das ist ungerecht!« Wütend schleuderte Leo ihre Gabel auf den Teller. Ihre Mundwinkel hingen herunter, und sie spürte erste Tränen, die in ihren Augen brannten.

»Leo, du weißt doch, dass das auch für uns kein freier

Tag ist«, sagte Isabel. »Mamá braucht einfach Hilfe. Wir werden den ganzen Tag so viel arbeiten, dass wir kaum zum Durchschnaufen kommen.« Sie lächelte ihre kleine Schwester an.

»Ich finde trotzdem, dass auch Leo helfen könnte«, mischte Belén sich ein. Die Zwillingsmädchen waren schon immer Leos beste Mitstreiterinnen gewesen. »Ich meine, zumindest bei den normalen Sachen ...« Wieder stieß Alma ihr den Ellbogen in die Seite. »Hör auf damit!«, keifte Belén.

Marisol stellte sich hinter Leo und zerzauste ihr die Haare. »Das Backen übernehmen sowieso wieder nur Mamá und Tía Paloma, Cucaracha. Wir dürfen wie immer nur die langweiligen Sachen machen, Kundenbestellungen annehmen und so was. Glaub mir, in der Schule wirst du mehr Spaß haben.«

»Mamá«, versuchte es Leo ein letztes Mal. »Ich finde es supertoll, Kundenbestellungen anzunehmen! Ich weiß, ich kann ...«

Wieder klingelte das Telefon.

»Leo, du wirst mir morgen auf dem Fest noch genug helfen. Und jetzt ab mit dir zum Bus!«, sagte Mamá, während sie zum Hörer griff. »Deine Schwestern und ich müssen gleich in die Bäckerei.«

Daddy beugte sich vor, um Leo einen Abschiedskuss zu geben, aber sie wich ihm aus. Sie hüpfte von ihrem Barhocker herunter und kippte ihre Essensreste in den Müll. Statt vor Hunger grummelte ihr Magen jetzt vor Wut. Dann stapfte sie in den Flur hinaus, wo Señor Gato, der Kater der Familie, gerade an der Haustür kratzte.

»Darfst du etwa auch mit in die Bäckerei?«, fragte Leo ihn.

Señor Gato blinzelte sie mit seinen runden gelben Augen an.

»Chhhh!« Leo fauchte ihm ins Gesicht.

Der Kater streckte gähnend den Rücken durch und trottete dann zu den anderen in die Küche. Ganz allein stürmte Leo aus dem Haus.

KAPITEL 2

Caroline, mi amiga

Wie immer war der kleine Schulbus noch komplett leer. Leo und ihre Schwestern wohnten an der allerersten Haltestelle auf der Route und konnten sich daher die Plätze nach Belieben aussuchen. Letztes Jahr hatten sich Leo, Alma und Belén einen Monat lang jeden Tag in eine andere Reihe gesetzt, und deswegen wusste Leo mit absoluter Sicherheit, dass der mit grauem Vinyl bezogene Sitz in der drittletzten Reihe rechts über das dickste Schaumstoffpolster und die wenigsten Spinnwebensprünge in der Fensterscheibe verfügte.

Sie zog die Füße an die Brust und ermahnte sich, nicht die Stirn ans Fenster zu legen, um ihre Schminke nicht zu verschmieren. Hier im hinteren Teil des Busses war sie außerhalb des Sichtbereichs von Mrs Lillis, der Busfahrerin. Ganz allein. Die wenigen Bisse, die sie beim Frühstück gegessen hatte, lagen ihr als bleischwerer Klumpen im Magen.

Der Himmel färbte sich strahlend blau, während der Bus sich langsam durch Rose Hill schlängelte. Selbst mit geschlossenen Augen hätte Leo noch jedes bunt angestrichene Haus auf der Route beschreiben können, jeden heiß geliebten Pick-up-Truck und jeden rostigen Kleinwagen entlang der Straße, jedes verwilderte Rasenstück, jedes liebevoll gepflegte Blumenbeet.

Aber heute wirbelten in ihrem Kopf zornige Gedanken durcheinander. Mamá hätte doch froh sein sollen, möglichst viele helfende Hände in der Bäckerei zu haben! Am Tag der Toten war die ganze Stadt auf den Beinen – und kam in den Laden, um Zuckertotenköpfe oder Pan de muerto zu kaufen, das Brot der Toten oder »Totbrot«, wie Daddy es scherzhaft nannte. Viele kamen auch Wochen nach dem Fest noch vorbei, um tütenweise Bolillo-Brötchen oder süße, muschelförmige Conchas zu holen, weil sie sich daran erinnerten, wie gut die Leckereien im Amor y Azúcar schmeckten.

Mamá dachte sich immer wieder neue Sachen aus, um das Angebot der Bäckerei zu erweitern und mehr Geld einzunehmen, damit sie eines Tages das große zweigeschossige Haus kaufen konnten, das direkt im Stadtzentrum stand und das sie sich schon so lange wünschte. Am Tag der Toten gute Geschäfte zu machen, konnte durchaus helfen, diesen Traum zu verwirklichen. Also war es völlig logisch, dass die großen Töchter für einen Tag aus der Schule genommen wurden, um bei den Vorbereitungen zu helfen. Aber Leo hatte doch auch zwei Hände, mit denen sie kräftig zupacken konnte!

Der Bus füllte sich langsam. An jeder Haltestelle stiegen ein paar Grundschulkinder oder größere Gruppen älterer Schüler zu. Aber niemand setzte sich neben Leo. Jetzt, wo Alma und Belén in die neunte Klasse gingen, hatte sie nicht mehr automatisch Sitznachbarn, und sie wusste auch nicht, wie sie neue finden sollte. Dafür waren Schwestern echt praktisch – immer war jemand da, der sich im Bus neben einen setzen konnte oder mit dem man zwischen den Unterrichtsstunden auf dem Schulhof reden konnte. Schwestern waren immer um einen herum – bis sie einen dann ganz plötzlich allein ließen.

Der Bus bog in die letzte Haltebucht ein. Maskierte, bunt kostümierte Kinder strömten herein, wild plappernd, schreiend, einander neckend oder lachend. Zwei Fünftklässlerinnen, die sich als Löwe und Ballerina verkleidet hatten, stiegen die Stufen hoch und setzten sich in die leere Reihe direkt hinter Mrs Lillis' Fahrersitz. Nach ihnen schlurfte ein großes blondes Mädchen herein, das in einen dunkellila Umhang gehüllt war und einen glitzernden Zauberstab in der einen sowie eine braune Pausenbrottüte in der anderen Hand hielt.

Caroline!

Leo winkte ihr zu. »Du bist wieder da!«

Caroline Campbell schlüpfte auf den Sitz neben ihr. Trotz der rosig geschminkten Wangen und des Glitzerpuders sah sie so blass aus, als wäre sie ein verwaschener Geist, der sich nur als Caroline verkleidet hatte. »Ja, ich hätte dich anrufen sollen.«

Caroline und Leo waren während der dritten und vierten Klasse beste Freundinnen gewesen, doch dann war Caroline nach Houston gezogen, um näher bei den Ärzten ihrer Mutter zu wohnen. Nach dem Tod von Mrs Campbell war die Familie im Frühsommer wieder nach Rose Hill gezogen, doch Caroline hatte sich in diesem Schuljahr noch keinen Tag in der Schule blicken lassen. Was Leo ihr nicht verübeln konnte. Sie wollte sich nicht einmal vorstellen, was sie ohne ihre Mamá tun würde.

»Macht nichts, schon okay.« Leo kratzte sich am Oberschenkel. Nach der Rückkehr der Campbells hatte Mamá ihnen so viele Leckereien geschickt, dass davon mindestens zwei Familien von der Größe der Logronos hätten satt werden können, und dazu hatte Leo selbst gebastelte Karten gemacht. Aber ansonsten hatte sie sich Isabels Rat zu Herzen genommen, Caroline etwas Zeit zu lassen.

»Du hast dir echt den besten Tag ausgesucht, um zurückzukommen.«

»Brent hat gemeint, so könnte ich einen zauberhaften Auftritt hinlegen.« Caroline wedelte mit dem glitzernden Zauberstab durch die Luft.

Leo reckte den Kopf über den Sitz. »Wo ist Brent denn?« Carolines Nachbarsjunge stieg normalerweise als letzter Sechstklässler ein. Sein Schulranzen war immer besonders schwer, weil er auch Carolines Hausaufgaben schleppte. Leo hätte nicht neben ihm im Bus sitzen wollen, aber für einen Jungen war er schon ganz in Ordnung.

»Er ist krank. Na ja, das denkt zumindest seine Mutter. Ich bin da eher *skeptisch.*« Caroline rang sich ein schwaches Lächeln ab, als sie eins von Ms Woods Vokabeln für diese Woche zitierte. Sie war so – sie verwendete die Vokabeln tatsächlich auch im echten Leben! »Wir haben zusammen auf den Bus gewartet, aber dann hat er sich auf einmal von oben bis unten das Kostüm vollgekotzt. Jetzt glaubt seine Mutter, er hätte einen Magen-Darm-Virus. Aber ich hab ihn gestern gewarnt, dass er nicht den ganzen Kissenbezug voller Süßigkeiten aufessen soll.«

Leo lachte. »Er hat nicht wirklich die ganze Ladung aufgegessen, oder?«

Caroline grinste, und endlich erkannte Leo ihre alte Freundin wieder. »Doch. Das war ein Experiment, um die Höchstmenge rauszufinden, die er essen kann, ohne zu kotzen. Jetzt weiß er für heute Abend ganz genau, wie viel er verträgt, und kann damit das beste Halloween aller Zeiten genießen.«

Brent Bayman war so – er verwendete die Ergebnisse solcher Experimente im echten Leben!

Leo griff sich an den Bauch und verzog lachend das Gesicht. »Ganz schlechte Idee.«

»Ich glaube, er wollte mich nur zum Lachen bringen, weißt du? Ich hatte mir Sorgen gemacht, wie das an meinem ersten Schultag werden würde …«

»Ja …« Leo wusste nicht, was sie dazu sagen sollte, und so dehnte sich das Schweigen zwischen ihnen wie Kaugummi.

»Er hat mich jeden Tag besucht, nachdem …«, sagte Caroline dann.

Leo lief sofort rot an. Vielleicht hätte sie Caroline doch öfter besuchen sollen? Aber Isabel hatte ihr davon abgeraten. Und normalerweise hatte Isabel in solchen Sachen immer recht. »Tut mir leid, dass ich nicht öfter vorbeigekommen bin …«

»Nein, ich wollte lieber allein sein. Bei Brent war das nur … Er wohnt halt nebenan. Ich hätte ihm nicht aus dem Weg gehen können, selbst wenn ich gewollt hätte.« Caroline lachte, und Leo sah sie lächelnd an.

»Ich freu mich echt, dass du wieder da bist.«

»Danke. Ich glaube, ich auch.«

Als der Bus auf die Hauptstraße einbog, waren sie nur noch wenige Blocks von der Schule entfernt. »Und ich freu mich, dass ich rechtzeitig zum Fest wieder da bin«, sagte Caroline und zeigte auf die orangefarbenen Ringelblumengirlanden, die um die Straßenlaternen gewunden waren. »In Houston hab ich oft von den leckeren Sachen in eurer Bäckerei geträumt. Ist alles schon fertig vorbereitet?«

Als Leo lachte, schmeckte das Lachen irgendwie bitter. »Nein, noch nicht. Meine Schwestern dürfen heute die Schule schwänzen, um Mamá zu helfen. Jeder darf heute mithelfen – nur ich nicht.«

»Echt?«, fragte Caroline. »Das ist ja merkwürdig.«

»Ja, ich weiß!«, rief Leo erleichtert aus. Endlich verstand sie jemand! »Und sie haben sich heute Morgen total seltsam aufgeführt – haben Spanisch gesprochen und so getan, als würde der Tag tootaaaal langweilig werden …«

»Doppelt merkwürdig.« Caroline nickte mit ernster Miene. »Hm, bist du sicher, dass bei euch alles okay ist?« Sie ließ ihr Armband um ihr Handgelenk kreisen.

Leos Magen machte einen unangenehmen Hüpfer, und nicht nur, weil Mrs Lillis den Bus etwas zu schnell in das größte Schlagloch der Hauptstraße rumpeln ließ. Carolines Eltern hatten die Krebserkrankung ihrer Mutter lange vor ihr geheim gehalten – erst kurz vor dem Umzug nach Houston hatte sie davon erfahren. Aber um so ein Geheimnis würde es bei Leos Familie doch hoffentlich nicht gehen, oder?

Sie waren jetzt beinahe an der Bäckerei. Leo beugte sich weit vor, um einen guten Blick auf die blau-gelbe Fassade der Amor y Azúcar Panadería zu haben. Die grüne Schminke ignorierend, presste sie das Gesicht gegen die Scheibe. Die Tür der Bäckerei war fest geschlossen, die Fenster dunkel.

»Da stimmt was nicht.«

»Was meinst du?«, fragte Caroline.

»Meine Schwestern, meine Mutter, meine Tante … Eigentlich wollten sie heute alle in der Bäckerei arbeiten. Mamá hat viel vorzubereiten, und sie braucht Hilfe beim Backen und beim Aufnehmen der Kundenbestellungen.« Leo zitierte alles, womit ihre Mutter sie die ganze Woche abgewimmelt hatte. »Aber jetzt ist die Bäckerei nicht mal offen!«

Caroline beugte sich zu Leo ans Fenster. »Geheimnisse …«, sagte sie leise.

Einen Augenblick später war die Bäckerei außer Sicht verschwunden.

Leos Herz klopfte so heftig, dass sie das Gefühl hatte, es könnte ihr gleich aus der Brust hüpfen. In ihrem Kopf wirbelten tausend Gedanken durcheinander. Caroline saß schweigend neben ihr und knabberte an einem Fingernagel.

Schließlich hielt der Bus vor der Schule und alle Kinder sprangen auf. Die Rose Hill Grundschule und die Rose Hill Middle School teilten sich ein Gebäude, und Leo war normalerweise immer ein bisschen stolz, wenn sie aus dem Bus stieg und die Grundschulkinder hinter sich ließ. Aber heute fühlte sie sich einfach nur ganz klein und frustriert.

Die Glocke läutete. Leo führte Caroline zum Klassenraum der Sechsten, wo Ms Wood, die groß gewachsene, dunkelhäutige Klassenlehrerin, Caroline mit einem warmen Lächeln und einer Liste von Klassenregeln empfing. Leo half Caroline, sich an dem Tisch neben ihrem einzurichten – an dem Platz, der das ganze Schuljahr leer geblieben und auf Caroline gewartet hatte.

Dann setzte sich Leo auf ihren Platz und kritzelte in einem Heft herum, während der Rest der Klasse hereinschlurfte – Goblins und Zauberer und Katzen und ein paar weitere Hexen (wobei Leo überzeugt war, dass ihr Kostüm das allertollste war). Später würden sie alle zusammen zur Turnhalle gehen, wo einige Lehrer einen Parcours mit Halloween-»Aufgaben« vorbereitet hatten – Kreuzworträtsel, Mathe-Arbeitsblätter mit Geister-Textaufgaben und so was. Normalerweise verbrachte Leo diesen Tag damit, die Bonbons von den Tischen mit den einfachsten Aufgaben einzusammeln und sich dann mit Alma und Belén auf die rostigen Metallbänke zurückzuziehen, wo sie gemeinsam darauf warteten, dass der Kostümwettbewerb begann. Aber heute waren die Zwillinge nicht da, und Leo hatte keine Lust auf Kreuzworträtsel.

Und auf einmal begann ein Plan in ihrem Kopf Gestalt anzunehmen.

»Caroline«, raunte sie ihrer Freundin hastig zu, während Ms Wood sich ihre Brille mit angeklebter Nase und Schnurrbart in die Stirn schob, um die Anwesenheitsliste durchzugehen. »Kannst du mir einen Gefallen tun?«

»Was denn?«

Ms Wood las den letzten Namen vor und legte ihr Klemmbrett aufs Lehrerpult. Leo kribbelte es schon in den Fingern.

»Meine Familie führt irgendwas im Schilde, und ich muss rausfinden, was es ist. Ich will zur Bäckerei und nachschauen, was da passiert. Und ich dachte, wenn wir gleich in die Turnhalle rüberlaufen, geht es doch immer so chaotisch zu, und Ms Wood zählt ja nicht noch mal durch, wenn wir drüben sind …«

Caroline riss die Augen auf. »Willst du etwa die Schule schwänzen?«

»Nicht die Schule«, flüsterte Leo. »Nur die Party in der Turnhalle. Aber ich komme nur damit durch, wenn jemand mich deckt und Ms Wood sagt, dass ich gerade noch da war oder dass ich nur kurz zur Toilette bin oder so.«

Caroline runzelte die Stirn. Leo wusste, dass es viel verlangt war – schließlich war es Carolines erster Tag zurück in der Schule, und als gute Freundin hätte sie wohl eher dableiben und Caroline den ganzen Tag beistehen sollen. Ms Wood klatschte in die Hände, und alle Sechstklässler begannen, sich in Zweierreihen aufzustellen. Leo schüttelte den Kopf und versuchte ihre Enttäuschung runterzuschlucken. »Schon okay, du musst das nicht machen«, sagte sie. »War sowieso eine blöde Idee.«

Aber Caroline hob ihren Zauberstab und tippte damit auf Leos schwarzen Hut. »Nein, ich mach das. Du musst nur schauen, dass du nahe bei Victoria bleibst.«

»Hä?« Leo sah sich um – ach ja, da war Victoria Goldman, und sie war ebenfalls als böse Hexe verkleidet, mit einem spitzen schwarzen Hut und dunklen Krauslocken, die ihr ins grün geschminkte Gesicht hingen. »Ah, schlau!« Sofort schlüpfte Leo hinter Victoria in die Schlange. Jetzt freute sie sich gleich doppelt, dass Caroline wieder zurück war.

Nachdem Ms Wood ihre Klasse auf den Flur hinausgeführt hatte, duckte sich Leo hinter den Trinkbrunnen und schlich dann unbemerkt in die Mädchentoilette. Dort versteckte sie sich hinter der Tür der ersten Kabine, lauschte ihrem pochenden Herzen und dem lautstarken Fußgetrappel, als immer mehr Klassen in die Turnhalle strömten.

Etwa zehn Minuten später wurde es wieder still auf dem Flur. Leo rannte aus der Toilette, den Flur hinunter und auf die Straße hinaus, tief geduckt und den Hexenhut an die Brust gepresst, um ja von niemandem entdeckt zu werden.

Erst als sie unbemerkt auf die Hauptstraße gelangt war, wagte sie sich wieder aufzurichten und sich umzusehen. Entlang der Hauptstraße standen die Gebäude dicht an dicht und bildeten eine farbenfrohe geschlossene Fassade, die nur von einem Parkplatz und einer Tankstelle am anderen Ende unterbrochen wurde, dort, wo es schon Richtung Schnellstraße ging.

Leo pflanzte sich den Hexenhut wieder auf den Kopf und raste den Gehsteig hinunter, vorbei an Schaufenstern voller Halloween-Kürbisse und Skelette. Hoffentlich würde niemandem eine kleine Hexe mit grün verschmiertem Gesicht auffallen, die schnurstracks zur Amor y Azúcar Panadería lief.

KAPITEL 3

Brot und Bänder

An normalen Tagen schloss Tía Paloma die Bäckerei um Punkt sieben Uhr auf, nachdem sie schon zwei Stunden lang die Küche vorbereitet und die ersten Ladungen Pan dulce – süße Brötchen – gebacken hatte. Aber heute konnte Leo schon zwei Straßen vor der Bäckerei riechen, dass alles anders war als sonst. Die Luft war kühl und frisch, kein warmer, süßer Hefeduft legte sich über den Asphalt-und-Abgas-Geruch der Straße.

An der Bäckerei angekommen, sah sie die große Kreidetafel an der hellen Holztür: *Liebe Kunden, wir bitten um Geduld! Die Bäckerei bleibt heute wegen Vorbereitungen zum Día de los Muertos geschlossen. Kommen Sie morgen ab 9 Uhr vorbei, für Spiele, Traditionen und natürlich jede Menge Köstlichkeiten! Wir freuen uns auf Sie!* Und in kleineren Buchstaben stand darunter: *In Notfällen oder wenn Sie etwas Besonderes bestellen wollen, rufen Sie uns gerne an!*

Leo hatte sich so vor die Tür gestellt, dass sie für den Fall, dass doch jemand drin sein sollte, durch das hohe Schaufensterregal voller bunter Totenköpfe und Kuchen nicht zu sehen war. Sie hörte ein Auto, das die Schnellstraße hinunterbrauste, sie hörte gurrende Turteltauben, aber die Stimmen ihrer Familie hörte sie nicht. Also schlich sie auf Zehenspitzen um das Haus herum und spähte durch die Hintertür, um sicherzugehen, dass sie weder ihrer Tante noch Mamá in die Arme laufen würde. Aber in der Bäckerei war niemand.

Leo machte die Tür auf. Mamá rief mindestens einmal die Woche bei Tía Paloma an, um zu schimpfen, dass die Hintertür mal wieder nicht abgeschlossen gewesen war, aber geholfen hatte das bisher noch nicht.

»Hallo?«, rief Leo in die Stille der Bäckerei hinein. Keine Antwort.

All das Gerede von der vielen Arbeit, die heute erledigt werden musste – eine einzige Lüge.

Leo knallte die Tür hinter sich zu und lehnte sich mit dem Rücken dagegen. Dann rutschte sie nach unten und vergrub das grün geschminkte Gesicht zwischen den Knien. Sie war so wütend, dass ihre Schminke zerfloss; Tränen schnitten grüne Schneisen über ihre Wangen. Einerseits hatte sie immer noch Sorgen wegen dem, was Caroline über Geheimnisse gesagt hatte, andererseits war sie furchtbar sauer, dass sie wieder mal ausgeschlossen wurde. Und die Mischung all dieser schlechten Gefühle brodelte in ihr wie in einem Dampfkochtopf. Sie stieß einen lauten Schrei aus, der so ohrenbetäubend war, dass er selbst Señor Gato in die Flucht geschlagen hätte.

»Was war das?«, drang plötzlich eine Stimme an ihre Ohren.

Leo versuchte nicht in Panik zu geraten, als sie nun mehrere Stimmen und das unheilvolle Knirschen von Kies hörte. Sie spitzelte durch das dunkle Fenster nach draußen – Mamás schlammverschmiertes rotbraunes Auto fuhr gerade auf den Parkplatz hinterm Haus. Mamá und Leos Schwestern stiegen aus und schlugen die Autotüren hinter sich zu.

»Wieso darf ich nicht einfach in die Schule gehen?«, jammerte Marisol, während sie auf die Bäckerei zukam.

Panisch wich Leo von der Tür zurück und sah sich nach einem Versteck um. Mamá würde fuchsteufelswild sein, wenn sie herausfand, dass Leo die Schule geschwänzt hatte.

Sie rannte am begehbaren Kühlschrank vorbei, in dem haufenweise Teig, Milchkanister und Eierkartons darauf warteten, aus ihrer Folienverpackung befreit zu werden. Sie sprintete um den langen Holztisch, der in der Mitte der Küche stand und jetzt leer und blitzsauber funkelte, wo er doch normalerweise immer voller Mehlhaufen, Teigklumpen und Gläsern mit Marmelade, Zuckerguss und Karamell war. Sie rannte an Mamás und Daddys leerem Büro vorbei, wäre fast gegen die Schwingtür gekracht, die in den Vorderbereich der Bäckerei führte, und lehnte sich kurz dagegen, um einmal durchzuschnaufen, während sie Mamá rufen hörte, dass sie Hilfe beim Ausladen des Kofferraums brauche.

Leo ließ verzweifelt den Blick umherwandern – wo konnte sie sich bloß verstecken? Die Stimmen vom Parkplatz wurden lauter. Leo schielte zu den Vorratsschränken hinüber. Zu dritt standen sie da, hoch und massiv, und säumten die eine Küchenwand. Anders als die modernen Stahlbacköfen und die glatt polierte Küchentheke waren diese Schränke voller Risse und Kerben, abgewetzt und kaputtgeliebt wie sonst nichts in dieser Küche. Aber jetzt, wo ein Schlüssel im Schloss der hinteren, bereits offenen Tür zu hören war, waren diese Schränke vor allem eins: geräumig.

Leo zog die Türen des ersten Schranks auf, quetschte sich in das unterste Fach zwischen zwei riesige Mehlsäcke und zog die Tür hinter sich zu, sodass nur ein papierdünner Lichtstreif noch darauf hinwies, dass sie nicht komplett geschlossen war. Durch den Spalt konnte sie immer noch die halbe Küche einsehen.

Hohe Absätze klackerten über die orangebraunen Bodenfliesen. Leo beugte sich näher zum Türspalt, vorsichtig, um den altersschwachen Schrank nicht zum Ächzen zu bringen. Ja, da kam gerade etwas in ihr Blickfeld – eine Hand, ein dunkler Rock …

»Hallo? Ja, ich bin da. Wo bist du?« Das war nicht Mamás Kunden-Stimme, also hatte sie wahrscheinlich Tía Paloma am Telefon, oder Daddy vielleicht. Leo presste die Nase gegen einen Mehlsack und das Ohr gegen den Spalt, um besser hören zu können.

»Ja, ich habe die Bänder. Die Kerzen sind bei dir. Nein, die hast du letztes Mal mit nach Hause genommen, weil du meintest, du bräuchtest sie. Ich hab dir gleich gesagt, wir sollten lieber alles zusammen aufbewahren, aber du hast gesagt … Ja, ich bin ganz sicher, Palomita. Ja, ich … Okay, also gut. Marisol und ich können welche besorgen. Komm einfach her, wir warten auf dich. Und vergiss nicht, Mamá und Abuelita mitzubringen.«

Mamá und Abuelita mitbringen? Leo schüttelte den Kopf. Hatte sie etwa Mehl in die Ohren gekriegt? Abuela war gestorben, als Leo noch ein Krabbelkind gewesen war, und Abuelita, wie Mamá ihre Großmutter genannt hatte, war natürlich noch viel länger tot.

Mamá klappte ihr Handy zu und klackerte auf ihren hohen Absätzen nach vorne. Leo schnappte ein paar Satzfetzen auf – anscheinend stritten sich ihre Schwestern.

Nach ein paar spannungsgeladenen Minuten ließ Leo sich wieder gegen einen Mehlsack plumpsen. Ihr Kopf fühlte sich wie eine gefüllte Empanada an und Mamás Worte quollen ihr wie Guavengelee aus den Ohren. Kerzen? Bänder? Das waren doch keine normalen Backzutaten. Leo hatte zwar keine Ahnung, was ihre Mutter vorhatte, aber es musste eindeutig etwas Größeres sein als nur die üblichen Vorbereitungen für das morgige Fest.

Wieder drangen Geräusche aus dem hinteren Teil der Bäckerei an ihr Ohr. Die Tür ging auf und wieder zu. Leo beugte sich vor und lugte durch den Türspalt – Tía Paloma war da.

»Setz schon mal den Teig an, Isa«, sagte Mamá. »Wir müssen den Tisch vorbereiten.«

»Musik!«, schrillte Tía Palomas Stimme durch den Raum. »Du hast recht, Mami, wir brauchen Musik. Elena liebt Musik, und Abuelita auch, und ihre Abuela. Bisabuela nicht so, aber die ist sowieso nur ein alter verschrumpelter Apfel.«

Mit wem redete Tía Paloma denn da? Leo sah, wie Mamá eines ihrer Plastik-Einkaufsnetze auf den Backtresen stellte, Kerzen, Tücher und farbige Bänder herausholte und alles parallel zur Tischkante aufreihte.

Tía Paloma schob sich durch die Schwingtür nach vorne in den Laden, und ein paar Augenblicke später begann eine Stimme etwas zu singen, was sich wie ein altes spanisches Liebeslied anhörte. Leo fand, auf Spanisch hörten sich eigentlich alle Lieder wie Liebeslieder an, weil so viele lange Klagelaute darin vorkamen. Irgendwie hatten diese Lieder immer die Wirkung, dass man sich sofort ans Herz fassen und so laut wie nur möglich mitsingen wollte.

Eine Weile versuchte Leo Wörter herauszufiltern, die sie kannte – »amor«, Liebe, war dabei noch das einfachste –, dann aber gab sie auf und suchte mit den Augen nach Isabel. Die wog gerade verschiedene Zutaten ab, die sie dann in einer kleinen Schüssel zusammenschüttete. Dann ließ sie den Mixer in trägen Kreisen alles durcheinanderwirbeln, wobei kleine Mehlwölkchen aufstiegen und auf die Arbeitsfläche herabrieselten. Vanille, erschnupperte Leo, und Zimt, und dazu etwas

Würziges, das sie auf irgendwie tröstliche Art in der Nase kitzelte, obwohl sie nicht einmal hätte sagen können, ob es ein vertrauter oder ein ganz neuer, fremder Duft war.

Dann kam Tía Paloma durch die Schwingtür wieder rein und half Mamá, eine farbenfrohe, handgemachte Quiltdecke über dem Tisch auszubreiten. Leo erkannte den Quilt – es war einer von denen, die Bisabuela gemacht hatte, Mamás Großmutter. Auch Abuela hatte solche Decken genäht und bestickt, doch ihre bestanden manchmal aus alten T-Shirts oder anderen Klamotten, aus denen Leo und ihre Schwestern herausgewachsen waren. Vielleicht hatte Mamá das damit gemeint, als sie Tía Paloma angewiesen hatte, Abuelita mitzubringen?

Aber trotzdem … Auf dem Quilt meiner Urgroßmutter konnte man doch keinen Brotteig kneten!

Plötzlich knallte die hintere Tür zu, und jemand stieß einen lang gezogenen Seufzer aus.

»Hier, deine Kerzen.« Marisol warf eine Tüte auf den Tisch. Selbst aus ihrem Schrankversteck heraus konnte Leo erkennen, dass sie dabei die Augen verdrehte, und Leo folgte ihrem Beispiel. Marisol legte offenbar keinen Wert darauf, bei den Vorbereitungen zu helfen, während Leo so ziemlich alles dafür gegeben hätte, mitmachen zu dürfen.

»Da bist du ja«, sagte Mamá. »Ist alles glatt gelaufen? Bist du müde? Wieso hast du dein Telefon in der Hand? Hast du deswegen so lange gebraucht?«

Tía Paloma eilte, die Arme voller bauschigem weißem Stoff, in den hinteren Teil der Küche, dann rauschte sie wieder in Leos Sicht, als sie Alma und Belén durch die Schwingtür in Richtung des Badezimmers scheuchte, das sich vorne im Laden befand.

»Meine Freundinnen erzählen mir gerade alles, was ich in der Schule verpasse.« Marisol tippte auf dem Display ihres Handys herum.

»Wie schön, dass du so beliebt bist, nicht wahr?« Mamá streckte ihr eine Hand hin und Marisol legte ihr mit einem finsteren Blick das Telefon auf die Handfläche. »Jetzt hilf deiner Schwester bitte mit dem Teig. Es reicht, wenn deine Freundinnen dich morgen über alles informieren.«

Seufzend ging Marisol zu Isabel an den Tresen. Mamá machte sich wieder daran, Sachen aus dem Netz zu holen. Als das Telefon vorne im Laden klingelte, ging Isabel eilig dran.

»Hallo, Amor y Azúcar Panadería. Wir haben heute eigentlich geschlossen, aber wir würden uns freuen, wenn Sie morgen zum Fest vorbeischauen.« Sie legte eine Pause ein. »Oh! Ach so, ja, sicher geht das. Nur einen Augenblick, bitte.« Sie streckte den Kopf zur Kuchentür herein, eine Hand auf die Sprechmuschel gelegt. »Eine Bestellung, Mamá. Eine Spezialbestellung.«

Mamá nickte, griff in ihre Tasche und holte ein zusammengefaltetes, gelbes liniertes Blatt Papier sowie einen blauen Druckbleistift heraus.

»Zweimal Pan de la suerte«, sagte Isabel laut, und Mamá

kritzelte aufs Papier. »Und zu welchem Anlass? Ah, ein Hochzeitsempfang! Ja, das machen wir sehr gern. Ich brauche nur Ihren Namen und die Uhrzeit, wann Sie die Bestellung abholen wollen …« Mamá reichte ihr den Zettel und Isabel schrieb alles dazu. »Dann bedanke ich mich. Einen schönen Tag noch! Und viel Glück für die Hochzeit!« Sie lachte.

Pan de la suerte? Leo kannte jede Sorte Brot und Kuchen, die in der Bäckerei hergestellt wurde, aber sie hatte keine Ahnung, was Pan de la suerte sein sollte. Bedeutete »suerte« nicht so was wie »Glück«? Ein Glücksbrot?

»Danke, mija.« Mamá nahm die Liste wieder an sich und steckte sie zusammen mit dem Bleistift in ihre Tasche. »Wir müssen mehr Schokotaler besorgen – ein Glück, dass es ab übermorgen alle Süßigkeiten im Sonderangebot gibt. Vollmond ist am Sonntag, oder? Dann müssen wir da loslegen. Hach, ich kann es kaum erwarten, euch alles beizubringen! Ich hab schon so lange kein Pan de la suerte mehr gemacht.«

Marisol schnaubte, aber falls Mamá sie gehört haben sollte, so ließ sie es sich jedenfalls nicht anmerken. Isabel lächelte nur. Und Leo war verwirrter denn je. Was für eine Art Gebäck sollte das werden – mit Schokotalern und Mondschein?

Tía Paloma tänzelte zu dem langen Tisch hinüber, wo Mamá gerade Kerzen auf dem Quilt aufstellte. Alma und Belén folgten ihrer Tante, wobei sie sich in den langen weißen Kleidern, in denen sie wie zwei Engel aus einem Krippenspiel aussahen, nur zögerlich bewegten. Die Kleider waren an der Taille mit je einer breiten roten Schärpe zusammengebunden, und die bunten Strähnchen der Zwillinge waren unter schwarzen Schleiern verborgen. Sie blieben an der Türschwelle zur Küche stehen und wirkten in etwa so verwirrt, wie Leo sich fühlte.

»Oh, hat jemand Feuer mitgebracht?« Tía Paloma rückte noch eine von Mamás Kerzen zurecht. »Hatte ich eigentlich vorgehabt, aber dann wurde ich wieder aufgehalten und …«

Mamá und Marisol reckten ihr von beiden Seiten des Tisches je eine Hand entgegen – Mamá mit einer Schachtel Streichhölzer, Marisol mit einem lilafarbenen Kunststoff-Feuerzeug.

Leo war dankbar, dass sie nur die eine Hälfte von Mamás Gesicht sehen konnte – und damit nur ein böses Auge, mit dem sie Marisol anfunkelte.

Aber Marisol schien das völlig kalt zu lassen. »Was ist?«

»Ich hoffe, du benutzt das Ding nicht zum Rauchen«, sagte Mamá nur.

Sie schnappte ihrer Tochter das Feuerzeug aus der Hand und reichte es Tía Paloma. Sobald Tía die erste Kerze anzündete, gingen alle anderen Lichter in der Küche aus. Auch das Radio verstummte auf einmal, dabei war vorne im Laden gar niemand, der es hätte ausmachen können. Leo erschauerte.

Isabel, Alma und Belén stellten sich zu Mamá und Marisol an den Tisch, während Tía Paloma weiter eine Kerze nach der anderen entfachte. Isabel legte einen Klumpen rohen Teig in die Mitte der Quiltdecke, und alle sechs Frauen verteilten sich so um den Tisch herum, dass der Abstand zwischen ihnen gleich groß war.

Bevor Mamá ihren Platz am Kopfende des Tisches einnahm und damit Leo beinahe die ganze Sicht versperrte, erhaschte Leo einen Blick auf Tía Paloma, die am anderen Ende des Tisches stand. Sie hielt eine Hand in der Luft über eine der Kerzen. Die flackernden Flammen ließen alle Farben und Formen merkwürdig erscheinen, und Leo dachte für den Bruchteil einer Sekunde, dass Tía Palomas Augen plötzlich weiß waren, so weiß wie die Wachstropfen, die an der großen hellen Kerze vor ihr herabperlten.

Im Vorratsschrank war es schon die ganze Zeit dunkel gewesen, aber jetzt hatte Leo das Gefühl, als würde die Finsternis sie von allen Seiten umzingeln. Sie reckte den Kopf, um zu erkennen, was hinter Mamás Rücken vor sich ging.

»Mujeres«, sagte Mamá, und Leo umklammerte ihre Knie fester, denn die Stimme ihrer Mutter hörte sich immer anders an, wenn sie Spanisch sprach, schneller und tiefer und gerade so merkwürdig, dass es unheimlich war.

»Hijas de nuestra familia, nos unimos juntas aquí para prepararnos, y para dar la bienvenida a nuestras hermanas nuevas, Alma y Belén.«

Die meisten Worte verstand Leo nicht, aber sie wusste, dass »familia« Familie hieß (klar, war auch einfach) und »hermanas« Schwestern bedeutete. Da waren noch mehr Wörter dabei, die sie sich wohl hätte ableiten können, aber alles war so schnell gegangen, dass sie nicht ganz mitgekommen war.

Ein entsetzlicher Gedanke machte sich in ihrem Kopf breit: Hatte Mamá ihre Hilfe etwa abgelehnt, weil sie kein Spanisch sprechen konnte?

Als Mamá fortfuhr, spürte Leo die Poesie in ihren Worten, auch wenn sie sie nicht verstand. Sie hörte die Wörter für Brot, Schwester und Licht, und dann ein Wort, das Mamá mehrmals sagte … Leo wusste, sie hatte es schon mal gehört, die Bedeutung lag ihr auf der Zunge …

»… atadas por sangre …«

Mamá hielt inne und nickte Marisol zu. Leo konnte aber nicht sehen, was da vor sich ging.

Über den Geruch der brennenden Kerzen hinweg drang wieder der gleiche seltsame Duft durch den Türspalt des Schrankes, wie er schon Isabels Teig entströmt war. Leo strengte ihre Nase an, um ihn zu erkennen, aber irgendwie konnte sie immer noch nicht sagen, ob er neu oder schon vertraut war.

Leos Neugier war nun endgültig geweckt, und gegen ihre Neugierde war sie schon immer machtlos gewesen. Wenn sie bloß um Mamás Schulter herum hätte gucken können! Dann hätte sie Marisol und den Tisch richtig sehen können. Hm, dunkel genug war es ja im Raum. Leo schob die Schranktür mit einem Finger sachte auf, dann beugte sie sich lautlos und vorsichtig vor, gerade genug, um um ihre Mutter herum schauen zu können.

Im flackernden Licht sah Marisol mit ihrem dicken Kajal um die Augen ganz bleich und geisterhaft aus. Und sie hielt ein langes silbernes Messer in der Hand. Das sah ganz anders aus als die Messer, die Mamá in der Bäckerei oder in der Küche zu Hause benutzte. Es war weder ein Buttermesser noch ein Steakmesser noch eins zum Brotschneiden oder Gemüseschnippeln. Es war die Sorte Messer, die man in Filmen sah, in denen es um Elfen und Ritter, Prinzessinnen und Drachen ging. Statt eines normalen Griffs hatte es ein Ding, das eher an einen Schwertgriff erinnerte, und an seinem unteren Ende prangte ein winziger Totenkopf, der mit Rosen und Kringellinien verziert war.

Die Schranktür quietschte. Mamá wirbelte herum und Leo zog erschrocken den Kopf ein. Drei lange Sekunden vergingen in völliger Stille. Leo wartete darauf, dass sich Schritte näherten oder die Schranktür aufgerissen wurde.

Doch dann begann Mamá wieder auf Spanisch zu sprechen. Mit pochendem Herzen spähte Leo erneut aus dem Schrank.

Der Teig in der Mitte des Tisches war inzwischen gewachsen.

Wie ein weicher gelblicher Ballon war er auf die doppelte Größe angeschwollen. Wenige Augenblicke später war er schon dreimal so groß, und er wuchs weiter und immer weiter, bis er sich von einer Kante der Tischplatte zur anderen erstreckte. Die Luft duftete nach Mehl, Zimt und Vanille, nach dem geheimnisvollen Geruch, den Kerzen, und Leo meinte sogar Tía Palomas komische Bio-Seife und Mamás Parfüm zu erschnuppern.

Auf einmal kam ihr die Dunkelheit um sie herum nicht mehr beängstigend, sondern auf eine Art beruhigend vor. Ihre vom langen Kauern verspannten Schultern lockerten sich, ihr Puls wurde langsamer. Sie wackelte mit den Zehen in den Ringelsocken und lächelte.

Alma kicherte, Belén folgte ihrem Beispiel, und Tía Palomas lautes Gelächter übertönte Isabels leises Lachen. Selbst Marisol verzog das Gesicht zu einem Lächeln.

»Pst …«, zischte Mamá, aber auch in ihrer Stimme schwang ein Schmunzeln mit. »Tranquila, Mädels. Hier, nehmt die …« Sie reichte Alma und Belén je eine Spule aus Pappe, auf der ein Band aufgewickelt war – rosa für Alma, blau für Belén. Marisol, Isabel und Tía Paloma zogen an den Rändern des Teigballons, bis er ganz flach lag, und Mamá begann wieder auf Spanisch zu reden.

Alma und Belén wickelten ihre Bänder um den Teig und durch ihn hindurch, woben sie zu einem Muster zusammen, das Leo nicht erkennen konnte. Als die Spulen leer waren, beugten sich Isabel, Marisol, Tía Paloma und Mamá über den Teig und falteten ihn von zwei Seiten zur Mitte, dann bogen sie die Ecken nach innen, immer und immer wieder, bis der Teig schließlich wieder nur noch faustgroß war wie am Anfang. Von den Bändern konnte Leo nun nichts mehr sehen.

Mamá hielt noch eine kleine Rede auf Spanisch, wieder

ging es darin um die Familie, und schließlich bliesen sie und Tía Paloma die Kerzen so schnell wieder aus, wie sie sie entzündet hatten. Das Licht in der Küche ging wieder an und erschien Leo so grell, dass es ihr in den Augen schmerzte. Im Radio sang jemand ein klagendes Liebeslied.

Mamá packte die Kerzen zurück in ihr Einkaufsnetz, faltete die Quiltdecke zusammen und ließ den Teigklumpen in den Abfalleimer plumpsen.

»Okay«, sagte sie dann und wischte sich die Hände ab. »Jetzt, wo das Einweihungsritual erledigt ist – schmeiß bitte mal die Öfen an, Palomita. Marisol, deine Schwester braucht Hilfe dabei, die Hörnchen zu füllen. Alma, Belén, zieht euch schnell um, damit ihr an den Guss für das Pan de muerto rankönnt. Und legt euch bitte ins Zeug, ja? Wir haben viel Arbeit vor uns!«

In dem Gewusel, das ihren Worten folgte, verflog der seltsame, kitzelnde Geruch und wurde von den üblichen Bäckereidüften ersetzt. Alle begannen mit den Vorbereitungen für das morgige Fest, als wäre nichts Außergewöhnliches passiert. Jetzt, wo das Licht wieder an war, war auch Leo versucht, sich von der Normalität wie von einer warmen Decke umhüllen zu lassen, die all ihre Fragen verstummen ließ.

Aber da war ein Wort in Mamás Rede gewesen, das ihr einfach nicht aus dem Kopf gehen wollte. Das Wort, das sie nicht sofort erkannt hatte, aber jetzt. »Magia.«

Zauberei.

KAPITEL 4

Bauchschmerzen

Sich aus der nun geschäftigen Bäckerei wieder hinauszuschleichen war viel schwieriger als das Hineinschleichen, als noch niemand da gewesen war. Geschlagene zwei Stunden musste Leo im Schrank ausharren, dabei taten ihr längst alle Knochen weh, und vor lauter Nervosität und Mehl verspürte sie ständig den Reiz zu niesen. Endlich gingen ihre Mutter und alle anderen nach vorne in den Laden, um das Schaufenster zu schmücken, und Leo konnte durch die hintere Tür entkommen.

Hastig rannte sie die Hauptstraße wieder zurück und versteckte sich in einem Gebüsch, bis die Schule aus war und sie unbemerkt in die Schlange an der Bushaltestelle schlüpfen konnte.

»Leo!«, rief Caroline, als sie zu ihr nach hinten in den Bus stieg. »Wie ist es gelaufen? Ich will alles wissen.« Sie ließ sich auf den Sitz neben Leo plumpsen und flüsterte: »Ich hab Mrs

Wood erzählt, du hättest vierzehn Kekse gegessen und deswegen aufs Klo gemusst. Sie hatte so viel um die Ohren, dass sie nur genickt und gar nichts gesagt hat.« Aufgeregt hielt sie Leo eine orangefarbene Plastiktüte voller Süßigkeiten hin. »Ich hab was für dich mitgenommen. Du kannst von einer Halloween-Party doch nicht ohne Süßigkeiten heimkommen.«

»Danke.« Leo nahm die Tüte. Sie wollte Caroline nur zu gern erzählen, was in der Bäckerei passiert war, aber sie wusste gar nicht, wo sie anfangen sollte. Eigentlich war sie sich nicht mal sicher, was genau sie da überhaupt gesehen hatte. »Zumindest hat mich keiner erwischt, weder Mamá noch meine Tante noch meine Schwestern.«

»Das ist doch schon mal gut.« Caroline hielt eine Hand hoch, damit Leo einschlagen konnte.

Aber Leos Hände blieben schlaff in ihrem Schoß liegen.

»Alles okay mit dir?«

»Hat … hat deine Familie dich jemals angelogen?«

Caroline antwortete nicht sofort. »Mein Vater versucht immer ehrlich zu mir zu sein, aber ich glaube, manchmal tut er nur so, als wäre alles in Ordnung. Er verheimlicht mir Sachen, von denen er denkt, dass ich sie nicht verkraften würde. Zum Beispiel, als …« Ihre Stimme versiegte.

Leo hatte ein schlechtes Gewissen. Ihr Problem war doch nicht mal ansatzweise so schlimm wie der Tod von Carolines Mutter. »Ich … Ich glaube ich habe was rausgefunden, was ich wohl nicht wissen soll.«

Caroline zog besorgt die Augenbrauen in die Höhe. »Du solltest deine Familie offen drauf ansprechen, sie lieben dich doch«, sagte sie dann und zuckte lächelnd mit den Schultern. »Ich wette, Isabel weiß, was zu tun ist.«

Caroline hatte recht. Vielleicht sollte Leo wirklich mit Isabel reden. Oder auch nicht. »Aber die halten mich für ein dummes Baby.«

»Dann sag ihnen, dass du das nicht bist.«

Mit quietschenden Bremsen hielt der Bus an der ersten Haltestelle an.

»Tut mir leid, ich muss los«, sagte Caroline und schnappte sich ihren Ranzen. »Aber du kannst mir morgen weiter davon erzählen, okay?« Sie zog einen Mundwinkel zu einem halben Lächeln hoch. »Wir sehen uns dann auf dem Fest, Leo.«

»Klar.« Leo sah Caroline nach, als sie aus dem Bus stieg. Es war schön, dass sie endlich wieder jemanden zum Reden hatte, aber irgendwie tat es ihr auch gut, auf dem Rest der Heimfahrt nur aus dem trüben Fenster zu schauen.

Als sie zu Hause ankam, war niemand da, nur am Kühlschrank hing eine Nachricht von Daddy, dass er bald wieder zurück sein würde. »Muss ein paar Sachen fürs Fest erledigen«, stand da.

Sachen fürs Fest. Leo knüllte den Zettel zusammen und warf ihn in den Müll. Dann stampfte sie durch den Flur in ihr Zimmer. Ihre Kehle war wie zugeschnürt. Sie warf ihren Ranzen auf den Boden und ließ sich rücklings aufs Bett fallen, um ihr geschminktes Gesicht nicht zu verschmieren. Dort lag sie nun mit wirren Gedanken und grummelndem Magen (das Mittagessen hatte sie ja ausgelassen) und versuchte zu verstehen, was es mit dem Brot, den Kerzen, den Bändern und dem Messer auf sich hatte. Und mit der Magie.

Sie nahm die Tüte mit Süßigkeiten, die Caroline ihr mitgebracht hatte, packte ein Teil nach dem anderen aus, schob es sich in den Mund und verschlang es, ohne es überhaupt richtig zu schmecken – nicht einmal die Minz-Schokolade, die sie so liebte. Um ihren Mund herum vermischte sich der klebrige Zucker mit der angetrockneten grünen Schminke, und die vielen Süßigkeiten brachten ihren Bauch völlig durcheinander.

Irgendwann stand Leo auf, weil sie den Frust einfach nicht mehr aushielt, und knallte ihre Zimmertür so fest zu, dass die gleich wieder aufsprang – was Leo nur noch mehr frustrierte.

»Wow.« Marisol streckte den Kopf herein. »Heute bist du aber ganz schön aggro drauf, Cucaracha. Was ist passiert, ist die Schulparade ins Wasser gefallen? Oder ist der Kostümwettbewerb nicht so gelaufen, wie du gehofft hast?«

Das plötzliche Auftauchen ihrer Schwester erschreckte Leo zwar nicht – kein bisschen –, aber überrascht war sie schon. »Was machst du denn hier?«

Marisol ließ sich neben dem Bett auf den Boden plumpsen und zog ein Fläschchen Nagellack aus der Tasche. »Mamá hat mich nach Hause geschickt, um nach dir zu sehen.« Sie verzog das Gesicht, während sie die Nägel ihrer linken Hand mit einem grell metallic-lilafarbenen Lack überzog. »Und um mich loszuwerden.«

Leo schnaubte wütend. »Ich dachte, in der Bäckerei wäre heute so viel zu tun.«

Marisol pustete ihre Nägel trocken und machte sich dann an die rechte Hand. »Stimmt ja auch. Deswegen wollten sie mich ja auch aus dem Weg haben. Die beste Methode, sich an einem so geschäftigen Tag um die Arbeit zu drücken, ist, ein paar Gewürzgläser kaputt zu machen und ein Tablett voller Bollilos fallen zu lassen.«

Leo wusste nicht, ob Marisol das ernst meinte, und sie konnte es nicht leiden, wenn sie so etwas nicht wusste. »Marisol«, sagte sie leise. »Habt ihr heute in der Bäckerei wirklich nur gearbeitet?«

Marisol pinselte den letzten Nagel fertig, blies über alle Nägel und ließ das Lackfläschchen dann wieder in ihre Tasche gleiten. Sie streckte die Hände aus, drehte sie hin und her, dann griff sie in eine andere Tasche und holte eine weitere Flasche mit dunkel silbrig-glänzendem Nagellack hervor.

»Ja, sicher. Was denn sonst? Wann machen wir denn je was anderes in der Bäckerei als arbeiten?« Sie schüttelte das Fläschchen, schraubte den Verschluss auf und stippte sich kleine silberne Pünktchen auf die Nägel der linken Hand.

Leo holte tief Luft. Ihr Kopf fühlte sich an, als wollte er gleich platzen. »Wo hast du eigentlich die ganzen neuen

Schminksachen her? Du kriegst doch noch nicht mal Taschengeld.«

Sie wollte, dass Marisol sich ertappt fühlte und wütend wurde und sie anschrie. Sie wollte Streit. Aber stattdessen machte Marisol das Fläschchen nur wieder zu und schenkte ihrer kleinen Schwester ein spitzbübisches Lächeln. »Wann willst du eigentlich zur Süßes-oder-Saures-Tour aufbrechen? Mamá hat gesagt, ich soll dich fragen, damit sie weiß, wann sie zu Hause sein muss.«

Leo war das völlig egal. Es wäre ihr sogar egal gewesen, wenn ihre Familie die ganze Nacht in der Bäckerei geblieben wäre. »Ich geh heute überhaupt nicht los«, keifte sie. »Mir geht's nicht gut.« Damit warf sie sich wieder auf ihr Bett.

»Zu viele Süßigkeiten, was?« Achselzuckend steckte Marisol den Nagellack wieder in die Tasche und stand auf. »Okay, dann sage ich ihr das. Gute Besserung, Cucaracha. Ich teil dann die Süßigkeiten für dich aus, wenn jemand klingelt.«

Am Abend, als Leo sich unter ihre grün-gelbe Quiltdecke kuschelte, begann ihr Ärger langsam zu verrauchen. Daddy hatte ihr Ingwerlimonade ans Bett gebracht, Mamá hatte ihr die Stirn gefühlt, ob sie Fieber hatte. Isabel hatte sich zu ihr gesetzt und sie zu überreden versucht, wenigstens einen kleinen Verdauungsspaziergang zu machen, während Alma und Belén sie mit Süßigkeiten aus dem Bett zu locken versuchten. Selbst Marisol hatte noch mal schnell reingeschaut – in Lila und

Silber als böse Königin verkleidet –, um zu fragen, ob es ihr inzwischen besser ging.

Aber Leo ging es kein bisschen besser. Was verheimlichten sie ihr alle? Und warum war sie die Einzige, die nicht eingeweiht werden durfte?

Weil du noch zu klein bist, raunte eine wütende Stimme in ihrem Kopf. *Weil du noch nicht reif genug bist. Außerdem würdest du das sowieso nicht verstehen. War doch alles auf Spanisch.*

Finster starrte Leo an die Wand, auf ihr Poster vom *Zauberer von Oz*, und lauschte der Stimme in ihrem Kopf. Dann drehte sie sich im Bett, sodass ihre andere Wange auf dem Kissen ruhte.

Vielleicht war es ja eine Art religiöses Ritual gewesen, so was wie die Erstkommunion. Leo hatte jede ihrer Schwestern beneidet, als diese in die zweite Klasse gekommen war und beim wöchentlichen Gottesdienst mit nach vorn gehen durfte, um eine Hostie zu bekommen und am Weinkelch zu nippen. Aber dann war sie selbst sieben Jahre alt geworden, hatte ein eigenes weißes Kleid und eine eigene Kommunionsfeier bekommen und keinen Grund mehr gehabt, auf die anderen eifersüchtig zu sein.

Aber die Erstkommunion war auch nie ein Geheimnis gewesen.

Durch das winzige Fenster über ihrem Puppenhaus konnte Leo sowohl die grellen Lichter der Autobahn jenseits der Stadtgrenze sehen als auch die Sterne am Himmel, deren stilles Funkeln sie an die flackernden Kerzen auf dem Tisch in der Bäckerei erinnerte. Leo liebte Rose Hill, aber sie wusste, dass es eine Art Zwischenwelt war. Die Autos bogen nur dann von der Autobahn ab und fuhren in die winzige Stadt, wenn sie auf der langen Reise von einem Ort zum anderen einen kleinen Zwischenstopp einlegen wollten. Rose Hill war einfach weder wichtig noch interessant genug, um mit Corpus Christi oder Austin mithalten zu können. Für Leo mochte Rose Hill das perfekte Zuhause sein, aber in einem Bundesstaat, der so groß war wie Texas, wurden kleine Dinge schnell mal übersehen. Und gerieten in Vergessenheit.

Mit Blick auf die Sterne schlief Leo schließlich ein.

KAPITEL 5

Der Tag der Toten

Am Morgen summte und brummte der gesamte Logrono-Haushalt wie ein elektrischer Mixer.

»Aufwachen, Leonora!«, rief Daddy aus dem Flur, wobei er die einzelnen Silben von Leos Namen melodisch in die Länge zog. »Ich hoffe, es geht dir heute besser, denn ich habe deiner Mamá versprochen, dass ich euch heute alle spätestens um acht Uhr aus dem Haus scheuche.«

Leo sprang aus dem Bett. Das Fest zum Tag der Toten wartete! Es war, als würde man an seinem Geburtstag aufwachen – gegen die Vorfreude hatten Müdigkeit und schlechte Laune keine Chance. Selbst die Wut vom letzten Abend hatte sich im Licht des strahlenden Morgenhimmels aufgelöst.

Mamá musste schon sehr früh aufgestanden sein: Am Fußende von Leos Bett warteten bereits ihr schwarzes Skelett-T-Shirt und ihr bunt gestreifter Rock auf sie. Rasch zog Leo sich um und eilte dann Richtung Badezimmer, um sich die Zähne zu putzen.

Das Telefon klingelte und das Bad war besetzt.

»Hallo?«, nahm Daddy den Hörer ab. »Ja, natürlich. Leo! Kannst du mir Mamás und meine Schürzen vom Nachttisch runterbringen? Die müssen wir mitnehmen.«

Mamá und Tía Paloma waren schon seit Stunden auf der Hauptstraße unterwegs. Leo strich sich den Rock glatt und hastete ins Elternschlafzimmer auf der anderen Seite des Flurs. Sie fand die mit Skeletten bedruckten Schürzen sofort, wenn auch nicht auf dem Nachttisch, sondern über der Kleiderschranktür hängend. Dann flitzte sie wieder zum Badezimmer, wo Marisol und die Zwillinge inzwischen um den Platz vor dem Spiegel stritten.

»Schminkst du mich dann auch gleich?« Leo sah zu, wie sich Marisol ein schwarzes Grinsen über die weiß angemalten Wangen zeichnete. Die ganzen bunten Totenschädel, ob als Süßigkeiten oder Schminkgesichter, waren für Leo eine der tollsten Sachen am Día de los Muertos. Und Marisol war – als diejenige mit dem größten Zeichentalent in der Familie – jedes Jahr auch für Leos Make-up zuständig.

»Macht das doch in der Küche«, sagte Belén. »Wir warten schon so lange.«

»Immer schön ruhig bleiben, Mädels«, brummelte Marisol. »Ich bin nicht umsonst so früh aufgestanden.«

»Komm, ich kann dir ja schon mal die Haare flechten.« Isabel legte Leo eine Hand auf die Schulter und schob sie aus dem überfüllten Badezimmer.

In der Küche hing Daddy inzwischen wieder am Telefon und fügte dem wachsenden Haufen von Sachen, die Mamá unbedingt brauchte, noch einen silbernen Servierteller hinzu. Leo packte die Schürzen zu den zusammengefalteten Tischdecken aus Wachstuch und der guten Muffin-Backform.

Isabel platzierte Leo am Tisch, griff sich eine Bürste vom Küchentresen und begann Leos Haare zu bearbeiten. »Geht's dir heute besser?«, fragte sie und kämmte ein zerzaustes Haarbüschel an Leos Hinterkopf aus.

Leo stand richtig unter Strom, ihre Finger und Zehen wackelten unaufhörlich. Sie hatte keine Lust mehr auf Weinen oder Schmollen. Sie wollte Antworten haben.

»Ja, mir geht's gut«, sagte sie. »Und ich bin total aufgeregt. Ich kann's kaum erwarten, dass es endlich losgeht!«

Was sie Isabel allerdings nicht sagte, war, dass sie sich am meisten darauf freute, in der Bäckerei nach Hinweisen zu suchen.

Nachdem Isabel Leos Haare gekämmt und sie mit grünen Bändern zu Zöpfchen geflochten hatte, und nachdem Marisol Leos Gesicht mit Schminke in einen Totenschädel verwandelt hatte – komplett mit Kringeln in den Mundwinkeln des aufgemalten Lächelns und Blümchen um die Augen herum –, und nachdem Mamá noch fünfmal angerufen hatte, machten sie sich endlich auf den Weg. Daddy und Isabel saßen vorne im alten Lieferwagen, Marisol und Leo auf winzigen Sitzen hinten. Die Zwillinge – die als Letzte aus dem Haus gekommen waren, nachdem sie sich die Gesichter ausgiebig gegenseitig angemalt hatten (Almas war blau, Beléns rosa) – kauerten hinten auf der Ladefläche des Wagens, was Mamá bestimmt nicht gut gefunden hätte.

»Seid ihr so weit?«, fragte Daddy. »Wir haben eine lange Fahrt vor uns.«

»Sie wäre nicht ganz so lang, wenn du nicht immer die kleinsten Straßen nehmen würdest«, rief Alma von hinten und klopfte an die Scheibe.

»Ich fahre doch nicht auf die Autobahn, wenn ihr beiden auf der Ladefläche sitzt. Aber hey, wenn wir dieses Jahr gute Geschäfte machen, können wir nächstes Jahr um diese Zeit vielleicht schon von der Bäckerei zu unserem neuen Haus laufen. Also jetzt gut festhalten, allerseits!«

Und so startete der alte Wagen mit einem Ruck und rumpelte vom Parkplatz, wobei die Zwillinge vor Freude juchzten.

Noch gestern hatte die Hauptstraße so schön ruhig dagelegen. Heute bot sie ein komplett neues Bild. Es war, als hätte sich die gesamte Bevölkerung von Rose Hill in die zwei Straßen zwischen der Amor y Azúcar Bäckerei und Ms Flores Taco-Imbiss gedrängt. Einige trugen Skelett-Kostüme mit Blumen und Rüschen an der Kleidung, andere Halloween-Verkleidungen und ein paar wenige einfach nur normale Straßenklamotten. Yesenia Flores, die in denselben Kunstkurs ging wie Marisol, saß vor dem Taco-Laden an einem Tisch, vor dem sich eine lange Menschenschlange gebildet hatte. Kunstvoll malte sie den Kindern und Erwachsenen, die sich nicht selbst entsprechend hergerichtet hatten, einem nach dem anderen Totenschädel ins Gesicht. Ms Flores verkaufte frische Tacos auf dem Gehsteig, und Daddy kaufte Leo einen mit Rührei und Kartoffeln, der einfach köstlich schmeckte. Aus dem Laden strömte der Duft backender Tamales – kleiner gefüllter Teigtaschen.

Die Bäckerei verfügte über ihren eigenen Außenstand, dessen Tisch sich unter der Last der Zuckertotenschädel, Teigteilchen und Papierblumen bog. In voller Skelett-Bemalung reichte Mamá ihren Kunden Kekse und Brötchen, während Tía Paloma im Innenbereich der Bäckerei arbeitete, wo sie Kunden mit größeren Bestellungen bediente. Zwischen dem Imbiss und dem Amor y Azúcar boten weitere Stände Fruchtsäfte und andere Getränke in Totenschädelbechern an, dazu kleine Snacks und Kirmes-Spielzeug.

»Da sind ja meine wunderschönen Mädchen«, empfing Mamá ihre Töchter begeistert, und ihre weiße Schminke bekam Risse um die Mundwinkel, als sie lächelte. »Frohes Fest, allerseits!«

»Ich pack noch ein paar Conchas in den Ofen«, sagte Isabel mit Blick auf die Lücken, die sich auf dem Tisch schon aufgetan hatten. »Und vielleicht auch noch ein paar Kekse?«

»Danke, mija.« Mamá lachte. »Ah, gut, ihr habt die Schürzen mitgebracht.«

Daddy band sich seine auch schon um und beäugte das neonfarbene Skelett, das auf die Vorderseite gedruckt war. Auch Mamá zog sich die Schürze über ihr buntes Rüschenkleid und strich sich einmal darüber, sodass kleine Streifen weißen Mehls zurückblieben. »Perfekt«, seufzte sie dann, küsste ihren Mann auf die Wange und griff um ihn herum, um ihm die Schürze am Rücken zuzubinden.

Leo half ihren Eltern, die Kuchenbleche anzuheben, damit die Zwillinge eine orangefarbene Tischdecke darunter ausbreiten konnten. Musik und Gelächter erfüllte die Straße, der Duft nach süßem Brot drang ihr in die Nase. Das Día de los Muertos Fest hatte begonnen, und Leo grinste mindestens genauso breit wie die ganzen Zuckertotenschädel um sie herum.

»Marisol, ich glaube, Tía Paloma könnte im Laden Hilfe gebrauchen«, sagte Mamá. Marisol stapfte in die Bäckerei, ohne auch nur aufzusehen, wobei sie unaufhörlich auf ihrem Handy herumtippte.

»Ich kann auch im Laden helfen!«, rief Leo und wollte Marisol folgen.

»Nein, meine Süße, du bleibst noch ein bisschen hier«, hielt Mamá sie zurück. »Alma, Belén, ihr kümmert euch wie besprochen um das Zelt. Das ist da hinter den Altaren. Wenn ihr Fragen habt, könnt ihr jederzeit zu mir oder Tía Paloma kommen, ja? Oder wenn ihr mal eine Pause braucht oder so.«

Leo sah ihren Schwestern zu, wie sie nickten und einander anstupsten und wie Drittklässlerinnen kicherten, die gerade zum ersten Mal den Pausendienst übertragen bekommen haben. Seit Leo zurückdenken konnte, war immer Tía Paloma für das Pan-de-muerto-Zelt verantwortlich gewesen, das im hinteren Bereich des leeren Parkplatzes aufgebaut war und ein altes handbemaltes Schild trug, auf dem *Botschaften/Mensajes 10 Dollar* stand.

Das war doch total unlogisch, dass sich auf einmal Alma und Belén um das Zelt kümmern sollten! Früher hatte Mamá immer darauf beharrt, dass Tía Paloma auf keinen Fall gestört werden durfte, wenn sie dort arbeitete, und wenn jetzt jemand anders übernehmen sollte, dann doch höchstens Mamá oder Isabel, aber doch nicht die zweitjüngsten und albernsten Schwestern. Leo zupfte sich eine angeklebte Haarsträhne von der Wange. In ihrer Kehle stieg wieder der saure Geschmack von gestern Abend hoch.

»Ich helfe euch.« Sie rannte los, um Alma und Belén einzuholen. Aber Daddy fing sie ab, bevor sie mehr als ein paar Schritte machen konnte, und Mamá schüttelte den Kopf.

»Geh und vergnüg dich auf dem Fest, Süße. Du brauchst heute nicht zu arbeiten.«

»Aber ich würde gern helfen. Alma und Belén helfen doch auch.« Mamá und Daddy wechselten einen Blick und machten sich dann wieder am Tisch zu schaffen. »Wieso dürfen die denn helfen und ich nicht?«, bohrte Leo weiter. »Ihr könnt mir doch sagen, wie das mit den Botschaften geht, dann kann ich das bestimmt.«

Mamá legte ihr eine Hand auf die Stirn. »Wie geht es dir denn heute überhaupt? Ich finde, du solltest es mal ruhig angehen lassen.« Sie zog die Augenbrauen hoch. »Damit dir nicht wieder schlecht wird.«

»Aber …« *Ich bin doch kein Baby mehr!*, hätte Leo am liebsten geschrien, tat es aber nicht, weil sie sich dann erst recht wie ein großes Heulbaby angehört hätte.

»Kopf hoch, Leonora«, sagte Daddy und zog Leo die Mundwinkel nach oben. »Mach mal ein fröhliches Gesicht. Heute ist doch Feiertag!«

Als sie wütend davonstapfte, krachte Leo gegen den nicht besonders stabilen Klapptisch. Mamá keuchte, als mehrere gezuckerte Orejas auf den Boden kullerten. Sofort waren die ohrenförmigen Blätterteigschnecken mit Dreck verschmutzt, aber Leo blieb trotzdem nicht stehen, sondern schleuderte den halb aufgegessenen Taco in einen Plastikmülleimer und drängte sich durch die Menschenmenge.

Früh am Morgen war es noch schön kühl gewesen, aber der wolkenlose Himmel bot nun keinerlei Schatten, und Leo tropfte langsam der Schweiß von der Stirn. In Texas lungerte der Sommer immer wie eine streunende Katze herum, verschwand ab und zu für ein paar Tage, nur um dann wieder aufzutauchen, wenn man schon dachte, er wäre endgültig weg. Leo schlurfte an dem langen Tisch mit Opfergaben für die Toten, den Ofrendas, vorbei und tat so, als würde sie die Altäre bewundern, die mit Blütenblättern, Bildchen, Kerzen und Speisen beladen waren.

Jenseits der Kerzen schlenderte eine Frau gerade gebückt zu Almas und Beléns Zelt hinüber. Leo reckte den Hals, um besser sehen zu können, und erkannte in ihr eine der alten Frauen, mit denen Abuela immer nach dem Gottesdienst geplaudert hatte. Sofort war Leos Neugierde geweckt.

Wenn niemand ihr etwas sagen wollte, dann musste sie eben selber herumschnüffeln. Und am besten fing sie gleich mal bei den Zwillingen an.

Leo bückte sich, als müsste sie sich den Schnürsenkel zubinden, dann duckte sie sich hinter den Tisch und huschte über den Parkplatz, bis sie hinter dem Zelt außer Sichtweite war. Ein schneller Blick um die Ecke – nein, keiner hatte ihre Flucht bemerkt. Auch wenn wohl niemand außer Mamá etwas dagegen hätte, dass sie sich dem Zelt näherte – Leo wollte einfach kein Risiko eingehen.

Seltsamerweise klebte auch an der Rückseite des Zeltes ein Stoffschild, obwohl die doch nur auf eine nackte Ziegelsteinwand hinausging. Auf diesem Schild stand kein Preis, aber neben dem Wort »Botschaften« war hier auch ein *Herzlich willkommen – Bienvenidos* zu lesen.

Merkwürdig.

In diesem Jahr hatte Leo das Aufstellen des Zeltes verpasst, aber letztes Jahr hatte Daddy sie mitgenommen, als die Stände und Tische aufgebaut worden waren. Sie wusste, dass die beigefarbene Kunststoffplane des Zeltes über ein hausförmiges Metallgerüst gezogen war, und sie wusste, dass die einzelnen Planen an den Seiten zusammengebunden waren. Und das bedeutete, dass an der nächstgelegenen Ecke bestimmt irgendwo eine lose Schnur zu finden sein würde, wo sie dann hineinspitzeln könnte.

Also tat sie das.

Die Frau, die das Zelt betreten hatte, war Mrs Gomez, eine klein gewachsene alte Dame mit kurzen grauen Haaren, deren Kinder allesamt nach New York oder Chicago oder in irgendeine andere weit entfernte Großstadt gezogen waren, um Arzt oder Rechtsanwalt zu werden. Leo erinnerte sich an Fotos von Mrs Gomez' jüngster Tochter – die hatte sie gesehen, als sie zwei Jahre zuvor mit Mamá bei Mrs Gomez gewesen war, um ihr eine besondere Schachtel mit Brot und Keksen zu bringen, nachdem Mr Gomez an einem Herzinfarkt gestorben war.

Leo beugte sich vor, um durch den Spalt zwischen den Planen zu spähen. Eine Stehlampe in Skelettform, die sonst in Tía Palomas Wohnzimmer stand, erhellte das Innere des Zeltes. Alma und Belén saßen an der einen Zeltwand an einem kleinen Klapptisch, neben ihnen stand einer der Metallrollwagen aus der Bäckerei, auf dem sich die Pan de muerto türmten. Die Kunststoffplane roch muffig, aber aus dem Zelt strömte ein Duft heraus, der Leo auf vertraute Art in der Nase kitzelte.

Mrs Gomez setzte sich auf den Stuhl, den Belén ihr mit einem Kopfnicken angeboten hatte. Das Gesicht der alten Dame konnte Leo nicht sehen, aber sie konnte sehen, dass Mrs Gomez' runzelige Hände zitterten, als sie in ihrer Handtasche nach dem Geldbeutel kramte. Alma und Belén lächelten sie ermutigend an, aber wegen ihrer gruseligen Gesichtsbemalung wirkte das Lächeln nicht ganz so warm wie sonst.

Mrs Gomez reichte Alma einen zusammengefalteten Geldschein, und Belén zündete mit einem Streichholz die dicke weiße Kerze an, die auf dem Tisch in der Mitte stand. Sofort verdunkelte sich das Licht der Lampe, genau wie die Beleuchtung der Bäckerei am Tag zuvor. Leo hatte Mühe, ihre Augen der Dunkelheit anzupassen. Mrs Gomez beugte sich im Schein der flackernden Kerze vor und verdeckte damit sowohl Almas Gesicht als auch beinahe den ganzen Körper von Belén; Leo konnte nur einen Arm sehen, der gerade nach einem Stück Brot auf dem Wagen griff.

Leo hatte es satt, nur durch einen winzigen Spalt gucken und nur wenig vom Geschehen erkennen zu können. Sie knotete die Schnüre auf, mit denen die Zeltplanen zusammengebunden waren, bis die Öffnung groß genug war, dass sie den Kopf durchstecken konnte. Im Zelt war es so finster, dass sie hoffentlich nicht bemerkt wurde.

Belén platzierte das Brot neben der Kerze auf dem Tisch. Dann wechselten die Zwillinge einen ihrer üblichen Blicke, und nach einer kleinen Pause nickte Alma, teilte das Brot in zwei Hälften und reichte Mrs Gomez das eine Stück. Belén hielt ihre rechte Hand über die Kerzenflamme, mit der linken griff sie nach Almas Hand. Im Dunkeln wirkten ihre Gesichter wie echte Totenschädel, mit schwarzen Höhlen anstelle von Augen und Nase. Obwohl ihr restlicher Körper draußen im warmen Sonnenlicht war, fröstelte Leo.

Alma nickte noch einmal. Dann führten sie und Mrs Gomez gleichzeitig das Brot zum Mund, bissen davon ab, kauten, schluckten. Innerhalb von zwei Herzschlägen verfärbten sich Almas Augen grellweiß, als würden zwei Vollmonde aus ihren dunklen Höhlen herausleuchten.

»Llama.« Beléns Finger schwebten immer noch über der Flamme, die wild hin und her flackerte, als würde ein starker Luftzug durchs Zelt brausen.

»Vincente«, sagte Mrs Gomez sanft. »Vincente Gomez.«

Sofort erstarrte die Flamme und der würzige Geruch wurde übermächtig. Alma begann zu zittern.

Als Belén zum Sprechen ansetzte, war es nicht ihre Stimme, die aus ihrem Mund drang. Sondern eine Männerstimme. »Hortensia? Cómo estás, mi amor?«

Mrs Gomez´ Schultern bebten, während sie leise und lachend auf Spanisch zu reden begann. Belén antwortete ihr mit der tiefen Stimme. Alma rührte sich nicht und sagte kein Wort, sie saß nur da mit ihren leuchtenden Augen und ihrem zitternden Körper, als wäre sie ein Apparat, in dem etwas klemmte.

Das war Zauberei! Leos Schwestern wirkten Magie!

Magia.

Ja, sie hatte das Wort am vergangenen Abend gehört, aber irgendwie klang es in Leos Kopf immer noch absolut fehl am Platz. Vorsichtig, als stupse sie mit der Zungenspitze einen Wackelzahn an, formte sie lautlos einen Satz: Im Zelt wurde Magie betrieben. Und in der Bäckerei auch. Magie – Leo konnte sie sehen und hören und riechen … Genau in diesem Moment.

Sie starrte auf den Rücken des hellblauen Blazers von Mrs Gomez und wartete darauf, dass die Worte in ihrem Kopf irgendeinen Sinn ergaben. Als das nicht klappte, zog sie den Kopf aus dem Zelt, wirbelte herum und rannte so schnell und so leise, wie sie nur konnte, Richtung Bäckerei davon.

KAPITEL 6

Die Rezeptbücher

Leo rannte an Mamá und Daddy vorbei und schob sich durch die Menschenschlange in die Bäckerei. Isabel und Tía Paloma waren am Tresen beschäftigt, nahmen Bestellungen auf, zogen Kreditkarten durch und machten den Kunden Komplimente zu ihren Kostümen, wobei sie spielend zwischen Englisch und Spanisch hin und her hüpften. Marisol lehnte hinter der Kuchenauslage an der Wand und tippte etwas in ihr Handy.

»Was ist denn los, Cucaracha? Wieso bist du nicht mit deinen Freunden unterwegs?«

Leo stampfte an ihrer Schwester vorbei, und ihr rasendes Herz übertönte beinahe deren Frage. Jetzt war Leo nicht mehr verwirrt – sondern sehr, sehr wütend.

»Mamá hat gesagt, ich kann euch helfen«, log sie Isabel an. »Wenn du hier viel zu tun hast, kann ich Kuchenbleche aus dem Ofen holen oder so.«

»Leo.« Isabel versuchte die Stirn zu runzeln, ohne ihr Kundenlächeln abzusetzen.

»Ich will mithelfen«, beharrte Leo störrisch.

Isabel lächelte weiter. »Das ist lieb von dir, aber mach dir doch heute keine Gedanken über das Geschäft. Du solltest draußen sein und Spaß haben.«

»Na schön.« Leo reckte das Kinn vor. »Dann geh ich mal zu Alma und Belén rüber und frage sie, ob sie was brauchen.«

Genau wie erhofft erstarrten Isabel und Tía Paloma wie vom Donner gerührt. »Nein, mach das nicht«, sagte Leos Tante hastig, während Isabel gleichzeitig rief: »Okay, du kannst Kuchenbleche rausholen, wenn du willst.«

Mit einem Kopfnicken rauschte Leo an ihrer Schwester und Tía Paloma vorbei, ohne auf ihren grummelnden Magen zu achten, und schob sich durch die Schwingtüren in den hinteren Teil der Bäckerei. Niemand hielt sie auf. *Perfekt.*

Isabel und Tía Paloma hatten schon etliche Bleche auf dem Küchentresen aufgereiht, die nur darauf warteten, in den Ofen geschoben zu werden. Die Backuhr auf dem Herd zeigte Leo, dass sie noch zehn Minuten Zeit hatte, bis das Blech aus dem Ofen geholt werden musste. Bei der guten Vorbereitung war es für Isabel und Tía Paloma kein Problem, eine Ladung Köstlichkeiten nach der anderen zu produzieren – sie brauchten Leos Hilfe in Wirklichkeit überhaupt nicht. Aber das taten sie ja nie.

Leo schaute sich langsam um, nahm den rot-braun gefliesten Fußboden in Augenschein, die sonnengelben Wände, selbst die rau verputzte Decke, suchte nach irgendwas Verdächtigem, nach irgendwas, das erklären würde, was sie gestern in der Bäckerei oder vorhin im Zelt mitangesehen hatte. Sie sah unter den Theken nach und in allen Schubladen. Sie ließ ihre Finger über jeden Quadratzentimeter des Holztisches gleiten, ob keine Kerben oder Geheimfächer zu finden waren. Aber ihre ganze Inspektion förderte nichts anderes zutage als ein paar Kaugummiklumpen, die irgendjemand (Marisol) unter etliche Tischplatten geklebt hatte.

Als Nächstes nahm sie sich die Vorratskammern vor. Im Kühlraum war es zu kalt, um viel Zeit darin zu verbringen, und Leo hatte Angst, dass die schwere Metalltür hinter ihr zufallen und sie einschließen könnte, also reckte sie nur den Kopf hinein und schaute sich gründlich um. Aber da war nichts – außer man brauchte zum Zaubern jede Menge Eierpappen und Milchkrüge.

Aber was brauchte man denn eigentlich zum Zaubern? Was für eine Magie war das, die da im Zelt vor sich ging? Leo dachte an Almas grellweiße Augen, an Beléns heisere Männerstimme. Sie hatte mal ein paar Minuten eines Horrorfilms gesehen, in dem es um ein vom Teufel besessenes Mädchen ging, doch dann hatte Mamá sie beim Gucken erwischt und ins Bett geschickt. Waren Alma und Belén etwa vom Teufel besessen?

Leo ließ die Tür der Vorratskammer ächzend wieder zufallen und wandte sich der Küche zu. Diesmal nahm sie sich die großen Schränke vor, die sich zu beiden Seiten des Raums befanden. Leo fing mit der linken Seite an – das war der Schrank, in dem sie sich versteckt hatte und in dem die meisten normalen Küchenvorräte und Gerätschaften aufbewahrt wurden. Sie brauchte nicht lange, um die Mehlsäcke, Pfannenwender, Schneebesen und Schöpflöffel durchzugehen, die Wachspapierrollen und die Gläser mit Fruchtfüllung.

Die Schränke zur Rechten wurden seltener benutzt, doch als Leo die erste Tür aufmachte, waren da zu ihrer Enttäuschung auch nur ganz langweilige Küchensachen auf den Regalbrettern zu sehen, wenngleich auch wesentlich unordentlicher durcheinandergestapelt. Hier lagerten die Sachen, die seltener gebraucht wurden, wie Macadamianüsse oder Gewürznelken für das spezielle Weihnachtsgebäck. In einem Fach lagen Büromaterialien auf Vorrat. Die Festdekorationen – außer denen, die gerade im Laden in Gebrauch waren – nahmen einen ganzen weiteren Schrank ein. Leos Herz pochte aufgeregt, als sie eine Tüte Schokotaler neben einem Bündel getrockneter Kräuter entdeckte, die sie nicht benennen konnte, und dazu eine Ansammlung von Kerzen in allen möglichen Größen und Formen – aber das allein bewies leider noch gar nichts.

Wonach sollte sie denn überhaupt suchen? Unzählige Stunden hatte sie schon in der Bäckerei damit zugebracht, Mamá und Tía Paloma beim Teigkneten, Plätzchenausstechen oder Zanken (über Preise oder Methoden, neue Kunden anzulocken) zuzuschauen. Sie hatte Alma und Belén um jeden Tisch und jede Ecke herum gejagt, kannte die besten Verstecke für den Fall, dass Marisol mal wieder auf Streit aus war. Gäbe es in dieser Küche irgendwelche dunklen Geheimgänge, unterirdischen Höhlen oder verborgene Kessel zur Herstellung köchelnder Tränke – Leo hätte es schon längst herausgefunden.

Aber sie hatte die Kerzen gesehen, und das Messer, und das Brot.

Selbst jetzt, den Blick noch immer auf die abgebrannten Kerzen und die dünnen Schokotaler geheftet, konnte sie es spüren, so wie man einen Regensturm erfühlt, noch bevor er losbricht: Ja, ihre Familie verheimlichte ihr wirklich etwas. Etwas Großes. Und irgendwo musste es doch Beweise dafür geben.

Es gab da einen Ort, der für Leo schon immer verboten war: das Büro. Nicht mal den Kopf reinstecken durfte sie.

Aber jetzt ging sie an der Vorratskammer vorbei zum verbotenen Zimmer. Und oh! Die Tür zum Büro der Bäckerei stand einen Spalt offen! Dieser Einladung konnte Leo nicht widerstehen.

Der kleine Raum war mit zwei Schreibtischen ausgestattet, zwei nicht zueinander passenden Aktenschränken und einem uralten Computer, über den Mamá sich pausenlos beklagte. Regale, die sich bis weit über Leos Reichweite hinaus nach oben erstreckten, beherbergten Ordner, die mit Jahreszahlen beschriftet waren und Mühe hatten, die Fülle der viel zu vielen

Schriftstücke und Rezepte zu bändigen. Halb hinter der Tür versteckt gab es ein Regal mit Kochbüchern, Zeitschriften und Karteikarten. Hier standen die Rezepte für alles, was in der Bäckerei jemals hergestellt worden war oder in der Zukunft hergestellt werden könnte.

Leo zog sämtliche Schubladen auf, blätterte die Stapel mit losen Blättern durch und schob sogar die Drehstühle beiseite, um unter den Schreibtischen nachzuschauen. Sie entdeckte jede Menge langweilige Zahlen und langweilige Briefe, sie entdeckte Stifte jeder Art, Büroklammern und Gummibänder. Aber nichts, was irgendwie von Interesse war. Schließlich kniete sie sich hin, um die Titel der Kochbücher im untersten Regalfach zu lesen.

Eins der Bücher lag schief im Regal, weil es sonst nicht hineingepasst hätte. Es war hoch und dick und in ausgeblichenes rotes Leder gebunden. Sobald Leo es aus der dunklen Ecke hervorleuchten sah, hatte sie das unbändige Bedürfnis, es zu berühren. Der Buchrücken war voller Knicke und genauso unbeschriftet wie der vordere Umschlag, aber Leo zog das Buch dennoch vorsichtig auf ihren Schoß und schlug die erste staubige Seite auf, wo in einer flüssigen Handschrift zu lesen war:

Recetas de amor, azúcar, y magia.

Rezepte. Leo reimte sich eine Übersetzung zusammen, die ihre Lehrerin wohl als »gut geraten« bezeichnet hätte. *Rezepte für Liebe, Zucker und Magie.* Die Haut in ihrem Nacken kribbelte.

Leo schob mit dem Rücken die Bürotür zu, damit sie aus der

Küche nicht zu sehen war. In der Bäckerei waren alle schwer beschäftigt und der Kuchenwecker war noch nicht losgegangen. Jetzt fingen Leos Fingerspitzen und Zehen an zu kribbeln. Das war es, was sie gesucht hatte! Sie blätterte um.

Pan de muerto mensajero.

Neben dem ersten Rezept im Buch war eine schwarz-weiße Tuschezeichnung von runden Brötchen, die mit großen, gekreuzten Knochen aus Teig verziert waren – die gleichen Brötchen, die Alma und Belén im Zelt verkauften.

Leider war das gesamte Rezept in Spanisch.

»Para hablar con los antepasados«, las Leo laut die Überschrift. Mit … jemandem reden. Mehr verstand sie leider nicht.

Im Rezept kamen größtenteils die Zutaten vor, die man da auch erwarten würde: Mehl, Milch, Butter, Wasser, Zucker, Eier und Salz. Leo wusste außerdem, dass ins Totenbrot auch Anis, Zimt und Orangeat reingehörten. Doch ein Wort in der Zutatenliste starrte Leo lange an: *hueso*. Sie hatte den Verdacht, dass das »Knochen« heißen könnte.

Die nächste Seite trug die Überschrift *Tartas de la verdad – para obtener respuestas verdaderas*. Das Bild zeigte eine Frau, die sich vor einer anderen sitzenden Frau aufgebaut hatte. Sie zeigte mit einem Finger auf sie, als würde sie *la verdad* fordern, die Wahrheit. Also ein Rezept für Wahrheitstörtchen?

Neben *Pastel para pelo* waren Haarbüschel abgebildet, die aus einer Glatze sprossen, während die Zeichnung neben *Azúcar de la amistad* zwei Frauen zeigte, die zusammen Tee tranken und einander umarmten. Das waren wohl Haarwuchspastillen und Freundschaftszucker.

Auf der nächsten Seite entdeckte Leo *Pan de la suerte*, und dazu ein Rezept, in dem Wörter wie *luna*, *chocolate* und *oro* vorkamen. Mond, Schokolade und Gold. Darüber eine Abbildung von einem weißen Hahn, genau wie die Figur, die Mamá auf ihrem Nachttisch stehen hatte und die angeblich Glück bringen sollte. Das Glücksbrot, das Leo ja schon gestern aufgeschnappt hatte.

Leo beugte sich so tief über die Seite, dass sie das staubige Papier riechen konnte, und dazu den inzwischen vertrauten, würzigen Duft. Es war der Duft ihrer Familie und deren Geheimnisse. Der Duft der Magie.

»Leo? Wo bleibst du denn? Hast du den Kuchenwecker nicht gehört? Leo? Hast du das Licht da drin angemacht?«

Leo versuchte sich hastig in Bewegung zu setzen, versuchte das Buch wieder ins Regal zu schieben oder es unter den anderen Kochbüchern zu verstecken, aber sie war nicht schnell genug. Isabel schob schon die Bürotür auf – und entdeckte Leo auf dem Boden, das Buch auf dem Schoß, die Schubladen der Aktenschränke und die Schreibtischfächer sperrangelweit offen.

Leo starrte Isabel an. Isabel starrte Leo an. Leo war wie gelähmt, aber in ihrem Kopf purzelten die Gedanken durcheinander: Mamá würde fuchsteufelswild werden, wenn sie davon erfuhr. Und dann …

Mamá durfte auf keinen Fall davon erfahren. Also …

Leo musste Isabel auf ihre Seite ziehen.

Sie war selbst nicht sicher, ob es Krokodilstränen oder echte waren, jedenfalls spürte Leo auf einmal, wie ihre Wangen feucht wurden.

»Es tut mir leid!«, rief sie. Isabel sagte nichts, starrte nur weiterhin auf das Rezeptbuch in ihrem Schoß. »Ich wollte eigentlich nicht herumschnüffeln, aber mir sagt ja nie jemand was. Biiitteee, Isabel, verrate Mamá nichts davon. Ich will doch nur wissen, was hier vor sich geht.«

»Leo.« Isabel seufzte, und ihre Augen wurden so weich und warm wie geschmolzene Schokolinsen. »Süße, leg das weg. Damit brauchst du dich noch lange nicht zu beschäftigen.«

»Aber dann musst du mir die Wahrheit sagen.« Leo machte sich gar nicht erst die Mühe, ihren weinerlichen Tonfall abzulegen. »Das ist doch ungerecht!«

»Ich weiß, aber warte doch noch ein paar Jahre …«

Leo schniefte und versuchte vergeblich, sich die Tränen wegzuwischen, bevor sie ihre Schminke endgültig ruinierten.

»Isabel?«, dröhnte Marisols Stimme zu ihnen herein. »Wo bist du denn?«

Isabel legte den Zeigefinger an die Lippen und wirbelte herum. Ihre Absätze klackerten über den Fußboden, als sie nach vorne in die Bäckerei ging. »Ich hab da einen besonderen Kunden am Telefon. Kommst du ein paar Minuten allein hier klar?«

»Ich hab das Telefon gar nicht gehört …«, begann Marisol, verstummte dann aber. Offenbar hatte Isabel ihr einen strengen Mamá-Blick zugeworfen. »Ja, sicher. Kein Problem.«

»Danke.«

Damit klackerte Isabel wieder zurück ins Büro, sah sich nach allen Seiten um, schloss die Tür hinter sich und reichte Leo die Hälfte eines riesigen Zuckercookies. Dann fing sie an, die Schubladen wieder zuzumachen und die Schreibtische in Ordnung zu bringen.

»Also gut, meine kleine Leo. Ich kann dir nichts versprechen, aber wenn du willst, dass ich dein Geheimnis bewahre, musst du mir erst erzählen, was du bisher alles herausgefunden hast.«

KAPITEL 7

Mehlschneeflocken

Leo biss von dem Keks ab und zählte beim Kauen an den Fingern ab, was sie bereits wusste. »Also, in der Bäckerei wird gezaubert«, sagte sie und versuchte ihre Stimme ruhig und entschlossen klingen zu lassen, nicht wie eine unsichere Frage. »Alma und Belén und Marisol und du und …« Sie hielt inne, um sich noch einen Bissen Keks zu gönnen. »… und Mamá und Tía Paloma, alle zaubern. Die Zwillinge machen im Zelt da draußen irgendwas Unheimliches. Und in dem Buch hier sind Rezepte für Glück und gegen Glatzen.« Leo überlegte, ob sie irgendwas ausgelassen hatte. »Ach ja, und Magie riecht irgendwie nach Zimt oder nach Gewürznelken, nur angenehmer und würziger.«

Isabel setzte sich auf Mamás Drehstuhl und rieb sich mit den Daumen über die Stirn. »Wusstest du, dass du schon immer eine kleine Schnüfflerin warst? Du konntest noch nicht mal laufen und hast schon überall rumgeschnüffelt. Ständig bist du zu Hause in alle Schränke reingekrochen und hast überall Töpfe und Pfannen rausgezerrt.«

Leo bemühte sich überrascht auszusehen – so, als wäre das alles längst vergangener Babykram und als wäre sie nicht erst gestern noch in einen Schrank gekrochen.

»Und du hast ständig Fragen gestellt«, fuhr Isabel fort. »Und wolltest immer auch das machen, was wir anderen gemacht haben. Weißt du noch, wie du einmal geweint hast, weil Mamá dich nicht mit zur Schule gehen lassen wollte, als Alma und Belén eingeschult wurden?«

Leo konnte sich zwar nicht an das Ereignis selbst erinnern, aber die Geschichte hatte sie schon oft gehört. Es fiel ihr allerdings auch nicht schwer, sich in ihr vierjähriges Ich zurückzuversetzen und nachzufühlen, wie es ihr gegangen war, als ihre älteren Schwestern ohne sie zur Schule aufgebrochen waren.

»Mamá wäre echt außer sich, wenn sie wüsste, was du hier machst«, sagte Isabel. »Du bist noch so klein, und solche Sachen können echt gefährlich sein.«

»Ich bin doch nicht klein!« Leo reckte trotzig das Kinn vor. »Ich bin elfeinhalb, also alt genug, dass ihr endlich aufhört, mich wie ein Baby zu behandeln!«

Isabel schüttelte den Kopf. »Mamá bringt mich um …«

Leos Bauch zog sich nervös zusammen, als Isabel sie eindringlich musterte. Isabel, die es hasste, Mamá wütend zu machen. Isabel, die stolz darauf war, dass die Eltern ihr so viel Verantwortung übertrugen.

Eine ewig lange Minute verging, dann verzog Isabel das Gesicht zu dem Lächeln, das sie auch immer aufsetzte, wenn sie Leo anbot, ihr die Haare zu bürsten. »Ach komm, jetzt guck doch nicht so. Ich bin keine Petze, auch wenn du und Marisol mich immer wieder so nennt. Aber von jetzt an keine Schnüffeleien mehr, Leo. Das reicht.«

Leo ließ den Kopf sinken. »Aber …«

»Aber was?« Isabel sah ihrer kleinen Schwester ins Gesicht. »Oh nein, nicht dieser Dackelblick! Nein, Leo, du hast schon viel zu viel rausgefunden. Ich kann dir unmöglich noch mehr erzählen.«

Leo schob traurig die Unterlippe vor, um Isabel vielleicht doch noch herumzukriegen. »Bitte!«, flehte sie. »Alle lügen mich nur an. Ich will doch nur die Wahrheit wissen.«

»Das geht echt nicht. Mamá …« Isabel zupfte sich am Ohrring – ein sicheres Zeichen dafür, dass sie gleich einknicken würde.

»Ich bin doch schon total vernünftig«, legte Leo nach. »Na ja, also zumindest kann ich total vernünftig sein. Und ich kann Spanisch lernen. Ich kann alles lernen, was ich lernen muss.«

»Leo …« Isabel sah aus, als würde sie gleich in Tränen ausbrechen. »Du hast nichts falsch gemacht, wirklich nicht. Es ist nur … Wir haben da so eine Regel … Mamá würde … Also gut!« Das Eis war gebrochen. »Ich denke, es ist o.k., wenn ich es dir sage. Schlimmer kann es ja eh nicht mehr werden, stimmt's?« Sie seufzte und tätschelte Leo lächelnd die Schulter. »Gib mir das Buch, dann zeig ich dir was Lustiges.«

Leo reichte ihr das Buch, stand auf und ließ sich auf Daddys Schreibtischstuhl fallen.

»Die Frauen in Mamás Familie waren schon immer Brujas.«

»Brujas?« Das Wort kannte Leo nicht.

»Bruja heißt Hexe.« Isabel brach kleine Stückchen von ihrer Kekshälfte ab und schob sie sich in den Mund. »Aber wir sind nicht einfach irgendwelche normalen Hexen. Wir ziehen unsere Kräfte aus der Magie der Süße – die Süße der Liebe und die Süße des Zuckers. Deswegen hat Mamás Bisabuela damals die Bäckerei gegründet, sie wollte Liebe und Zucker mit allen Menschen teilen, mit und ohne Magie.« Sie fuhr mit einem Finger über den Umschlag des Rezeptbuches. »In diesem Buch hat sie ihre ganzen Zaubersprüche festgehalten, damit auch ihre Töchter sie nach ihr anwenden konnten. Allerdings …« Isabel zuckte mit den Schultern. »Wir verwenden das Buch nicht mehr so oft. Mamá hat Marisol und mich mal etliche der Rezepte in den Computer übertragen lassen. Aber in das Buch werden immer noch alle neuen Zaubersprüche reingeschrieben, die irgendeine von uns erfindet – damit sie sozusagen offiziell werden. Jede Frau in der Familie kann Rezepte hinzufügen.«

Leo hob stolz den Kopf. Am liebsten hätte sie das Buch wieder in den Händen gehalten und die Worte berührt, die ihre Ururgroßmutter, ihre Großmutter und vielleicht auch ihre Mamá reingeschrieben hatten.

»Kann ich auch zaubern?«, fragte sie. »Bisher hab ich noch nie gezaubert, glaube ich zumindest. Sollte ich nicht langsam damit anfangen? Muss ich dafür erst Brot mit Bändern machen?«

»Leo, mach mal halblang.« Isabel runzelte die Stirn. »Du besitzt die Fähigkeit, Magie zu wirken – die besitzen wir alle –, aber es ist völlig normal, dass dir das noch nie aufgefallen ist. Die ersten Zeichen zeigen sich erst, wenn man älter ist, und auch dann muss man viel üben, bis man es beherrscht.«

Leo unterdrückte ein Stöhnen. Immer lief alles darauf hinaus, dass sie noch nicht alt genug war! »Welche Zeichen denn?«

Isabel schüttelte den Kopf. »Hol mir bitte mal einen der kleineren Mehlsäcke, ja?« Dann schlug sie das Buch auf einer Seite recht weit hinten auf.

Leo lagen hundertsieben Millionen Fragen auf der Zunge, aber vermutlich wurde ihre Frage Nummer eins – *Kann ich mal einen Zauber sehen?* – eher beantwortet, wenn sie tat, was Isabel sagte. Also rannte sie aus dem Büro, riss den Schrank auf und kam mit einem Halbkilosack normalen Haushaltsmehls zurück. Endlich würde sie eine Erklärung bekommen, und Isabel hatte etwas getan, das Mamá ihr eigentlich verboten hatte. Heute war vielleicht alles möglich!

»Danke, meine kleine Leo.« Isabel lächelte. »Ich zeige dir den ersten Zauberspruch, den ich ins Buch geschrieben habe. Er ist ... irgendwie albern, aber du weißt ja, ich fand die Kleinigkeiten schon immer besonders hübsch, die Verzierungen und den Zuckerguss und so ...«

Leo nickte. Sie wusste, dass Isabel gern mit Spritzbeuteln Zuckergussblumen an den Rand des *tres leches* Kuchens malte und dazu in Schönschrift *Happy Birthday!* oder *Glückwunsch!* dazuschnörkelte. Sie wusste auch, dass Isabel ihren Zauber – wie auch immer der aussehen mochte – ganz und gar nicht albern fand. Er war etwas Besonderes und Kostbares, und Leo spürte die Süße der Liebe ihrer Schwester, als diese nun anbot, das Geheimnis mit ihr zu teilen. Leo beugte sich über das Buch und las zusammen mit Isabel: *Nieve de harina.*

»Schnee?«, fragte Leo.

»Mehlschnee«, übersetzte Isabel. »Oder genauer gesagt, Schneeflocken aus Mehl. Du wirst gleich sehen.« Sie öffnete die Mehlpackung, holte mit den Fingerspitzen der rechten Hand eine Prise des weißen Pulvers heraus und ließ es auf die linke Handfläche herabrieseln.

»Backen und Magie bestehen aus denselben drei Bestandteilen«, erklärte sie. »Erstens: die Zutaten. Man muss immer die bestmöglichen Zutaten verwenden, damit der Zauber oder Kuchen so stark und frisch und wirkungsvoll wird, wie es nur geht. Zweitens: das Rezept beziehungsweise der Zauberspruch. Man muss wissen, was und wie und wann und bei welcher

Temperatur … Je komplizierter das Rezept, desto sorgsamer muss man es befolgen. Drittens: das Herz. Man muss mit ganzem Herzen bei der Sache sein, wenn man backt, das weißt du ja. Und bei der Magie ist das nicht anders.«

Leo nickte mit klopfendem Herzen. Isabels Worte fühlten sich nicht an wie fremde Zauberkunst, sondern vielmehr wie etwas Altvertrautes. Mamá ermunterte ihre Töchter immer dazu, den Rezepten eine eigene Note zu verleihen, ihren eigenen Geschmacksknospen zu vertrauen und alles mit ganz viel Liebe zu machen. »Das ist ein Rezept, kein unumstößliches Gesetz«, hatte sie einmal gesagt, als Isabel sich sorgte, ob sie statt weißem Zucker auch braunen nehmen konnte. Leo spürte, wie die Vorfreude sie innerlich mit einem warmen Glühen erfüllte. Isabels Erklärung klang für sie wie eine perfekt gelöste Mathematikaufgabe – Leo brauchte sie nicht erst nachzuprüfen, um zu wissen, dass alles richtig war.

»Eigentlich ist dieses Rezept ziemlich einfach«, sagte Isabel. »Weil du fast nur dein Herz dazu brauchst. Das heißt, es ist perfekt dazu geeignet, deine Kräfte erst mal zu testen, aber es bedeutet auch, dass du dich nicht darauf verlassen kannst, dass die Macht des Rezeptes oder der Zutaten die Magie für dich wirkt. Für Anfänger wirklich optimal.« Sie blies sachte in ihre Handfläche, sodass das Mehl in die Luft aufstob. Dort klumpte es zusammen, wuchs und wuchs und verformte sich auf merkwürdige Weise, bis die Luft vor Leos Augen von unzähligen flauschigen Mehlschneeflocken erfüllt war, die nun träge zu Boden schwebten, wo sie wieder zu ganz normalen Mehlhäufchen zusammenschrumpften.

Leo lachte und streckte die Zunge raus, um eine Schneeflocke aufzufangen. Sie schmeckte ein wenig nach Ingwerkeks.

»Magie!«, sagte sie. »Der würzige Geruch. Dieser Geschmack. Das ist die Magie, stimmt's?«

Isabel nickte lächelnd. Leo bekam Gänsehaut an den Armen. Das war echte Magie, und sie wollte mehr davon!

Als alle Schneeflocken geschmolzen waren, wischte Isabel sich die Hände ab und wollte die Mehlpackung wieder verschließen.

»Warte!«, rief Leo, die auf keinen Fall zulassen wollte, dass ihre Schwester sich jetzt wieder in ihr früheres, Regeln befolgendes Ich verwandelte. »Ich will das auch probieren! Darf ich? Bitte bring es mir bei!«

Isabel zögerte, die Hände auf dem Mehlbeutel. »Ich weiß nicht, ob das so eine gute Idee ist.«

»Bitte, Isabel!«, bettelte Leo. »Es ist doch nur ein kleiner Zauber, und ich will einfach nur sehen, ob ich es hinkriege. Ich will wissen, ob ich wirklich magische Kräfte habe.«

»Die Frage stellt sich doch gar nicht, Leo«, erwiderte Isabel seufzend. »Es ist nur so, dass du noch nicht bereit bist, sie anzuwenden.« Aber ihre Hände rührten sich nicht. Leo wartete angespannt.

»Also gut«, sagte Isabel nach langem Überlegen. »Ich mach dir einen Vorschlag. Ich weiß, wie aufregend Zaubern sein kann, und ich kann es auch nicht leiden, dass Mamá mich ständig vertröstet, wenn ich was Neues lernen will, also will ich dir das auch nicht antun. Aber wenn ich dir vertraue, dann musst du mir versprechen, verantwortungsvoll damit umzugehen, okay?«

Leo nickte so heftig, dass sie wie ein Wackeldackel aussah.

Isabel seufzte wieder. »Mamá wird mich echt umbringen. Aber was soll ich denn machen? Wie soll ich diesen traurigen Augen widerstehen?« Sie öffnete die Mehlpackung wieder, holte eine Prise heraus und ließ das weiße Pulver auf Leos ausgestreckte Hand rieseln. »Ich hoffe, du weißt es zu schätzen, wie sehr du verhätschelt wirst, du Nesthäkchen.«

»Ja, auf jeden Fall«, sagte Leo.

»Du kannst den Zauber jetzt versuchen, aber sei nicht enttäuscht, wenn es nicht gleich beim ersten Mal funktioniert. Du bist noch so jung, und es dauert eine Weile, bis man lernt, die Magie zu kontrollieren. Man braucht eine Menge Geduld.«

Geduld war noch nie Leos Stärke gewesen. Ohne zu zögern blies sie in ihre Handfläche, sodass eine riesige Mehlwolke aufstob, die sie zum Husten brachte. Isabel schlug sich eine Hand vor den Mund, doch ihre Augen verrieten, wie belustigt sie war. Leo runzelte die Stirn.

»Warum klappt das nicht?«, fragte sie kleinlaut. Und in ihrem Kopf meldete sich eine lautere Stimme. Die Stimme, die ihr auch ständig gemeine Sachen über ihre Haare einflüsterte oder sie dazu brachte, Fremden gegenüber stumm zu bleiben:

Wahrscheinlich hast du überhaupt keine magischen Kräfte. Vielleicht verfügten ja alle Frauen in Mamás Familie über diese Kräfte, nur Leo eben nicht. »Was stimmt nicht mit mir?«

»Mit dir stimmt alles«, sagte Isabel. »Nur dass du eben erst elf Jahre alt bist. Normalerweise beginnen wir mit fünfzehn mit der Ausbildung. Da erzählt Mamá einem die ganze Geschichte, und man wird mit einer feierlichen Zeremonie in die magische Familie aufgenommen und …«

»So wie Alma und Belén!«, unterbrach Leo sie. »Mit den Kerzen und den Kleidern und dem Teig und so. Aber die beiden sind doch auch erst vierzehn.«

»Leonora! Woher weißt du das denn schon wieder?« Isabel war völlig geschockt, und Leo schob sich das letzte Stückchen Keks in den Mund, um ihr schlechtes Gewissen zu überspielen. »Nein.« Isabel schüttelte den Kopf. »Sag's mir lieber nicht. Ich will das gar nicht wissen. Ja, wir haben Alma und Belén etwas früher eingeweiht. Aber Tía Paloma wird in letzter Zeit immer so schnell müde, und Mamá wollte nicht, dass sie noch ein Jahr das Zelt ganz allein betreuen muss …«

»Das Zelt, in dem man mit Toten reden kann.« Leo schnappte sich eine neue Prise Mehl und pustete es in die Luft, wobei sie sich vorstellte, dass sie ihrem Atem einen Hauch des würzigen Zimtduftes hinzufügte. Aber keine Schneeflocken.

Isabel nickte. »Botschaften austauschen«, sagte sie. »Wenn auch in den meisten Fällen nur sehr kurze. Die Zwillinge besitzen die Gabe, den Verstorbenen als Medium zu dienen, aber es erschöpft sie sehr. Sie haben Glück, dass sie diese Gabe überhaupt besitzen.«

Leo nickte. Ihr Herz klopfte wie wild. Also waren ihre Schwestern tatsächlich besessen, aber nicht vom Teufel oder von bösen Geistern wie im Film. Sie wurden von toten Menschen als Sprachrohr benutzt, von Mrs Gomez' verstorbenem Ehemann zum Beispiel oder sonst irgendwelchen Besuchern aus dem Jenseits. Das hörte sich schon ein bisschen gruselig an. Aber schließlich, dachte Leo, war der Tag der Toten ja dazu da, um mit denen zu sprechen, die nicht mehr lebten, um ihrer zu gedenken und ihnen zu zeigen, dass sie immer noch geliebt wurden. Wenn Botschaften den Menschen dabei halfen, dann war das vielleicht doch nichts Gruseliges.

Leo schaute ernüchtert auf das Mehl hinunter, das sie auf dem Boden verstreut hatte. Sie biss sich auf die Unterlippe und versuchte, sich die Enttäuschung nicht anmerken zu lassen. »Warum …«

»Mach dir keine Sorgen«, sagte Isabel leise. »Wie gesagt, niemand schafft das gleich beim ersten Mal, schon gar nicht vor ihrem fünfzehnten Geburtstag.« Sie legte eine Hand über Leos, um das Mehl zu verdecken. »Vergiss das mit dem Zaubern erst mal. Versuch es in ein paar Jahren wieder. Zumindest kennst du ja jetzt die Wahrheit, das ist doch schon mal was.«

Leo zuckte mit den Schultern. Sie wollte aber nicht warten, bis sie fünfzehn wurde. Wenn Alma und Belén schon früher eingeweiht werden konnten, dann sie doch bestimmt auch. Sie musste Mamá einfach nur beweisen, wie gut sie war und wie hilfreich sie für die Familie sein konnte.

»Kann ich noch mal zugucken, wie du das machst?«, bat sie. »Nur noch ein Mal.«

Lächelnd deutete Isabel auf das am Boden verstreute Mehl, das sich sofort als Schnee in die Luft erhob. Sie streckte die Hände aus, um die Flocken aufzufangen, die nach oben durch die Luft tänzelten, als hätte jemand den Winter auf Zurückspulen gestellt. Als der Mini-Schneesturm vorbei war, lag der Fußboden wieder blitzblank da, und Isabel hatte die Hand voller Mehl, das sie nun vorsichtig in den Mülleimer unter dem Tisch kippte.

»Jetzt hast du es aber ganz anders gemacht!«, rief Leo. Wie sollte sie denn lernen, wie es ging, wenn ihre Schwester die Regeln jedes Mal neu machte? »Du hast gar nicht gepustet.«

»Ich hab doch gesagt, das ist kein strenges Rezept«, erwiderte Isabel lachend. »Es geht um das Gefühl. Aber keine Sorge, eines Tages wirst du das verstehen.«

Stirnrunzelnd schnappte Leo sich noch eine Prise Mehl aus dem Beutel. Auf »eines Tages« wollte sie nicht warten. Bei den ersten beiden Versuchen hatte sie ganz intensiv über die Magie nachgedacht, das Gesicht angestrengt und die Brust nach vorn gereckt, als müsste sie einen besonderen Zaubermuskel anspannen, den sie bisher noch nicht kannte. Diesmal hingegen konzentrierte sie sich auf das Mehl in ihrer Hand und dachte an Schnee.

Schnee hatte Leo bislang erst ein einziges Mal gesehen, Weihnachten vor vier Jahren, als Rose Hill einen ungewöhnlich kalten Winter erlebt hatte. An Heiligabend hatte Mamá Leo in ihre wärmste rote Jacke gepackt und alle mit dem Minivan zur Mitternachtsmesse gekarrt. Leo kauerte auf der Kirchenbank zwischen ihren Eltern und wurde von den Stimmen ihrer Familie und Nachbarn mit »Stille Nacht« auf Englisch, Spanisch und Deutsch in den Schlaf gesungen. Auch als Daddy sie später wieder zum Wagen hinaustrug und zwischen Isabel und Marisol auf den Sitz legte, war sie kaum wach geworden. Aber irgendwann auf der Heimfahrt hatte Isabel sie an der Schulter gerüttelt. Alma und Belén und sogar Marisol hatten nichts außer andächtigen *Aaahs* und *Ooohs* rausgebracht, denn die eisige Nacht hatte ihnen echten Schnee beschert, und kleine weiße Flocken sprenkelten die Windschutzscheibe.

Als sie zu Hause ankamen, stiegen alle aus und standen stumm vor dem Haus, das Gesicht nach oben gereckt, die Arme weit ausgebreitet. *Un milagro*, hatte Mamá es genannt, ein Weihnachtswunder. Daddy kratzte das bisschen Schnee zusammen, das auf dem Dach des Wagens liegen geblieben war, und formte einen Schneeball, der Mamá traf, weil Marisol sich weggeduckt hatte. Alma und Belén kauerten sich hin, um zu beobachten, wie die Flocken schmolzen, wenn sie auf dem Gehsteig aufkamen. Isabel summte Weihnachtslieder, lächelte und winkte den Nachbarn zu, die ebenfalls aus ihren Häusern gekommen waren, einige nur in Morgenmantel und Hauspantoffeln, andere noch in ihren besten Kirchenkleidern oder Anzug und Krawatte. Und Leo starrte zum Himmel hoch und schaute den Schneeflocken zu, die wie träge Sternschnuppen herumtanzten.

Es war eine süße, schneeige Erinnerung, und Leo hielt daran fest, als sie die Augen schloss und in ihre Handfläche pustete. Ihr Atem fühlte sich kalt an auf der Haut. Sie öffnete die Augen wieder und atmete den Duft nach Mehl ein – und einen winzig kleinen Hauch würziger Magie.

»Oh, Leo, das ist großartig!« Isabel klatschte in die Hände, als der kleine Schneesturm durch die Luft wirbelte und schließlich verschwand. »Siehst du? Du brauchst dir wirklich keine Sorgen zu machen. In ein paar Jahren wird Mamá dir alles beibringen, und du lernst, wie man die Zauberrezepte anwendet und …« Isabel zog ihre kleine Schwester an ihre Brust. »Hach, du wirst so schnell groß, meine kleine Leo! Aber jetzt geh und genieß das Fest, ja? Die Magie kann warten. Außerdem hab ich noch so viel zu tun.«

Leo nickte. Ihre Kehle war auf einmal wie zugeschnürt. »Danke«, flüsterte sie. »Danke, Isabel.«

»Dafür sind große Schwestern doch da.« Isabel wischte über Mamás Schreibtisch, um sicherzugehen, dass kein Mehlstäubchen liegen geblieben war, dann packte sie das dicke Buch wieder ins Regal, wo Leo es zuvor herausgezogen hatte. »Aber bitte versuch Geduld zu haben, okay? Nicht vergessen, du musst verantwortungsvoll damit umgehen.« Dann verschloss sie die Mehlpackung und nahm sie mit in die Küche, bevor sie durch die blaue Schwingtür zurück in die Bäckerei ging.

Jetzt, wo Isabel sich wieder in die regelversessene große Schwester verwandelt hatte, wusste Leo, dass sie schnell handeln musste, wenn sie noch mehr über Magie lernen wollte. Sie liebte ihre Schwester, aber sie konnte doch jetzt nicht aufhören, nicht nach einem einzigen mickrigen Schneeflocken-Zauber! Schnell, um keinen Verdacht zu erregen, stürmte sie zum Bücherregal und holte das größte gebundene Backbuch heraus, das sie finden konnte. *Kuchen backen wie die Großen!* hieß das. Sie zog dem Buch den glänzenden Schutzumschlag aus und wickelte ihn um das Buch mit den magischen Rezepten. Er passte nicht perfekt, aber wenn sie sich das Buch unter den Arm klemmte, würde sicher niemandem etwas auffallen. Sie lugte nach draußen, um sicherzugehen, dass Isabel sich gerade in die Kuchenauslage vorbeugte, um einen besonders rosafarbenen Keks herauszuholen, dann rannte sie los. Sie stürzte nach draußen, drängelte sich durch die Schlange der wartenden Kunden und auf die wuselige Straße hinaus.

Mr Garcia spielte Gitarre für einige Zuschauer und sang dazu alte Lieder, Liebeslieder oder Lieder für die Toten, je nachdem, was sein Publikum sich wünschte. Mamá und Daddy sangen mit, während sie an alle, die an ihrem Tisch vorbeikamen, kleine Probierstückchen *Pan dulce* verschenkten. Leo hielt das magische Buch zwischen Ellbogen und Rippen eingeklemmt und hoffte, dass ihr geschminktes Gesicht über ihre schuldbewusste Miene hinwegtäuschen würde.

»Kann ich bitte den Autoschlüssel haben?«, fragte sie Daddy, als der gerade beide Hände voller Wechselgeld hatte. »Ich würde mein Buch gern in den Wagen legen.«

Ohne aufzusehen, fischte er den Schlüssel aus der Tasche seiner Schürze und warf ihn auf den Tisch. »Geh spielen und hab Spaß, mija«, sagte er und lächelte einem Kunden zu.

Mit einem Kopfnicken griff Leo nach dem Schlüssel und ging so schnell davon, wie sie sich traute, ohne Aufmerksamkeit auf sich zu lenken. Sie legte das magische Buch in die Fahrerkabine von Daddys Wagen, sorgsam unter den Rücksitz geschoben, wo niemand es sehen konnte.

Erst als das erledigt war, kehrte sie zum Fest zurück und machte sich auf die Suche nach Caroline.

KAPITEL 8

Brot und Altäre

Auf der Suche nach ihrer Freundin rannte Leo kreuz und quer über das Festgelände. Sie eilte die Straße hinunter, an einem Ringwerf-Spiel und dem Stand mit Fruchtsäften vorbei. Überall waren Skelette und Masken aus Papiermaché zu sehen, und Leo musste mehreren Teenagern ausweichen, die sich gegenseitig mit Zuckerschädeln bewarfen.

Schließlich blitzte Carolines Pferdeschwanz in der Menge auf. Sie war mit ihrem Vater am Stand mit den Frühstückstacos.

»Caroline!«, rief Leo.

»Leo, hi!« Caroline grinste breit, winkte mit einem bunten Papierskelett und ließ ihren Vater stehen, um die Straße zu überqueren und sich zu Leo zu gesellen. Sie trug eine gelb-orange Blumenkrone, aber keine Schminke im Gesicht, und ihr T-Shirt war schlicht grün. »Wow«, sagte sie. »Cooles Make-up.«

»Danke. Hast du Mamás *Pan dulce* schon probiert?«

»Nein, noch nicht. Dad und ich sind gerade erst angekommen.«

»Ich hab dafür schon drei gegessen«, mischte sich Brent Bayman in die Unterhaltung ein, der in dem Moment hinter Caroline hervortrat. In der einen Hand hatte er eine Plastiktüte von der Bäckerei, mit der anderen stopfte er sich ein halbes *Pan de muerto* in den Mund.

Caroline verdrehte die Augen und lachte.

»Hey«, wandte er sich an Leo und nickte. An seinem Hals war eine Beule zu sehen, als er das *Pan de muerto* herunterschluckte. Er grinste. »Die Dinger sind echt lecker.« Schon verschwand auch die andere Hälfte in seinem Mund. »Mphecht mpfecker«, wiederholte er und versprühte Teigkrümel über den Boden.

»Also ehrlich, du Ferkel.« Caroline schüttelte den Kopf. »Keine Manieren, der Kerl«, raunte sie Leo grinsend zu.

»Ich hab dir auch eins mitgebracht.« Brent hielt Caroline die Tüte hin. »Sorry, Leo, für dich hab ich keins. Aber du kriegst die bestimmt sowieso umsonst, oder?« Er sah mit hungrigen Augen zu, wie Caroline erst ein kleines Stück von ihrem Brötchen abbiss und dann ein größeres. Schließlich brach sie ein großes Stück ab und reichte es Brent. »Hier, du Gierschlund, du kriegst wohl nie genug«, sagte sie und verdrehte wieder die Augen.

»Na ja, eigentlich kann ich nur knapp ein Kilo Süßkram

essen, bevor ich überlaufe«, sagte Brent. »Süße Brötchen habe ich noch nicht getestet, aber da so was fluffiger ist als Bonbons, wette ich, ich könnte anderthalb Kilo reinkriegen, bevor ich kotzen muss.«

Leo kicherte. »Ekelhaft.«

»Ich kann ja nichts dafür, dass ich Brot und Süßkram so mag. Zu Hause gibt es nie Brot. Meine kleine Schwester ist allergisch gegen Gluten.«

»Und dann kommst du rüber und futterst uns das ganze Brot weg!« Caroline lachte.

»Weißt du …«, sagte Leo zu Brent. »Wenn du in die Bäckerei gehst und meiner Tía erzählst, dass ich dich geschickt hab, packt sie dir bestimmt von allem, was du willst, eine kostenlose Probe ein, wetten?«

»Echt?« Brent riss die Augen auf. »Worauf warten wir noch?«

»Geh schon mal vor«, sagte Caroline. »Ich will Leo noch den Altar zeigen.«

»Dann bis später.« Schon rauschte Brent Richtung Bäckerei ab.

»Jungs sind schon komisch …« Caroline zog Leo zu dem Ofrenda-Tisch vor Almas und Beléns Zelt. Er bog sich unter der Last unzähliger kleiner Altäre, die die Leute in Gedenken an ihre verstorbenen Angehörigen dort aufgestellt hatten. Orangefarbene Ringelblumen und weiße Kerzen waren dazwischen verteilt und die Tischkanten mit bunten *papel picado* verziert – Papiertüchern, in die feinste Motive eingeschnitten worden waren. Einige Leute hatten wunderschöne, mehrstöckige Schreine aufgestellt, komplett mit Glanzfotos ihrer Verstorbenen, Flaschen mit Cola oder alkoholischen Getränken, bemalten Skeletten und *Pan de muerto*. Andere, die noch keine Zeit dazu gehabt hatten, schnippelten jetzt hastig etwas aus Bastelpapier und anderen Utensilien zurecht, die auf dem Tisch verstreut lagen, und lachten angesichts ihrer windschiefen Kunstwerke.

Das mochte Leo an diesem Fest am allermeisten. Dass jeder so feiern konnte, wie er wollte, und niemand ausgeschlossen wurde, egal wie viel oder wie wenig Talent er hatte. Nur die Freude am Tun zählte.

»Der hier ist von uns«, sagte Caroline und deutete auf ein Bauwerk aus Tonpapier, das auf der einen Seite des Tisches stand. »Wir haben ihn gleich als Erstes gemacht, als wir angekommen sind.« Der Altar war so gefaltet, dass er wie ein Paravent aus drei Teilen bestand. Davor stand ein Foto von Mrs Campbell, eine Flasche Fanta Orange und eine hübsche Zeichnung mit Schmetterlingen und Blumen. »Ist nicht so toll geworden.« Caroline lief rot an.

»Ich finde ihn perfekt.« Leo tat regelrecht das Herz weh. Sie hätte Caroline so gern alles über die Geheimnisse ihrer Familie erzählt, über die Magie, über die Botschaften … Das Zelt der Zwillinge war nur ein paar Schritte entfernt – es war doch unfair, Caroline nicht zu sagen, dass es eine Möglichkeit gab, mit ihrer Mutter zu sprechen.

»Ich hab damit gerechnet, dass es traurig wird.« Caroline strich über den Altar. »Ich hab das Fest immer so gemocht, aber … Ich hab gedacht, diesmal wird es richtig schwer. Ich dachte, es würde mich nur noch mehr dran erinnern, wie sehr ich sie vermisse. Aber irgendwie feiern alle so fröhlich, und es geht mir gut.«

Leo presste die Lippen zusammen. Vielleicht war es doch keine so gute Idee, Caroline von der Magie zu erzählen, jedenfalls noch nicht. Was, wenn sie ihr gar nicht glaubte? Was, wenn sie dachte, Leo mache sich über sie lustig? Was, wenn es ihr gerade endlich etwas besser ging und das Gespräch mit ihrer Mutter machte sie wieder total traurig? Außerdem wollte Leo ihre Familie nicht hintergehen. Sie konnte das Geheimnis, jetzt wo Isabel es ihr endlich anvertraut hatte, doch nicht gleich ausplaudern. Also sagte Leo lieber nichts und nahm ihre Freundin stattdessen in den Arm.

»So«, sagte Caroline nach einer Minute. »Erzählst du mir jetzt endlich, wieso du gestern unbedingt die Schule schwänzen musstest?«

Doch zum Glück war Leo gar nicht mehr gezwungen, sich eine Lüge auszudenken, denn in diesem Moment kam Brent wieder zurück, beide Hände voller Gebäck. Caroline zwinkerte Leo zu und formte mit den Lippen ein schnelles »Erzähl's mir später«, doch Leo spähte nur voller Schuldgefühle zur Bäckerei hin. Sie wollte Isabels Vertrauen nicht missbrauchen und schon gar nicht etwas tun, was Mamá kränken würde. Sie wusste einfach nicht, was schlimmer war – das Versprechen ihrer Familie gegenüber zu brechen oder Geheimnisse vor ihrer besten Freundin zu haben.

KAPITEL 9

Freche Kekse

Bis spät in die Nacht feierten die Menschen den Tag der Toten. Den Abschluss bildete eine lange Prozession, bei der sie singend und mit Kerzen in der Hand über die Hauptstraße zum Friedhof am Azalea Drive zogen, um dort ihre verstorbenen Angehörigen mit noch mehr Opfergaben, Musik und Blumen zu ehren. Als die Straßen sich schließlich langsam leerten, schlossen Tía Paloma und Isabel die Bäckerei ab, während Mamá, Daddy und die erschöpften Zwillinge zusammen mit allen anderen Freiwilligen die Tische und Stühle wegpackten. Marisol versteckte sich hinter dem Tresen und schrieb ihren Freundinnen SMS. Leo tippelte in der Küche nervös von einem Fuß auf den anderen und achtete mit Argusaugen darauf, ob auch niemand das Fehlen des magischen Buches bemerkte.

Sie entschuldigte sich auch dafür, dass sie am Morgen die Blätterteigkringel vom Tisch gefegt hatte. Mamá lächelte ohne

Unterlass und tätschelte ihr den Kopf, während sie Daddy auf die Wange küsste und nicht aufhören konnte, von dem großen Anwesen zu schwärmen, das sie kaufen könnten, wenn sie jeden Tag so viel einnehmen würden wie heute. Angesichts der vielen Bestellungen, die eingegangen waren, rückte ihr Traumhaus langsam in greifbare Nähe.

Zu Hause angekommen, hatten alle gerade noch genug Kraft, um sich die Schminke aus dem Gesicht zu waschen, bevor sie todmüde ins Bett fielen. Innerhalb kürzester Zeit war im Haus kein Laut mehr zu hören.

Nur Leo konnte nicht schlafen. Das Licht des Mondes sickerte durch die Lamellen ihres Rollos, und sie starrte unablässig zum Wandschrank hin, in dem sie das gestohlene Rezeptbuch versteckt hatte. Reifen kreischten draußen über die Autobahn und die roten Ziffern auf Leos Radiowecker zeigten Mitternacht. Leo schlug ihre lilafarbene Bettdecke zurück und schlich auf Zehenspitzen durchs Zimmer, wobei sie den auf dem Boden verstreuten Malbüchern und Puppen auswich. Sie zog die Unterwäsche-Schublade auf, in die sie das Buch gestopft hatte. Aus den anderen Zimmern war weiterhin kein Geräusch zu hören. Leo zog an der Kette, mit der sich ihre Nachttischlampe anknipsen ließ, schlug das Buch auf und atmete begierig den Duft nach Papier und Brot ein.

Sie wollte mehr zaubern. Sie *musste* mehr zaubern. Ihre Hände und Füße kribbelten, in ihrem Kopf summte es.

Leos Zimmer war das kleinste im ganzen Haus, aber das hatte sie nie gestört, denn dafür hatte es ein paar tolle Besonderheiten. Die gesamte hintere Wand wurde von eingelassenen Bücherregalen gesäumt, die einen langen Schreibtisch umrahmten. Auf diesem thronte das rot-weiße Puppenhaus aus Holz, das Daddy seinerzeit für Isabel und Marisol gebaut hatte, das dann an Alma und Belén und schließlich an Leo weitervererbt worden war. Leo schob Teddybär Oso und ihre Stoffpuppe Susan Marie beiseite, breitete das offene Rezeptbuch auf dem Schreibtisch aus und kletterte auf ihren Nachttisch, um an das oberste Regalbrett heranzureichen, auf dem Mamá und Daddy die ganzen langweiligen Erwachsenenbücher lagerten, die im Wohnzimmer keinen Platz mehr hatten.

Leo musste sich ganz lang machen, um an das Spanisch-Wörterbuch zu kommen, das die Zwillinge sich in der achten Klasse geteilt hatten. Sie legte das dicke blaue Taschenbuch neben das ledergebundene Rezeptbuch und zog sich ihr altes Schaukelpferd heran, damit sie sich an den Schreibtisch setzen konnte. Dann begann sie das magische Buch durchzublättern, wobei sie vor allem auf die Illustrationen und die wenigen ihr bekannten Wörter achtete.

Einige Rezepte erstreckten sich über viele Seiten und schienen wochen- oder gar monatelange Vorbereitungen zu erfordern. Andere, wie Isabels Schnee-Zauber, waren so einfach, dass sie in wenigen Sätzen erklärt waren. Leo sah Torten, die irgendwas mit Babys zu tun hatten (Mit der Geburt? Oder mit der Zeugung? Oder der Babypflege? Sie konnte es nicht sagen.), und Kuchen, die beim Trainieren von Haustieren helfen sollten. Nicht immer war das eigentliche Backen erforderlich, aber bei jedem Rezept kam am Ende etwas Süßes heraus.

Leo wechselte immer wieder zwischen Wörterbuch und Rezeptbuch hin und her, voller Ehrfurcht darüber, was die Magie ihrer Familie so alles hervorzubringen vermochte. In ihren Fingerspitzen kribbelte es unwiderstehlich. Sie konnte nicht mehr warten, bis der Morgen anbrach, und erst recht nicht, bis sie auf die Highschool kam. Sie musste diese Rezepte jetzt ausprobieren! Sie musste backen.

Schließlich blieb ihr Blick an einem ganz besonderen Bild hängen: Es zeigte mehrere Schweine mit Flügeln, die gerade von einem Backblech abhoben, und begleitete das Rezept zu *galletas voladoras*. »Galleta« hieß Plätzchen, und Leo erkannte die *puerquitos* wieder, die Kekse aus braunem Zucker in Form kleiner Ferkel. Sie blätterte bis ganz ans Ende des Spanisch-Wörterbuchs. »Voladoras« hieß demnach so viel wie »fliegend«.

Fliegende Kekse konnten auch nicht schwerer herbeizuzaubern sein als fliegende Mehlflocken, oder?

Leo zog den kleinen, aber funktionierenden Spielzeugofen unter ihrem Bett hervor, den sie sich zum sechsten Geburtstag gewünscht hatte. Ihre Schwestern durften damals längst den Ofen in der Küche benutzen, und Leo hatte es sattgehabt, die Einzige zu sein, die nichts alleine backen konnte. Sie stöpselte das kurze Kabel in die Steckdose neben ihrer Nachttischlampe und freute sich, dass die Glühbirne im Ofen immer noch funktionierte. Wieder mal würde der Spielzeugofen ihr helfen, mit ihren älteren Schwestern Schritt zu halten.

Sich mitten in der Nacht in die Küche zu schleichen und in der Vorratskammer zu stöbern, wäre unmöglich gewesen. Aber zum Glück gehörten zum Spielzeugofen auch mehrere Keks-Backmischungen in winzigen Papiertüten. Isabel hatte zwar gesagt, dass Magie vor allem etwas mit dem Herzen zu tun hatte, aber Leo wäre es trotzdem lieber gewesen, wenn sie eine Ladung echte *puerquitos* hätte machen können.

Leise schlich sie über den Flur zum Badezimmer (was wesentlich ungefährlicher war als ein nächtlicher Gang in die Küche). Während sie einen rosa Plastikbecher mit Wasser füllte, zuckte sie bei jedem noch so leisen Geräusch zusammen. Als sie sich umdrehte und plötzlich in ein Paar glühende Augen sah, die sie vom Flur her anstarrten, wäre sie vor Schreck beinahe umgekippt.

Señor Gato! Leo überlegte schon, ob der Kater vielleicht auch über magische Kräfte verfügte (Schließlich hatten Hexen doch immer schwarze Katzen, oder? Würde Señor Gato sie bei Mamá verraten?), doch dann hüpfte das Tier einfach nur aufs Waschbecken und rieb sich träge an Leos Ellbogen.

»Ich hoffe wirklich, du bist kein Spion.« Leo wedelte dem Kater mit dem Zeigefinger vor der Nase herum. Doch Señor Gato miaute nur und tapste ihre Hand an. Sie kraulte ihn ein paarmal hinter den Ohren und kehrte dann samt Wasser in ihr Zimmer zurück, wo sie leise die Tür hinter sich schloss.

Als sie eine der Backmischungen aufriss, rieselte gelbes Pulver auf den Fußboden. Leo versuchte es mit Isabels Schnee-Zauber zu entfernen, aber sie war einfach zu aufgeregt, um sich darauf konzentrieren zu können. Also kippte sie die Backmischung und etwas Wasser in eine der Rührschüsseln des Spielzeugofens. Dabei versuchte sie, sich an frühere Träume vom Fliegen zu erinnern, an Trampoline und Hummeln, die summend über den Insektentränken mit Zuckerwasser flogen, die Daddy jeden Frühling im Vorgarten aufhängte.

Als der Teig die richtige Konsistenz hatte, probierte Leo ein kleines Stück davon – puh, das schmeckte keineswegs wie Liebe und Zucker, viel eher wie Chemie und Zucker! Fertigmischungen waren eben mit Mamás Rezepten nicht zu vergleichen, aber wenn Magie wirklich durch Süße entstand, dann würde das bei dem überzuckerten Zeug sicher funktionieren! Leo schüttete zwei weitere Tüten und das restliche Wasser in die Schüssel, bis sie genug Teig für eine ganze Ladung Kekse hatte. Dann formte sie das erste Kügelchen, das später mal ein kleiner Ferkelkörper werden würde.

Für die richtigen Plätzchen benutzte Mamá immer ein Nudelholz und Ausstecher. Das Ausstechen war eine der ersten Aufgaben, die Leo in der Bäckerei hatte übernehmen dürfen. Sie erinnerte sich, dass sie am Anfang so nachlässig ausgestochen hatte, dass den *puerquitos* öfter mal ein Bein, ein Ohr oder der Ringelschwanz fehlte. Aber Mamá hatte die Kekse trotzdem gebacken und als »Leos Glücksschweinchen« verkauft. Jetzt musste Leo ohne Ausstecher zurechtkommen, aber sie war inzwischen alt und geschickt genug, um die winzigen Schnäuzchen und Ohren mit der Hand zu formen. Am Schluss fügte sie kleine Teigflügel hinzu, damit es auch wirklich fliegende Ferkel werden würden.

Als Leo das allererste Plätzchen in den Spielzeugofen schob, machte sie die Augen zu und dachte wieder ans Fliegen. Sie war sich beinahe sicher, in der Kehle ein merkwürdiges Kribbeln zu spüren, eine Ahnung davon, dass die Magie funktionierte. Aber es war wirklich schwer zu unterscheiden, ob das echt war oder ob sie sich nur etwas einbildete.

Sie stellte die Uhr an ihrem Ofen ein und wartete. Ungeduldig wippte sie auf den Fersen vor und zurück. Eine Wolke schob sich vor den Mond und verdunkelte alles bis auf das weiß und rosa schimmernde Plastikgerät. Die Luft war vom Duft nach süßwarmem Teig und Zauberei erfüllt. Leo setzte sich, zog die Knie an die Brust und lächelte.

Als sie den Keks schließlich aus dem Ofen holte, war er an den Rändern etwas zu braun, in der Mitte aber perfekt goldgelb und weich. Leo schob einen rosa Teigschaber unter ein Bein und achtete genau darauf, es beim Abheben vom heißen Blech nicht abzubrechen.

Da fing das losgelöste Bein plötzlich an zu wackeln. Mit einem Schreckensschrei ließ Leo den Teigschaber fallen. Das Bein wackelte wieder, dann löste sich auch das andere vom Blech, und schließlich ploppte das ganze Ferkelplätzchen hoch und stand auf wackligen Beiden auf dem Backblech. Es schüttelte seine Flügel aus, reckte die Schnauze Richtung Zimmerdecke und erhob sich dann in die Luft. Leo schlug sich eine Hand vor den Mund, um mit ihrem Freudenlachen nicht die anderen zu wecken.

»Komm her, Schätzchen«, flüsterte Leo, doch das Ferkel ignorierte sie und flatterte schwerfällig zu ihrem Nachttisch rüber. »Hey, nicht dahin! Sonst krümelst du noch meine Bücher voll!« Leo zog ihr Buch mit dem Titel *Matilda* unter dem Zuckerschweinchen hervor. »Nein, dahin auch nicht, das ist mein Kopfkissen! Hörst du nicht?«

Das Schwein bohrte seine Schnauze weiter in ihr Kissen, als würde es nach Futter suchen. Vielleicht verstand es ja am Ende nur Spanisch? »Ven«, wagte Leo sich vor und streckte die Arme aus, wie Abuela es gemacht hatte, als Leo noch klein gewesen war. Das Ferkel hob den Rüssel und wandte sich ihr zu. »Ven aquí«, komm her.

Das Schweinchen erhob sich in die Luft, flog herbei und ließ sich auf Leos Handfläche nieder.

»Bonita.« Das Wort für »hübsch« kannte Leo zum Glück. Als sie dem Ferkel mit einem Finger über den Rücken strich, erschien ein winziger Spalt in seinem kleinen Gesichtchen – es lächelte! »Okay, geh spielen.« Sie warf das Plätzchen in die Luft, damit es sich in ihrem Puppenhaus umschauen konnte. »Wir backen dir mal ein paar Geschwisterchen. Hermanos«, fügte sie auf Spanisch hinzu, und das Schweinchen flog in einer

Spirale zur Decke hoch, was Leo als Zeichen seiner Zustimmung deutete.

Leos Wecker zeigte gerade 00:35 Uhr, da waren schon sechs Zuckerschweinchen fertig und flatterten kreuz und quer durchs Zimmer, steckten ihren Rüssel in alle Ecken und ließen Teigkrümel herabrieseln, wenn sie in der Luft zusammenstießen. Leo musste sich unbedingt eine Ausrede einfallen lassen, um am nächsten Morgen ihr Zimmer zu fegen, denn Ameisen waren so ziemlich das Letzte, was sie hier drin gebrauchen konnte.

Sie hielt gerade das erste Schweinchen in der Hand – und suchte im Wörterbuch nach spanischen Befehlen, damit sie ihm beibringen konnte, Sitz zu machen und vielleicht sogar über den Boden zu rollen –, als sie auf einmal bemerkte, dass die anderen fünf Kekse sich bei dem Bücherstapel auf ihrem Nachttisch versammelt hatten.

»Was macht ihr denn da?«

Die Schweinchen rückten den Bücherstapel erst hin und her, dann schubsten sie ihn mit mehr Kraft, als Leo ihren Krümelkörpern zugetraut hätte, vom Nachttisch. Mit einem lauten Knall krachten die Bücher zu Boden.

»Hey!«

Die Ferkel umkreisten die heruntergefallenen Bücher im Flug und schleuderten dabei Teigbrösel nach allen Seiten – sie schienen zu lachen! Das Tier, das auf Leos Hand gesessen hatte, hüpfte zu seinen Artgenossen hinunter.

»Aufhören!«, schimpfte Leo leise und fuchtelte wild durch

die Luft, um die Ferkel auseinanderzutreiben. »Ähm … para. Paren, alle miteinander! Todos!«

Doch die Flugschweinchen flatterten außerhalb ihrer Reichweite und begannen eine von Leos Puppen zu umkreisen, eine Prinzessin aus Kunststoff, deren biegsame Arme und Beine über den Rand des Regals herabhingen. »Wagt es ja nicht …!«, drohte Leo, doch die Ferkel stießen die Puppe so heftig an, dass sie laut klappernd zu Boden fiel.

»Schluss jetzt!« Leo wedelte mit beiden Armen hektisch durch die Luft und versuchte die Kekse zu packen, die sich aber jedes Mal wieder ihrem Griff entzogen. »Au! Paren! Paren!« Doch die Plätzchen stürzten sich auf Leos Haare und bröselten ihr Krümel auf Nase und Wimpern. Leo hatte keine Chance, sie zu erwischen. »Paren! Siéntense! Wieso hört ihr nicht auf mich?«

»Leo?«

Sie erstarrte beim Klang der Stimme aus dem Flur. Auch die Kekse stoppten ihre Angriffe und drehten die Schnuten Richtung Tür. Leo schaffte es gerade noch, das magische Buch mit dem Fuß unters Bett zu befördern, was die Situation aber auch nicht mehr retten konnte, denn ihre Tür ließ sich nicht absperren, und schon tauchte Marisol mit schläfrigen Augen auf der Türschwelle auf. Zu ihren Füßen saß Señor Gato und schien selbstzufrieden zu grinsen.

Marisol ließ den Blick durchs Zimmer wandern, von Leo – die nicht wie erwartet im Bett lag – über den Spielzeugofen zu den fliegenden Keksen. Das erste Schweineplätzchen, das mit den leicht verbrannten Beinen, sauste mit erhobener Schnauze auf Marisol zu und krachte dann gegen die Wand, wobei es Leos Schutzengel vom Haken riss. Señor Gato schlug mit der Pfote durch die Luft, doch das Ferkel war zu flink für ihn. Leo zog schuldbewusst den Kopf ein.

Marisol verdrehte seufzend die Augen. »Nicht bewegen. Ich bin gleich wieder da.«

Kurz darauf war sie mit einem leeren Schuhkarton und einem entschlossenen Gesichtsausdruck wieder zurück. Gemeinsam trieben die beiden Schwestern die fliegenden Ferkel in eine Ecke und fingen sie mit der Schachtel ein, bevor sie noch mehr kaputtmachen konnten.

»Silencio«, raunte Marisol und klappte den Deckel zu. »Tranquilo.«

Entweder die Kekse hörten besser auf sie oder der Zauberspruch wirkte, denn schon wenige Sekunden später wurde es still im Karton. Leo atmete erleichtert aus. Marisol drehte sich zu ihr um und zog fragend eine Augenbraue hoch. »Willst du mir vielleicht erklären, was hier los ist, Cucaracha?«

Marisol war als große Schwester ganz anders als Isabel. Bei Isabel hätte Leo ein schlechtes Gewissen gehabt, Marisol hingegen gab ihr das Gefühl, richtig dumm zu sein, was irgendwie noch viel schlimmer war. Marisol setzte immer so ein Gesicht auf, das zu sagen schien: *Bist du so doof oder tust du nur so?*

»Isabel hat mir von der Magie erzählt«, stieß Leo hervor.

Bestimmt war es nicht richtig, ihre Schwester zu verraten, aber jetzt war das Geheimnis doch sowieso kein Geheimnis mehr. »Sie hat mir ein paar Zauber gezeigt.«

»Aha.« Marisols Blick veränderte sich kein bisschen. »Dann weiß Isabel also, dass du fliegende Schweine herbeizauberst, wenn du eigentlich längst schlafen solltest?«

Leo zögerte.

»Dachte ich mir.« Marisol setzte sich auf Leos Bett, wobei sie fast Señor Gato zerquetscht hätte, der sich mit einem wütenden Miauen in den Wandschrank verzog. »Fliegende Plätzchen«, sagte sie und tippte mit dem Finger auf den Schuhkarton. »Immer wieder spaßig. Was hast du noch so alles ausprobiert?«

Leo war sich nicht sicher, ob das eine Fangfrage war. Würde sie noch mehr Ärger bekommen, wenn sie sagte, sie hätte noch andere Zauber ausprobiert? Oder würde Marisol Leo auslachen, wenn sie zugab, dass sie noch nichts Aufregenderes als die Flatterferkel hingekriegt hatte?

»Nur die Mehlschneeflocken«, hielt sie sich an die Wahrheit. »Isabel hat mir gezeigt, wie es geht.«

»Na, was auch sonst.« Marisol funkelte sie an und stampfte mit den Füßen auf dem Boden auf. Dann bemerkte sie, wie Leo sich erschrak, und schüttelte lachend den Kopf. »Tut mir leid. Ich bin nicht auf dich sauer, Cucaracha. Ich finde es nur witzig, dass du der perfekte kleine Klon von Isabel geworden bist, zu dem alle mich machen wollten.«

Leo wusste nicht, was sie sagen sollte. Niemand erwartete

von Marisol, wie Isabel zu sein. Niemand erwartete irgendwas von Marisol, außer vielleicht, dass sie ihren Eltern ein bisschen mehr Respekt entgegenbrachte.

»Hach, Marisol, du müsstest nur ein bisschen mehr üben …« Marisol ahmte Isabels bestimmenden Tonfall nach. »Sie war sicher total aus dem Häuschen, dass du das jetzt schon alles lernen willst, oder?«

Leo zuckte mit den Schultern. »Sie hat gesagt, ich sollte lieber noch damit warten.«

»Hat dir dann aber trotzdem Rezepte zum Ausprobieren gegeben?« Marisol verdrehte wieder die Augen. »Noch bevor du überhaupt weißt, mit welchem Talent du geboren wurdest. Oder hast du etwa auch die Gabe der Beeinflussung geerbt?«

Leo blinzelte sie verständnislos an. »Ich weiß nicht …«

»Ts, ts, ts«, zischte Marisol. »Hat dir Isabel etwa nichts über die Verteilung der Kräfte erzählt?«

Leo klappte den Mund auf, machte ihn dann aber wieder zu und schüttelte den Kopf.

»Also gut, dann werde ich dir das mal erklären, wenn wir jetzt sowieso schon dabei sind, mit allen Traditionen zu brechen. Seit Generationen wurden in Mamás Familie immer nur Töchter geboren. Jede Schwesterngruppe bekommt gewisse magische Kräfte zugeteilt, je nachdem, in welcher Reihenfolge sie geboren werden. Zweitgeborene wie Mamá und ich haben die Gabe, Dinge aus dem Nichts erscheinen zu lassen – meistens kleine Dinge –, wann immer wir sie brauchen.«

Leo keuchte, als Marisol ihre Hände öffnete – in der einen lag ein lilafarbenes Feuerzeug, in der anderen ein Fläschchen grellroter Nagellack. Seit Jahren hatte Leo den Verdacht gehegt, ihre Schwester wäre eine Ladendiebin, dabei hatte sie die ganze Zeit nur gezaubert. Sie dachte an Mamás unerschöpflichen Nachschub an Lesebrillen und Bleistiften. Aufgeregt wippte sie auf den Fersen vor und zurück. Würde sie auch diese Gabe bekommen? »Und was ist mit den anderen Schwestern?«

»Die Drittgeborenen haben die Gabe der Kommunikation. Sie können mit den Toten sprechen – Abuela konnte das, Tía Paloma kann es, und die Zwillinge jetzt auch. Offenbar gelten sie beide als Drittgeborene.« Marisol drehte ihre plötzlich wieder leeren Hände um und klopfte auf den Schuhkarton. »Erstgeborene wie Isabel bekommen die unheimlichste Gabe: die der Beeinflussung.«

Leo hielt die Fähigkeit, mit den Toten zu sprechen, zwar für wesentlich unheimlicher, aber sie sagte nichts.

»Sie machen … Vorschläge. Sie können die Gefühle anderer Menschen verändern, können dich einfach so glücklich oder traurig werden lassen. Wenn Isabel ihre Gabe auf einen anwendet, merkt man es nicht einmal. Wahrscheinlich hat sie es mit dir auch schon längst getan.«

Leo wich zurück. Der böse Ausdruck in Marisols Augen gefiel ihr nicht, aber der Gedanke, Isabel könnte sie manipuliert haben, auch nicht. Doch dann holte sie tief Luft und dachte daran, wie Isabel es immer schaffte, die Zwillinge zu besänftigen, wenn die sich endlos zankten, und manchmal gelang es ihr sogar, Marisol aufzumuntern. Isabel war der Friedensmacher in der Familie, und das war alles andere als unheimlich.

»Und was ist mit mir? Welche Gabe haben Viertgeborene?«

»Tja …« Marisol ließ einen Haargummi um ihr Handgelenk erscheinen und band sich damit die Haare zu einem Dutt hoch. »Das wissen wir noch nicht so genau. Soweit wir zurückdenken können, hat es in jeder Generation immer nur drei Töchter gegeben. Zwillinge hat auch noch niemand bekommen, aber bei Alma und Belén hat sich schnell herausgestellt, was in so einer Situation geschieht. Du hingegen … du bist das große ungelöste Rätsel der Familie.«

»Es hat bisher immer nur drei Töchter gegeben?« Leo wusste, dass Mamá zwei Schwestern hatte (Tía Isabel war nur schon in jungen Jahren verstorben), und auch Abuela hatte zwei Schwestern gehabt, beide wesentlich älter als sie und schon lange tot, als Leo zur Welt gekommen war.

Marisol nickte. »Seit Hunderten von Jahren. Du kannst den Stammbaum bei Gelegenheit mal im magischen Buch nachschlagen.«

Leo biss sich auf die Unterlippe. Seit Jahrhunderten war sie die allererste Viertgeborene. Tja, dann war sie wohl doch die Merkwürdigste hier. »Aber ich kann zaubern«, raunte sie entschieden. Ihr Geburtstalent mochte zwar ein Rätsel sein, aber das bedeutete ja nicht, dass sie es nicht herausfinden konnte.

Vielleicht war ihre Gabe ja noch viel cooler als die ihrer Schwestern. »Kann ich wirklich.«

Marisol räusperte sich vernehmlich, und Leo hatte wieder das Gefühl, etwas Dummes gesagt zu haben.

»Tut mir leid. Ich bin zwar eine Bruja, aber ich mach mir nicht viel aus Magie.« Marisol drehte sich zum Fenster, sodass sie mit dem Rücken zu Leo dastand. »Klar, ich zaubere immer mal wieder Nagellack und andere Kleinigkeiten herbei, das ist so eine natürliche Gewohnheit, ich merk's kaum noch, wenn ich es tue. Aber ich finde es irgendwie nicht gut, eine Kraft einzusetzen, von der man nicht weiß, woher sie stammt. Ich verstehe nicht, warum Isabel so oft Magie verwendet, um Sachen wieder in Ordnung zu bringen. Ich mag die … großen Zaubersprüche nicht. Die können furchtbare Folgen haben. Und an deiner Stelle würde ich mich mit dem Zeug nicht früher als unbedingt nötig beschäftigen, Cucaracha.« Marisol wandte sich wieder Leo zu, setzte sich zu ihr aufs Bett und tätschelte ihr die Schulter.

So liebevolle Berührungen kannte Leo von ihrer Schwester gar nicht. Normalerweise bekam sie nur das Augenrollen zu sehen und das Geseufze zu hören, zumindest seit ein paar Jahren. Also wenn das jetzt nicht ein Wunderwerk der Magie war …!

»Aber wenn du schon zaubern willst, Cucaracha, dann rate ich dir eins.« Marisol zog den Arm weg und sah Leo direkt in die Augen. »Befolge das Rezept so genau wie nur möglich.

Normalerweise werden diese kleinen fliegenden Ferkel nie so überdreht, aber wenn man Fertigbackmischungen wie die aus deinen Tüten verwendet, weiß man eben nie, was dabei rauskommt. Und je komplizierter ein Rezept ist, desto mehr Auswirkungen kann selbst die kleinste Veränderung der Zutaten haben.«

Leo starrte ihre Schwester an. Sie konnte einfach nicht verstehen, wie jemand keine Lust haben konnte, alles über Magie zu lernen, was es zu lernen gab. »Isabel hat aber gesagt, dass man sich jederzeit auch neue Zauber ausdenken kann. Sie hat doch auch einen erfunden.«

Marisol runzelte die Stirn. »Das hätte sie dir lieber nicht sagen sollen. Aber eigentlich hätte sie dir von vornherein überhaupt nichts erzählen sollen. Hör zu, ich will keine Petze sein, ich werde Mamá nichts verraten, deswegen … Hier ist mein Deal: Du lässt dich von mir nie wieder beim Zaubern erwischen, und ich sage Mamá kein Wort über die heutige Nacht. O.k.?«

Leo sah Marisol in die Angst einflößend eindringlichen Augen. »O.k.«, log sie und dachte an das magische Buch unter ihrem Bett, das nur darauf wartete, dass Leo seine Rezepte ausprobierte. Tja, sie würde es von jetzt an geschickter anstellen müssen, sodass niemand etwas davon mitbekam. »Keine Magie mehr.«

»Gut.« Marisol stand auf und nahm den Schuhkarton mit. »Und nur für den Fall, dass du doch wieder in Versuchung kommen solltest …« Sie packte die Schuhschachtel auf den Spielzeugofen und schleppte beides in den Flur hinaus. »Und jetzt geh endlich schlafen, Cucaracha. Genug herumgeschnüffelt.«

Leo knipste ihre Lampe aus, krabbelte ins Bett und zog sich die Decke bis über die Ohren hoch. Nein, sie schnüffelte nicht mehr herum. Und nein, sie probierte keine magischen Rezepte mehr aus. Aber nach allem, was sie von Isabel und Marisol erfahren hatte, gab es so vieles, worüber sie nachdenken musste, dass sie trotzdem noch bis tief in die Nacht wach blieb. Sie hatte jedenfalls nicht vor, die nächsten drei Jahre alles zu vergessen, was sie jetzt über Magie herausgefunden hatte.

Marisol war nicht die einzige Schwester, die sich gegen die Regeln auflehnen konnte.

KAPITEL 10

Zimtschnecken

Leo.« Mamás Hand rüttelte Leo sanft an der Schulter. »Hey, Süße, ich muss mal mit dir sprechen«, sagte Mamá leise.

Leo fuhr hoch. »Es tut mir leid, ich … Was?«, sprudelte es schlaftrunken aus ihr heraus.

»Schsch.« Mamá lachte. »Ganz ruhig, Süße. Ich wollte nur mit dir über das reden, was gestern passiert ist.«

Leo rieb sich den Schlaf aus den Augen und vergrub dann ihr Gesicht in den Händen. Mamá wusste alles! Vielleicht hatte Marisol letzte Nacht nur so nett und verständnisvoll getan und nun doch gepetzt, oder vielleicht war Señor Gato doch ein Spion, oder vielleicht hatte Mamá auch einfach nur ihre Mamá-Magie eingesetzt.

»Tut mir leid«, wiederholte Leo kleinlaut.

»Schon gut. Daddy und ich wissen, dass du den Tisch nicht mit Absicht halb umgeworfen hast.«

Leo nahm die Hände herunter. Mamá redete vom Fest gestern! Sie wusste gar nichts von dem magischen Buch und dem ganzen Rest. Leo versuchte ihr rasendes Herz zu beruhigen.

»Ich weiß, dass du manchmal frustriert bist«, sagte Mamá. »Es ist nicht leicht, wenn man noch klein ist und so viele ältere Schwestern hat. Eurer Tía Paloma ging es damals auch nicht anders. Aber du machst mir Sorgen, Süße. Du bist in letzter Zeit so oft ungehalten und schmollst. Wie wär's, wenn du mir einfach erzählst, was du auf dem Herzen hast?«

Leo zögerte. Sie war sich sicher gewesen, dass ihr Frust sich in Luft auflösen würde, sobald sie das große Familiengeheimnis kannte, aber dem war nicht so. Sie hatte immer noch Bauchschmerzen, wenn sie an den gestrigen Tag dachte. »Nie darf ich was«, jammerte sie. »Nie darf ich euch helfen.«

Mamá legte einen Arm um ihre Schultern und drückte sie an sich. »Wir haben eben viele helfende Hände in der Familie. Ich habe großes Glück, so viele wunderbare Töchter zu haben.«

»So viele hättest du doch gar nicht gebraucht«, entgegnete Leo und dachte an die vielen Generationen mit nur drei Töchtern. Aber das konnte sie Mamá natürlich nicht sagen.

»Leonora Elena Logrono! Wie kommst du denn auf diesen dummen Gedanken?!« Sie stand vom Bett auf. »Los, komm! Dagegen müssen wir etwas tun, jetzt sofort.«

»Gegen was?« Leo schwang die Beine aus dem Bett und sah auf ihren Wecker. 5 Uhr 45, ganz schön spät für die Inhaberin einer Bäckerei, die normalerweise weit vor Sonnenaufgang in den Tag startete, aber ganz schön früh für eine Sechstklässlerin, die bis weit nach Mitternacht aufgeblieben war, um zu zaubern. Leo gähnte so ausführlich, dass ihr die Augen tränten, und strich sich die wilden Haarsträhnen aus dem Gesicht.

Mamá krempelte sich die Ärmel ihres karierten Schlafanzugs hoch. »Putz dir die Zähne und dann komm runter in die Küche«, sagte sie. »Wir machen Frühstück.«

Als Leo in die Küche kam, hatte Mamá den ganzen Krempel vom Küchentresen weggeräumt, damit sie Platz für eine silberne Rührschüssel und ihre Schachtel mit Rezept-Karteikarten hatte. »Was meinst du, Leo?«, fragte sie. »Crêpes? Orejas? Tamales? Nur bitte kein Pan de muerto, das hab ich die letzten Tage so oft backen müssen, dass ich es nicht mehr sehen kann.«

Leo setzte sich auf einen der Hocker und überlegte. Sie konnte sich gar nicht erinnern, wann sie zuletzt bestimmen durfte, was es an einem Sonntag zum Frühstück geben sollte. Oder wann sie mit Mamá allein in der Küche gewesen war, ohne dass Isabel die meiste Arbeit an sich riss und Marisol die meiste Aufmerksamkeit.

»Können wir Zimtschnecken machen?«

»Aber sicher.« Mamá griff nach ihren Rezepten. »Ich hab hier irgendwo welche mit Zimt und Muskatnuss, die schmecken herrlich … Ah, da haben wir's!« Sie hielt eine Karte hoch, auf der *Roles de canela* stand, der spanische Ausdruck für Zimtschnecken.

Leo lächelte. Sie kannte die schnörkelige Handschrift schon aus dem Zauberbuch. Anscheinend gaben Mamás Ahninnen nicht nur magische Rezepte von einer Generation zur anderen weiter.

Leo hüpfte vom Hocker herunter und stellte sich auf die Zehenspitzen, um an das Gewürzregal oberhalb des Herdes heranzukommen. »Zimt und Muskatnuss. Was noch?«

Mamá las die übrigen Zutaten vor und Leo reihte sie auf dem Tresen auf: Mehl, Zucker, Salz, Milch, Butter, Eier, Hefe. Daneben der Mixer. Alles stand bereit, um ein köstliches Frühstück zu zaubern, ganz ohne Magie. Leo hatte das Gefühl, als reiche ihr Lächeln von einem Ohr bis zum anderen.

»Weißt du, Leo …« Mamá maß das Mehl im größten Messbecher ab und hielt Leo den nächstkleineren hin, damit sie den Zucker abmessen konnte. »Ich bin froh, dass du mir ehrlich gesagt hast, wie es in deinem Herzen aussieht. Ich weiß, dass Daddy und ich manchmal so viel arbeiten, dass wir wenig Zeit für dich haben, aber wir lieben dich über alles!«

Leo, die gerade ihren vollen Messbecher glatt strich, hielt inne. Die vertrauten Schuldgefühle blubberten in ihrem Bauch hoch. Nein, sie war Mamá gegenüber überhaupt nicht ehrlich gewesen. Sie hatte herumgeschnüffelt und sich versteckt und gestohlen und gelogen. Sie reichte Mamá den Zucker, damit sie ihn in die Schüssel kippen konnte. Hoffentlich machten ihre Gewissensbisse den süßen Teig nicht sauer.

»Aber ich finde, jammern und mit dem Fuß aufstampfen ist keine besonders reife Methode, um mehr Beachtung zu bekommen.«

»Ich weiß.« Leo starrte auf den beigefarbenen Linoleumboden und wünschte sich plötzlich, sie wäre doch nicht so ganz allein mit Mamá.

Ihre Mutter strich ihr über den Kopf. »Ich würde sagen, wir müssen beide bessere Methoden finden, um uns zu zeigen, was wir empfinden.«

Leo nickte, aber die Schuldgefühle in ihrem Bauch köchelten immer höher. »Mamá ...«

»Ja, Leo?«

»Ich wollte fragen, ob du mir was beibringen könntest ... Ich hab da was gesehen ... Also, könntest du mir vielleicht sagen ...« Leo gab sich alle Mühe, die richtigen Worte zu finden, aber irgendwie klebten sie in ihrer Kehle fest wie Muffins in ihren Förmchen, wenn man vergessen hatte, sie einzufetten.

»Was denn?« Mamá stellte die Milchtüte ab und sah sie eindringlich an, was Leo die Sache nur noch schwerer machte.

»Könntest du mir zeigen, wie ...« Da verließ Leo der Mut. »Ähm ... wie man ein Ei mit nur einer Hand aufschlägt?«

»Aber sicher doch.« Mamá lachte. Sie nahm ein Ei vom Tresen, knackte es gekonnt an der Kante der Rührschüssel auf und ließ mit einer einzigen geschmeidigen Bewegung Eigelb und Eiweiß in den Teig gleiten. »Aber da kann ich dir wenig beibringen, es ist eher eine Frage der Übung. Na los, versuch's mal. Als Bäckerin kann man gar nicht früh genug anfangen, so was zu üben.«

Leo nahm ein Ei in die Hand und stieß es zuerst so vorsichtig an den Schüsselrand, dass die Schale gar nicht zerbrach. Ja, Mamá hatte recht. Leo würde Bäckerin werden, genau wie alle anderen vor ihr, und eine Hexe würde sie auch werden. Eine Bruja, wie Isabel gesagt hatte. Und dafür musste sie so viel üben, wie sie nur konnte.

Mamá sah zu, wie Leo die restlichen Eier aufschlug, dann zeigte sie ihr, wie sie nach und nach Mehl hinzufügen musste, bis der Teig genau richtig war – fluffig und klebrig und süß. Dann kneteten sie den Teig und stellten ihn beiseite, damit er gehen konnte, und Mamá kochte zwei große Tassen heißen Kakao mit einer dicken Haube Schlagsahne und Zimtpulver obendrauf. Die tranken sie genüsslich, während sie nebenher die andere Hälfte des Rezepts vorbereiteten, nämlich die Füllung. Leo entschied in letzter Minute noch, eine Ladung Rosinen in den Zimtsirup zu mischen. Zusammen mit Mamá rollte sie schließlich den Teig aus, bestrich ihn mit der Füllung und formte ihn zu einer saftigen, herrlich würzig-süß duftenden Rolle. Als sie die Rolle in Scheiben schnitt, musste Leo daran denken, wie viele Leute für ihr Gebäck Fertigteig benutzten und dass tiefgekühlter Teig mit diesen wunderbaren hausgemachten Zimtschnecken überhaupt nicht mithalten konnte.

Es machte Leo nichts aus, als Isabel gerade rechtzeitig in die Küche kam, um die Glasur zu übernehmen – niemand konnte so gute Glasuren machen wie Isabel. Gegen Viertel vor acht trieb der Duft der abkühlenden Schnecken auch Daddy, Marisol und die Zwillinge aus ihren Betten. Daddy verbrannte sich die Zunge, weil er es einfach nicht abwarten konnte, in eine Zimtschnecke zu beißen, und machte sich einen Spaß daraus, bei jedem Bissen seiner insgesamt drei Schnecken ein theatralisch schmerzverzerrtes Gesicht zu ziehen. Alma und Belén zupften eine Schnecke in kleine Stücke und legten die auf einen Teller, den sie in die Mitte des Tisches stellten. Sie sagten kein Wort dazu, für wen der zusätzliche Teller war, aber Leo wusste es sowieso – das war eine Opfergabe für die Verstorbenen, auch ohne den üblichen Altar wie am Tag der Toten. Ob Abuela die Zimtschnecken auch so gut schmeckten? Leo musste bei dem Gedanken lächeln.

»Wieso bist du denn schon so früh aufgestanden, Cuca… Leo?« Marisol ließ den Spitznamen fallen, als Mamá ihr einen strengen Blick zuwarf. »Ich dachte, du wärst gestern Abend noch lange aufgeblieben, um zu … lesen.«

»Ich hab Leo um Hilfe gebeten«, antwortete Mamá, während Leo schamesrot den Blick abwandte. »Wird höchste Zeit, dass sie ein bisschen Übung im Backen bekommt. Außerdem fühlt sie sich oft so ausgeschlossen.«

»Ich hoffe, nicht allzu sehr.« Isabel verzierte ihr Zimtröllchen mit einer Schneeflocke aus flüssigem Zuckerguss und zwinkerte Leo zu.

»Also, heute wird jedenfalls niemand ausgeschlossen.« Daddy legte je einen Arm um Alma und Leo. »Heute wollen wir nämlich ein erfolgreiches Wochenende feiern. Eine Bäckerei, die tatsächlich Gewinn abwirft …«

»Genug für ein neues Haus?«, fragte Mamá.

Daddy zwinkerte Leo zu. »Wir feiern außerdem unser *wunderschönes* altes Haus, das uns alle so wunderbar beherbergt, bis wir genug zusammengespart haben …«

Mamá schüttelte lachend den Kopf.

»Euch allen einen fröhlichen Día de los Muertos!«

Marisol verdrehte die Augen, Isabel lachte und Mamá erinnerte die ganze Familie daran, dass sie in ein paar Stunden zur Kirche mussten und schon am nächsten Morgen jede Menge Arbeit in der Bäckerei auf sie wartete. Allen klebte ein zuckriges Lächeln im Gesicht. Leo leckte sich den Zimt von den Fingern und lachte mit, doch ihre Gedanken wanderten immer wieder zu dem Buch unter ihrem Bett. Sie hätte gar nicht sagen können, was schlimmer war – das schlechte Gewissen, weil sie ihren Eltern etwas verheimlichte, oder die Ungeduld, endlich wieder einen neuen Zauber ausprobieren zu können.

KAPITEL 11

Carolines Brief

Bevor sie an diesem Sonntagabend zu Bett ging, kletterte Leo auf ihren Schreibtisch und reckte sich zum obersten Regalbrett hoch, wo Daddys alte Studienbücher standen. Eins davon war groß und dick und hatte einen dunkelroten Einband. Er war zwar nicht aus Leder, aber das würde bei einem flüchtigen Blick hoffentlich nicht auffallen. Leo packte es zusammen mit dem magischen Buch und dem Spanisch-Wörterbuch in ihren Rucksack, der dadurch wirklich schwer wurde. Sie musste die Lücke im Regal der Bäckerei so schnell wie möglich mit dem Ersatzbuch aus Daddys Bestand füllen, damit sie das Rezeptbuch behalten und sich im Backen und Zaubern üben konnte. Zufrieden mit ihrem genialen Plan, stopfte Leo ihre Schulsachen in den ohnehin schon vollgepackten Rucksack und legte sich schließlich ins Bett.

Am nächsten Morgen ging es vom ersten Moment an hektisch wie immer zu. Mamá verließ schon früh das Haus, um die Bäckerei zu öffnen, Isabel verschlief ihren Wecker und Marisol hielt alle mit einem ihrer Outfit-Notfälle auf. Leo hatte Glück, dass sie den Schulbus gerade noch erwischte.

Während der Bus die übliche Route entlang holperte, ging Leo in Gedanken noch mal ihren Wochenplan durch. Sie wollte das magische Buch in der Schule lesen, weil sie dort niemand aus ihrer Familie dabei erwischen konnte. Die übersetzten Rezepte würde sie in ihr Heft schreiben, damit sie sie jederzeit ausprobieren konnte, auch ohne das Buch bei sich zu haben. Dass sie in der Schule mit dem Buch erwischt werden könnte, bereitete Leo keine Sorgen. Ms Wood sprach nämlich kein Spanisch. Die größte Schwierigkeit würde sein, das Ganze vor Caroline geheim zu halten.

Als der Bus an der letzten Haltestelle stehen blieb, schaute Leo auf. Erst erblickte sie Brent, dann die schmollende Caroline.

»Äh … hi.« Caroline ließ sich auf den Sitz neben Leo plumpsen, ohne Brent eines Blickes zu würdigen. Der wiederum entschied sich für einen Platz ganz vorne im Bus. Caroline schlug sich die Hände vors Gesicht.

»Was ist denn los?«, fragte Leo.

»Ich hab was Schlimmes gemacht«, stöhnte Caroline.

»Was meinst du damit?«

»Ich hab was Blödes getan und jetzt redet Brent nicht mehr mit mir.«

Leo zog die Augenbrauen hoch. Sie konnte sich kaum vorstellen, was Caroline so Schlimmes gemacht haben könnte, dass Brent jetzt wirklich verstummt war. »Willst du es mir erzählen?«

Schniefend ließ Caroline die Hände sinken. »Ach, eigentlich ist das gar keine so große Sache«, flüsterte sie und drehte ihr grün-weißes Perlenarmband um ihr Handgelenk.

Leo sagte nichts und wartete ab – Mamás beste Methode, um die Leute zum Reden zu bringen.

»Es ist nur … Er hätte nicht gleich so gemein werden müssen. Ich dachte, wir wären Freunde.« Caroline vergrub das Gesicht wieder in den Händen und fing an zu schluchzen.

»Ist schon gut«, sagte Leo. »Jetzt erzähl erst mal ganz in Ruhe.«

Caroline fischte aus ihrer Jeanstasche einen zerknüllten Zettel heraus und gleichzeitig ein Taschentuch, um sich die Nase zu putzen. Leo nahm den Zettel in die Hand (wobei sie sorgsam darauf achtete, Carolines vollgerotztes Tempo nicht zu berühren), faltete ihn auseinander und las:

Lieber Brent,
das klingt jetzt vielleicht komisch, aber ich wollte dir sagen, wie froh ich bin, dass wir Freunde sind. Heute werden die Toten gefeiert, aber ich wollte auch die Lebenden feiern und dir deswegen sagen, dass ich zu schätzen weiß, was du für mich tust. Danke, dass du

immer am besten weißt, wie du mich aufmuntern
kannst.
Alles Liebe
Caroline

Jemand (nicht Caroline) hatte das Wort »Liebe« dreimal mit einem schmierigen Buntstift unterstrichen, und in derselben Farbe stand unten auf dem Zettel eine Antwort geschrieben:

ROSEN SIND ROT,
VEILCHEN SIND BLAU,
UND MÄDCHEN, DIE STINKEN.
DU AUCH – WIE 'NE SAU!

»Dir wollte ich auch einen Brief schreiben«, sagte Caroline. »Ich wollte ihm damit doch nicht sagen, dass ich ihn *liebe*! Ich hab nur gemeint …«

Leo sah die Worte mit eigenen Augen und konnte es trotzdem nicht fassen. Okay, Brent war vielleicht ein bisschen eklig, aber gemein hatte sie ihn noch nie erlebt. »Da stimmt was nicht«, sagte sie mit Blick auf den Brief. »Das kann er unmöglich geschrieben haben.«

»Es ist auch nicht seine Handschrift«, sagte Caroline schniefend. »Ich glaube, das hat einer von den Jungs geschrieben, mit denen er Fußball spielt. Randall O'Connor oder so.«

»Aber das ist doch gut, oder nicht?«, fragte Leo. »Wenn er

das gar nicht geschrieben hat, dann hast du doch gar keinen Grund, traurig zu sein.«

Caroline schüttelte schluchzend den Kopf. »Doch. Ich hab gestern gesehen, wie sie den Zettel in meinen Briefkasten geworfen haben, Leo. Mehrere Jungs zusammen. Brent war auch dabei. Das heißt, er hat ihnen meine Nachricht gezeigt. Und er hat zugelassen, dass sie mir diese Antwort schreiben. Er wusste Bescheid.« Tränen rannen ihr übers Gesicht und ihre Schultern bebten. »Ich könnte im Boden versinken vor Scham!«

Leo zerknüllte den Zettel in der Faust und warf ihn zum Fenster hinaus. »Brent Bayman.« Aus jeder Silbe troff die Verachtung für den Missetäter. »Brent Bayman ist ein Arschgesicht ohne Charakter und … und mit … schlechten Zähnen! So!«

Caroline spitzelte zwischen ihren Fingern hervor. »Seine Zähne sind schon okay«, sagte sie leise. »Ich meine, durch die Zahnspange wird seine Zahnlücke bald geschlossen sein.«

Er war doch Carolines Freund! In Leos Bauch drehte sich alles, und am liebsten hätte sie laut losgeschrien.

Caroline schnäuzte sich in das längst aufgeweichte Taschentuch. »Ich bin selber schuld. Ich hätte ihm die Nachricht nicht schreiben sollen. Was hab ich mir nur dabei gedacht?«

»Caroline Campbell«, sagte Leo streng. »Das ist überhaupt nicht deine Schuld! Du hast was Nettes getan, hast deine Gefühle ehrlich in Worte gefasst, und das zeugt von großer Reife! Du bist großartig.«

»Danke«, murmelte Caroline in ihre Handflächen.

Leo nahm ihren Ranzen vom Boden und drückte ihn an die Brust. Sie konnte die Nähe des Rezeptbuches regelrecht spüren, und eine Idee nahm in ihrem Kopf Gestalt an. »Und mach dir keine Gedanken wegen Brent … Ich bin sicher, er wird sich bald bei dir entschuldigen. Vielleicht war das Ganze ja nur ein riesengroßes Missverständnis oder so.«

»Ja, vielleicht.« Achselzuckend wischte sich Caroline die Haare aus den rot verweinten Augen. »Danke, Leo.«

In Mathe war Caroline so neben der Spur, dass sie ständig alles verwechselte, sogar Parallelogramme mit Rechtecken. Im Sprachunterricht meldete sie sich kein einziges Mal, obwohl Ms Wood immer wieder erwartungsvoll zu ihr hinüberschaute. Leo hatte eigentlich vorgehabt, sich in der Pause mit ihrer Freundin in die Cafeteria zu setzen, um sie aufzumuntern, aber komischerweise war Caroline nirgendwo zu sehen.

Leo suchte jede der grauen Plastiktischreihen ab, schaute gleich zweimal in der Schlange bei den warmen Gerichten nach und streckte sogar den Kopf auf den Flur raus, obwohl sie keinen Flur-Passierschein hatte. Aber am Ende blieb ihr nichts anderes übrig, als sich auf ihren üblichen Platz ganz am äußeren Ende eines Tisches zu setzen. Von hier aus konnte sie Tricia Morales und Mai Nguyen zulächeln, wurde aber normalerweise nie in die Gespräche einbezogen, die am Tisch stattfanden.

Heute gab sich Leo nicht mal Mühe, rauszufinden, worüber die anderen lachten oder was sie am Wochenende im Fernsehen gesehen hatten. Sie war so damit beschäftigt, nach Caroline Ausschau zu halten und zu dem magischen Buch auf ihrem Schoß runterzuspitzeln, dass sie gerade mal drei Bissen von ihrem Sandwich aß, obwohl das längliche Bolillo-Brötchen echt frisch und fluffig war. Brent saß inmitten der anderen Jungs aus der Sechsten, statt wie sonst etwas abseits.

»Anscheinend hat Brent sich endlich von Caroline abgesetzt.«

Die näselnde Stimme, die das gesagt hatte, hätte Leo überall wiedererkannt. *Emily Eccles.* Leos Mitschülerin beugte sich so über den Tisch, dass jeder sie sehen und hören konnte.

»Brent ist echt cool, und Caroline … na ja …« Emily warf sich achzelzuckend die Haare über die Schulter. Morgan Wolfe und Taylor Rowe kicherten hinter vorgehaltener Hand und nickten zustimmend.

Leo ballte unter der Tischplatte die Fäuste. Sie wünschte, ihre magischen Kräfte würden es ihr erlauben, Blitze oder heißes Wasser heraufzubeschwören. Schräg gegenüber schüttelte Tricia den Kopf, wobei ihre ordentlich nach hinten gekämmten Locken auf und ab wippten, und Mai schenkte Leo ein mitfühlendes Lächeln, bevor sie sich wieder ihrer Unterhaltung mit Tricia widmete.

»Caroline ist nett«, sagte Maria Villareal. Das Gelächter verstummte, die eben noch nickenden Köpfe waren wie erstarrt. Maria hatte eine besondere Gabe, die ihr auch schon den Posten als Klassensprecherin eingebracht hatte: Wenn sie redete, hörten ihr alle zu.

»Oh, das weiß ich doch«, ruderte Emily Eccles zurück, als sie sah, dass ihr Publikum ihr entglitt. »Sie ist nur immer so schüchtern. Ich glaube, Brent hat nur so viel Zeit mit ihr verbracht, weil er nett sein wollte. Weil sie doch als Nachbarskinder aufgewachsen sind.« Ein paar der anderen Mädchen nickten zögerlich, aber Maria tat das alles mit einem Schulterzucken ab.

Wütend biss Leo von ihrem Schinkensandwich ab und blätterte wieder ihr magisches Buch durch, in der Hoffnung, ein Rezept zu finden, um Emily Eccles' Locken in Schlangen und Würmer und anderes ekliges Getier zu verwandeln. Emily Eccles hatte doch keine Ahnung, weder von Brent noch von Caroline. Sie wusste nicht, wie Brent Caroline mit seinen albernen Experimenten zum Lachen brachte oder wie Caroline ihm ein Stück von ihrem *Pan dulce* abgegeben hatte oder wie die beiden die Köpfe zusammensteckten und sich über die Quadratmeterzahl und den Grundriss ihres geplanten Baumhauses unterhielten.

Leo sah zu den Sechstklässlerjungs am anderen Tisch rüber. Brent lachte gerade über etwas, was Chris Robbilard gesagt hatte. Emily Eccles hatte keine Ahnung, wovon sie da redete. Oder doch?

Als die Cafeteria sich zehn Minuten vor dem Ende der Pause zu leeren begann, ging Leo mit den anderen nach draußen, verzog sich dann aber hinter das Schulgebäude, um sich einen ruhigen Platz zum Übersetzen des Rezeptbuches zu suchen. Doch der ruhige Platz, den sie fand, war bereits von der leise vor sich hin weinenden Caroline besetzt.

»Hey.« Leo stellte ihren Ranzen auf der rotbraunen Holzbank ab. »Ich hab dich schon die ganze Zeit gesucht.«

»Ich wollte nicht in die Cafeteria«, sagte Caroline.

Leo nickte.

»Ich glaube, die ganze Schule weiß inzwischen davon.«

Leo wollte ihrer Freundin nicht sagen, dass sie wahrscheinlich recht hatte. Caroline nestelte am Riemen ihres Rucksacks herum und trat gegen ein Grasbüschel, das sich durch einen Riss im Betonboden hindurchgezwängt hatte. Ihre Augen waren ganz rot und verquollen.

Leo umklammerte ihr magisches Buch. Sie wollte das Familiengeheimnis nicht verraten. Mamá und Isabel und Marisol wären furchtbar enttäuscht, wenn sie jemandem davon erzählte, auch wenn es nur Caroline war. Ganz zu schweigen davon, was sie sagen würden, wenn sie herausfanden, dass sie auf eigene Faust Zaubersprüche ausprobierte.

Aber Brent Bayman hatte eindeutig einen magischen Tritt in den Allerwertesten verdient. Wozu hatte man magische Kräfte, wenn man sie nicht einsetzen durfte, um seiner besten Freundin zu helfen?

»Caroline«, begann Leo mit vor Aufregung quietschender Stimme. »Was hältst du davon, wenn wir uns rächen?«

Caroline seufzte. »Nett von dir, dass du meinetwegen auch sauer bist, aber … Ich will nicht, dass du Brent eins auswischst. Bitte. Ich … ich halte nichts von Rache, wirklich nicht.«

»Aber …« Leo runzelte die Stirn. »Bist du denn nicht sauer auf ihn?«

Caroline versteckte sich hinter ihren Stirnfransen. »Ich möchte nicht, dass wir Ärger kriegen, weder du noch ich.«

»Aber das will ich dir gerade erklären! Es würde nie jemand erfahren, dass wir es waren.«

»Leo.« Carolines traurige Stimme hörte sich jetzt wieder ein bisschen selbstsicherer an, wie im Unterricht, wenn sie jede Frage wie aus der Pistole geschossen beantworten konnte. »Das perfekte Verbrechen gibt es nicht. Irgendwann wird jeder erwischt. Das sagt mein Vater immer, und der guckt echt viele Sendungen über wahre Verbrechen und so.«

»Aber …« Leos Stimme war nur noch ein Wispern. »Ich wette, von diesen ganzen Leuten hatte keiner eine Geheimwaffe.«

»Oh-oh.« Carolines Lachen war noch schwach und verheult, aber eindeutig zu hören. »Muss ich mir jetzt etwa Sorgen machen?«

»Nein, du nicht.« Leo grinste spitzbübisch. Da klingelte es zum Pausenende. »Meinst du, dein Vater hat was dagegen, wenn ich nach der Schule mit zu dir komme?«

KAPITEL 12

Besuche und Pläne

Ja, Daddy kann mich vor dem Abendessen abholen. Ja, Mr Campbell ist auch zu Hause. Ja, ich rufe an, wenn irgendwas ist.« Leo beugte sich vor und legte eine Hand um den Hörer. »Nein, ich bin nicht nervig«, raunte sie und spürte, wie sie rot anlief. »Nein, sie brauchen keine süßen Brötchen. Warte …«, verbesserte sich Leo, als Caroline ihr stumm zuwinkte. »Also, Daddy kann gern ein paar süße Brötchen mitbringen, wenn er mich abholt.«

Nachdem sie noch ein paar weitere Fragen beantwortet hatte, setzte sich Leo mit Caroline in Richtung Bushaltestelle in Bewegung. Der Bus war gerade angekommen, aber als sie einsteigen wollten, drängelten sich mehrere Jungs aus der Sechsten an ihnen vorbei, schubsten sich und rangelten miteinander ohne Rücksicht auf andere oder die Schulregeln. Randall O'Connor krachte gegen Carolines Schulter und schob sich dann ohne ein Wort der Entschuldigung an ihr vorbei. Die Mädchen starrten ihm böse hinterher, da hörten sie auf einmal eine Stimme hinter sich.

»Ups, tut uns leid, also … ich … oh …« Als sie herumwirbelten, stand Brent hinter ihnen.

Er schluckte trocken und senkte den Blick. »Sorry.« Er schaute flüchtig zu Leo hin, die aber mit einem finsteren Blick antwortete, sodass er seine Augen schnell wieder den Spitzen seiner Turnschuhe zuwandte. »Die wollten nur … Also …« Er suchte immer noch nach Worten, als Randall O'Connor nach ihm rief und ihn wild gestikulierend zu sich in den vorderen Bereich des Busses winkte. Hastig floh Brent die Stufen hinauf, und alles, was er vielleicht sagen wollte, ging im lauten Gegröle und Gelächter der anderen Jungs unter.

Leo legte eine Hand auf Carolines Rucksack und führte sie nach hinten. Schweigend fuhren sie nach Hause, und Leo stellte sich eine Million Möglichkeiten vor, wie sie es schaffen könnte, dass Brent schmerzlich bereute, Caroline so etwas angetan zu haben.

Carolines Haus lag nur fünf Autominuten von der Schule entfernt, und Leo war froh, diesmal zwanzig Minuten früher als üblich aus dem Bus steigen zu können. Die beiden Mädchen gaben sich alle Mühe, Brent zu ignorieren, während er die paar Hundert Meter hinter ihnen herlief bis zu der Stelle, wo Caroline in ihre Auffahrt einbog und Brent noch ein Haus weiter gehen musste.

Carolines Haus war ein großes Gebäude aus rotem Ziegelstein, wesentlich neuer als die meisten anderen Häuser in der Straße, und zu beiden Seiten der Eingangstür blühten üppige Oleanderbüsche. Hätte es dazu noch ein zweites Stockwerk gehabt, wäre es bestimmt Mamás Traumhaus gewesen.

Leo folgte ihrer Freundin durch die hintere Tür nach drinnen.

»Ist nicht aufgeräumt«, sagte Caroline und knipste das Licht in der Küche an, statt die Rollläden zu öffnen. Leo nickte und ging um einen Stapel Umzugskartons herum, die sich in der Mitte des Raums befanden, dort, wo früher immer der alte grüne Tisch gestanden hatte. Plastiktüten und Styroporschalen von Fastfood-Läden waren über dem Küchentresen verstreut, aber Leo sah nirgendwo Töpfe, Pfannen, Besteck, Gewürze oder auch nur Salzstreuer. Ob die Küchenschränke wohl genauso leer waren?

»Dad ist gerade dabei, ein bisschen umzubauen und neue Möbel zu besorgen«, erklärte Caroline. »Und wir haben noch etliche Sachen in Houston stehen.«

Einen Moment lang kribbelte es in Leos Kehle und Augen. Sie stellte sich vor, wie Mamá diese traurige Küche betrat, die Rollläden aufriss und die Ärmel hochkrempelte, um den Raum mit dem Duft von Mehl und Zimt zu erfüllen. Wie sie die Wegwerfschachteln durch Töpfe und Pfannen ersetzte, die Plastikgabeln durch ein altes Keksglas voller Holzlöffel, Schneebesen und Schöpfkellen. Mamá würde alles in Ordnung bringen.

Irgendwo im Haus knallte eine Tür zu, und eine Stimme rief laut: »Caro-lion, bist du das?« Da polterte schon Carolines Vater in die Küche. Sein Lächeln strahlte heller als die Deckenleuchten. »Da bist du ja!« Er drückte seine Tochter fest an sich und hob sie dabei hoch. »Hab dich lieb, Schatz. Wie war dein Tag?«

»Daaaad!« Caroline wackelte mit den Beinen, bis sie endlich wieder heruntergelassen wurde. Aber hinter ihrer peinlich berührten Miene war ihr glückliches Lächeln deutlich zu erkennen. »Ich hab Leo mitgebracht, also musst du dich ausnahmsweise normal benehmen, okay?«

Leo schaute zu Mr Campbell hoch – und sie musste ganz schön weit nach oben schauen – und winkte. »Hallo, Mr Campbell. Ist das in Ordnung, dass ich mitgekommen bin?« Jetzt, wo die Küche voller lächelnder Menschen war, erschien sie ihr auf einmal gar nicht mehr so schlimm.

»Aber sicher! Ich freu mich, dass du da bist.« Mr Campbell hielt Leo seine riesige Pranke hin. Caroline kam eindeutig nach ihrem Vater, sowohl von der Größe her als auch von den blonden Haaren und den haselnussbraunen Augen. »Ist schon viel zu lange her«, fügte er lächelnd hinzu. »Und, wie war dein Montag, Caroline? Gibt's was Neues?« Carolines Lächeln fiel augenblicklich in sich zusammen.

»Nein, alles wie immer«, sagte sie mit einer Stimme, die eindeutig sagte, er möge bitte bloß nicht weiterfragen.

»Wirklich?« Carolines Dad runzelte die Stirn.

»Ja, ich … ich möchte nicht darüber reden.«

»Oh.« Zögernd tätschelte Mr Campbell seiner Tochter die Schulter. »Wie auch immer, es wird alles wieder gut, ganz sicher. Und, was habt ihr beiden heute so vor?«

»Nichts Besonderes«, antwortete Caroline hastig. »Einfach nur … was für die Schule machen. Hausaufgaben.«

Mr Campbell sah Leo an und hob eine Augenbraue. »Alles klar. Dann viel Spaß. Und bitte fackelt nicht das Haus ab mit euren … Hausaufgaben.«

Leo kicherte in Erinnerung an den Tag, als sie mal versucht hatten, in Carolines Garten Marshmallows über Streichhölzern zu rösten. Bevor sie Caroline nun auf den Flur hinaus folgte, sah sie noch, wie Mr Campbell den Kühlschrank öffnete, in dem sich haufenweise Fertiggerichte, Puddings und eine Packung fertig gekochter Eier befanden.

Im Flur war es bedrückend still. Würde Carolines Haus, jetzt wo ihre Mutter tot war, jemals wieder ein richtiges Zuhause werden? Vielleicht brauchte es einfach viel Zeit, um ein Haus mit neuen Erinnerungen zu füllen. Vielleicht würde sich das Haus in ein paar Jahren endlich nicht mehr traurig anfühlen, nicht mal mehr ein kleines bisschen. Das konnte Leo nur hoffen.

»Ich hab jetzt ein anderes Zimmer«, sagte Caroline, als Leo in die falsche Richtung abbiegen wollte. Sie führte Leo nach rechts, zum früheren Gästezimmer, auf dessen Tür nun ein grellrosa Schmetterling aufgemalt war. »Dad hat vor Kurzem seine künstlerische Ader entdeckt«, sagte sie schulterzuckend, dann machte sie die Tür auf und bedeutete Leo, einzutreten.

Das Zimmer war lichterfüllt und chaotisch, die Wände hellrosa gestrichen, die Decke eierschalengelb. Mit der weißen Satinüberdecke sah das Bett wie ein perfekt mit Zuckerguss überzogener *tres leches*-Kuchen aus. An den Wänden hingen Gemälde, die ähnlich grelle Farben und geschwungene Konturen aufwiesen wie der Schmetterling an der Tür. Auf dem Nachttisch stand ein Foto von Carolines Dad, der ein riesiges Grinsen und eine noch riesigere Brille im Gesicht trug, und daneben ihre Mom, die ein Krankenhaushemd anhatte und ein winziges rosiges Baby im Arm hielt. Unfassbar, wie sehr sich Mr Campbells Gesicht in elf Jahren verändert hatte! Leo konnte gar nicht aufhören, das Bild anzustarren.

»Und … gefällt's dir?«, fragte Caroline.

»Ja, klar!« Das Einzige, was Leo noch schlimmer fand als traurig zu sein, war, wenn andere Leute sie bemitleideten. Deswegen wollte sie nicht, dass Caroline merkte, wie sehr ihr die kleine Campbell-Familie auf dem Foto leid tat. Sie sah das Bild noch drei letzte Sekunden lang an: eine Sekunde für Mr Campbell, in dessen damaliges Lächeln sich noch keine Sorgenfalten eingegraben hatten, eine Sekunde für die winzige Baby-Caroline, die tief und fest schlief, und eine Sekunde für Mrs Campbell. Dann drehte sie sich zu der jetzt elfjährigen Caroline aus Fleisch und Blut um und ließ nicht zu, dass auch nur der leiseste Hauch von Traurigkeit sich in ihre Stimme schlich. »Sieht toll aus.«

»Also, wir lautet dein Plan?«, fragte Caroline. »Du hast was von einer Geheimwaffe gesagt.«

»Ja, genau.« Leo holte tief Luft. Sie verriet ihr Geheimnis ja nur für einen guten Zweck, versuchte sie sich selbst zu beruhigen. Außerdem wussten doch bestimmt auch schon andere Leute in der Stadt Bescheid, sonst hätten sie ja nicht in der Bäckerei anrufen und magisches Backwerk bestellen können. Dann konnte sie das hier doch auch als eine Art … Kundenwerbung betrachten, und dagegen konnte selbst Mamá doch nichts einzuwenden haben, oder? Und bei Caroline konnte sie sich absolut sicher sein, dass sie das Geheimnis für sich behielt. So war das eben unter besten Freundinnen.

»Caroline.« Sie beugte sich zu ihrer Freundin hinüber und setzte ihre ernsthafteste Miene auf. »Da gibt's etwas, was du über meine Familie wissen solltest. Wir backen nicht einfach nur. Wir … wirken Magie.«

»Häh?«, machte Caroline.

»Magie«, wiederholte Leo. »Die Frauen in meiner Familie können zaubern. Wir sind Hexen. Oder besser gesagt Brujas.«

»Oh.« Caroline neigte den Kopf zur Seite. »Ach so, du meinst so was Religiöses? Meine Tante zündet auch immer Kerzen für uns an, und sie hat Mom so ein paar Naturheilsachen gegeben, damit sie die Chemo besser verträgt.« Caroline zuckte mit den Schultern. »Das ist doch was Gutes.«

Mit einem Achselzucken hatte Leo nun wirklich nicht gerechnet.

»Nein, das meine ich nicht.« Sie schüttelte den Kopf. *Veladoras* kannte sie – in Tía Palomas Flur brannten immer ein paar dieser hohen Glaskerzen. Die eigneten sich zwar wunderbar für gute Gebete, konnten aber weder Glühbirnen ausknipsen noch Tote zum Reden bringen. »Nein, also … wir benutzen zwar auch Kerzen, aber … es geht ums Backen, aber auf ganz besondere Art, und es ist einfach Wahnsinn, was man da …« Leo hielt inne und holte wieder tief Luft. »Ich zeig's dir am besten.«

Sie setzte sich auf die Bettkante und stellte sich ihren Schulranzen auf den Schoß. Dann holte sie ohne weitere Erklärung das magische Buch heraus und schlug es auf der Bettdecke zwischen sich und Caroline auf. Der vertraute Duft nach Mehl und altem Papier stieg zwischen ihnen aus den Seiten auf. Eine knisternde Atmosphäre wie kurz vor einem Gewitter machte sich im Zimmer breit. Die Vorhänge hörten auf zu flattern und alles verstummte.

»Wow«, flüsterte Caroline. »Was ist das denn?«

Das war schon eher die Reaktion, die Leo erwartet hatte. »Ein magisches Rezeptbuch«, antwortete sie leise. »Es ist sehr alt und enthält alle magischen Zauber, die meine Ururgroßmutter, meine Urgroßmutter und alle anderen Ahninnen meiner mütterlichen Linie sich ausgedacht haben, bis hin zu meiner Schwester. *Rezepte mit Liebe, Zucker …*«

»... *und Magie.*« Caroline klatschte in die Hände. »Darf ich es mal anfassen?«

»Sicher.« Leo lehnte sich zurück und ließ Caroline die vergilbten Seiten durchblättern. »Aber sei bitte vorsichtig«, fügte sie unwillkürlich hinzu. Sie fand es schön, etwas Besonderes zu haben, womit andere nur ganz sorgsam umgehen durften. Es gab ihr das Gefühl, selbst etwas Besonderes zu sein.

»Das ist jetzt zwar noch kein sicherer Beweis ...« Caroline begutachtete mit gerunzelter Stirn eine Seite des dicken Buches. »Aber auf jeden Fall total cool. Stimmt das echt, mit den Zauberkräften?«

Leo überlegte fieberhaft, wie sie Caroline überzeugen könnte, dass sie die Wahrheit sagte. »Hast du vielleicht ein bisschen Mehl im Haus?«

»Ähm ...« Caroline sah zur Zimmertür, und Leo fiel die leere Küche wieder ein. »Ich glaube nicht.«

»Zucker?«, fragte Leo. Caroline schüttelte den Kopf. »Oder ein Stück Brot?« Isabel hatte doch gesagt, der Schneeflockenzauber ließe sich leicht abändern, und schließlich hatte Leo es auch schon geschafft, fliegende Kekse zu machen, ohne die perfekten Zutaten zu haben.

»Ist uns heute früh ausgegangen. Aber ich denke, in meiner Pausenbrotbox sind noch ein paar Reste.« Caroline zog ihre lilafarbene Tasche aufs Bett hoch und fischte aus ihrer Box den Rand eines Weißbrot-Sandwiches heraus.

Leo runzelte die Stirn. Fabrikbrot und dann auch noch ganz

ausgetrocknet … Ob das funktionierte? Na ja, mit Krümeln könnte es vielleicht klappen. Zumindest sahen die schon mal wie Schneeflocken aus.

»Okay.« Sie bröselte sich etwas von dem Brot auf die Handfläche. »Das … könnte hinhauen. Also … schau und staune!« Sie schloss die Augen, beschwor das Gefühl von Schnee und Magie in ihrem Inneren herauf, und blies dann in ihre Hand. Die Krümel flogen erst hoch und rieselten dann auf Carolines Bett herab – genau wie jeder Brotkrümel, ob mit oder ohne Magie, es getan hätte.

»Äh …« Stirnrunzelnd schob Caroline die Brösel zu einem Häufchen zusammen. »Hätten die nicht …?«

Leo lief knallrot an. »Warte, warte. Ich versuch's noch mal.« Unter Carolines verwirrtem Blick nahm sie die Krümel wieder in die Hand. *Komm schon.* Sie starrte die Brösel an, konzentrierte sich auf den inneren Funken, den sie damals mit Isabel gespürt hatte, auf das Gefühl von Magie, das ihren Atem zu einem Eishauch machte. Diesmal stellte sie sich einen Schneesturm vor, den heftigsten Schneesturm, den die Menschheit je gesehen hatte. Ihr ganzer Körper prickelte, als sie wieder in ihre Handfläche blies.

Sofort schossen die Brotkrümel nach oben. Caroline, die sich mit skeptischem Blick nach vorn gebeugt hatte, kippte rücklings um, als die trockenen Brösel wie Feuerwerkskörper in der Luft explodierten, in allen möglichen Rot- und Gelb-Schattierungen und mit einem Hauch Magieduft gewürzt. Ein warmer, klebriger Hagelschauer prasselte auf das Bett, den Fußboden und die beiden Mädchen herab. Leo schlug sich die freie Hand vor den Mund, um einen Aufschrei zu unterdrücken.

»Wow …« Keuchend wischte sich Caroline übers Gesicht.

»Tut mir …«

»Leo, das ist ja unglaublich!«

»Äh … Ja, nicht?« Leo klappte den Mund zu und schluckte. Überflüssig, ihrer Freundin zu erklären, wie der Zauber *eigentlich* hätte funktionieren sollen – Hauptsache, Caroline hatte den Beweis, den sie brauchte. Leo lächelte. »Hab's dir doch gesagt.«

Caroline griff wieder nach dem Buch und berührte es nun noch viel vorsichtiger, als könnte es jede Sekunde explodieren. »Okay«, sagte sie nach ein paar nervösen Atemzügen. »Was genau schwebt dir denn so vor?«

»Ich dachte an …«, begann Leo, während ihre Freundin weiterblätterte. »Da ist ein Rezept drin, mit dem man Haare wachsen lassen kann. Ich wette, ich könnte es rückwärts zaubern, sodass Brent alle Haare ausfallen.« Das wäre aber schon ein ziemlich gewagtes Experiment, und sie war immer noch durch den Wind von der überraschenden Krümelexplosion. »Oder wir suchen ein Rezept, das schlimme Sachen verursacht. Bestimmt stehen mehrere böse Flüche drin …«

»Leo, nein«, unterbrach Caroline sie. »Ich bleib dabei, ich will keine Rache. Es ist nicht …« Sie schüttelte leicht den

Kopf. »Es ist nicht Brents Schuld. Ich wünschte nur, man könnte es irgendwie wieder hinbiegen. Stehen da vielleicht auch Rezepte zum Gedächtnislöschen drin?«

»Oh.« Leo klappte verdutzt den Mund auf. Daran, dass sie den ganzen Vorfall in den Köpfen der anderen vergessen machen könnte, hatte sie gar nicht gedacht. Aber konnte sie wirklich auf diese Weise zaubern?

»Oder …«, sagte Caroline so leise, dass Leo es beinahe nicht gehört hätte.

Sie hielt inne. »Oder was?«

»Ähm …« Caroline spielte wieder an ihrem Armband. »Ich hab nur überlegt, ob da vielleicht ein Rezept drin sein könnte, wie man jemanden dazu bringt, dass er einen mag … du weißt schon … dass er was für einen empfindet. Mehr. Oder wieder. Oder so.«

Daran hatte Leo auch noch nicht gedacht. »Du willst, dass Brent dich *mag*? Bist du sicher, dass du ihm keine Glatze auf den Kopf zaubern willst?«

Caroline lief knallrot an. »Das, was ich in dem Brief geschrieben hab, das war schon ernst gemeint. Brent ist einer meiner besten Freunde, und ich will, dass wir … dass zwischen uns alles wieder gut ist.«

»Aber du hast doch gar nichts falsch gemacht. Er schon.«

»Aber wir kennen uns schon so lange, und bisher war er meistens total nett. Und ich unterhalte mich gern mit ihm, und er liest fast genauso viele Bücher wie ich, und er hat mich in sein Baumhaus reingelassen, auch wenn das eigentlich nur für Jungs sein sollte.«

Leo schaute Caroline eindringlich an. Diesen verträumten Blick kannte sie – genauso sah Marisol aus, wenn sie über Jonathan Garcia redete, diesen Typen mit der Lederjacke, der im Plattenladen seiner Eltern an der Kasse arbeitete.

Vielleicht hat es doch einen Grund gehabt, dass Caroline das Wort »Liebe« im Brief benutzt hat?

Leo konnte trotzdem nicht verstehen, warum Caroline nach dieser blöden Nachricht überhaupt noch was mit Brent zu tun haben wollte. Aber dann dachte sie daran, wie Brent und Caroline auf dem Fest zusammen gelacht hatten, wie Caroline erzählt hatte, er sei jeden Tag vorbeigekommen, um sie aufzumuntern… Vielleicht war Brent ja doch gar nicht so übel, auch wenn er sich mit den falschen Freunden eingelassen hatte. Vielleicht brauchte er nur ein bisschen magische Hilfe, um sich gegen die dummen Jungs zu wehren und wieder netter zu Caroline zu sein. Wenn Leo das schaffen könnte, dann würde sie wahrscheinlich beide gleichzeitig glücklich machen.

»Wir finden bestimmt was«, versprach Leo. »Wir können ja erst mal ein Rezept raussuchen, und ich schlage dann die spanischen Vokabeln nach…« Sie zog das Spanisch-Wörterbuch aus der Tasche und stellte ihren Ranzen, der jetzt viel leichter war, weil nur noch Leos Schulbücher und Daddys Tarnbuch darin waren, auf den Boden.

Caroline winkte ab, als Leo ihr das Wörterbuch reichen

wollte. »Ich kann inzwischen ziemlich gut Spanisch. Ich hab den ganzen Sommer gelernt, vor allem seit … Weißt du, ich will irgendwie mit ihr in Verbindung bleiben. Meine Großmutter redet jetzt nur noch Spanisch mit mir, wenn ich sie in Costa Rica anrufe.«

»Echt?« Leo seufzte erleichtert. »Ich hab ewig gebraucht, um die ganzen Wörter nachzuschlagen.«

Mit einem strahlenden Lächeln wandte sich Caroline wieder dem Rezeptbuch zu. »Mal schauen, was wir da so alles haben … Pan de muerto … Dann Wahrheitstörtchen … Ah, und das hier! Ich hab so einen Hunger, dass ich eine Tamale essen könnte, die mich in einen Elefanten verwandelt!« Sie zeigte auf das Rezept für *Tamales de Transformaciones.*

»Ich glaube, ich hatte mal was über Freundschaft und so gelesen …« Leo zog das Buch zu sich heran.

Nachdem sie das Gesuchte gefunden hatte, schauten sich die beiden Mädchen gemeinsam das Bild von den zwei Frauen an, die sich über ihren Tee hinweg umarmten.

»Die sehen aber ziemlich alt aus«, sagte Caroline. »Und ich weiß nicht, ob ich Brent dazu überreden kann, Tee zu trinken.«

Leo nickte. Das Bild erinnerte sie an Mamás Streitigkeiten mit Tía Paloma, bei denen sie ziemlich laut schrien und eine Weile brauchten, um sich wieder zu versöhnen. Das Rezept fühlte sich nicht so an, als wäre es das richtige für Caroline.

»Lass uns einfach weitersuchen«, sagte Caroline und blätterte um.

Plötzlich fing Leo an zu kichern. »Hey, wie wär's damit?« Noch bevor Caroline die mit Herzchen übersäte Seite wegblättern konnte, steckte Leo ihre Hand zwischen die Seiten.

Mordidas de amor – una mordida de estas galletas deliciosas llenará al corazón del sujeto con cariño.

»Liebesbisschen«, übersetzte Caroline. »Nur ein einziger Bissen von diesen köstlichen Keksen, und das Herz der Zielperson füllt sich mit Zuneigung.« Sie rümpfte die Nase und streckte Leo die Zunge raus.

Das meiste hätte Leo wohl auch selber verstanden, aber sie war trotzdem froh, dass Caroline es übersetzt hatte. »Zuneigung klingt gut«, sagte sie, und ein spitzbübischer Gedanke nahm in ihrem Kopf Gestalt an. Caroline schien Brent wirklich sehr zu mögen. Vielleicht war ein Liebeszauber ja wirklich genau das, was die beiden brauchten.

»*Liebes*bisschen?«, wiederholte Caroline zweifelnd. »Ausgerechnet das Wort, das mir den ganzen Ärger überhaupt erst eingebracht hat?«

»*Du* hast doch gesagt, du willst, dass Brent dich mag.« Leo zuckte mit den Schultern. »Der Zauber funktioniert bestimmt mit jeder Sorte Zuneigung, also auch mit Freundschaft.«

Caroline biss sich auf die Unterlippe. »Meine Großmutter nennt mich auch immer ›cariño‹ … Also kann es ja nicht allzu romantisch sein, oder?«

»Finde ich auch. Irgendwie fühlt sich das Rezept wirklich genau richtig an.« Und wenn Caroline, wie vermutet, tatsächlich für Brent schwärmte, dann würden die Kekse erst recht helfen. »Also, wie wollen wir die machen?«

»Sieht kompliziert aus …« Caroline fuhr mit dem Zeigefinger über die Seite nach unten. »Und wir brauchen einen Haufen Sachen von Brent, zum Beispiel eine Wimper und … seine Unterschrift. Also wahrscheinlich in seiner eigenen Handschrift, oder? Und meine brauchen wir auch, aber das ist ja einfach …«

»Ich bin sicher, wir kriegen alles zusammen, was wir brauchen.«

»Okay.« Caroline sah hoch und lächelte. »Wenn du das sagst. Du bist schließlich die Expertin.«

»Stimmt.« Ganz gelogen war das ja nicht. Immerhin hatte sie schon mehrere Zauber hinbekommen. Wenn auch nicht ganz so komplizierte. »Ach, das wird ein Kinderspiel.«

Caroline grinste von einem Ohr zum anderen. »Aber wo sollen wir denn backen? Und wo kriegen wir die ganzen normalen Zutaten her, Mehl und Zucker und so? Hier haben wir ja so ziemlich gar nichts davon. Meinem Dad ist schon länger nicht mehr nach Einkaufen zumute.«

Leo lächelte ermutigend zurück. »Mach du dir deswegen keinen Kopf. Versuch du die Sachen von Brent zu kriegen, und frag deinen Vater, ob du morgen mit zu mir kommen darfst. Da haben wir alles, was wir brauchen …« Vor Stolz und Vorfreude bekam Leo eine Gänsehaut. »Oh, aber eine Sache wäre da noch …« Schon fiel ihre Vorfreude in sich zusammen. »Ähm …

Du darfst niemandem was davon erzählen, ja? Nicht mal meinen Schwestern. Das ist nur unser beider Geheimnis.«

»Ja klar«, versprach Caroline. »Aber … wenn deine Familie was dagegen hat, dass du das machst …«

»Nein, nein«, sagte Leo hastig und schüttelte den Kopf. »Alles bestens. Marisol ist nur der Meinung, dass selbst Wäschewaschen zu gefährlich für mich ist. Du hast echt Glück, dass du dich mit keinen älteren Geschwistern rumschlagen musst.«

»Dafür hast du deine Backmagie«, warf Caroline ein.

»Das stimmt. Außerdem hab ich dir das Beste noch gar nicht erzählt! Es geht nicht nur um das Backen – wenn ich fünfzehn bin, bekomme ich eine besondere, geheimnisvolle Gabe!«

Sie erzählte Caroline alles über die magischen Gesetze der Geburts-Reihenfolge, und gemeinsam mutmaßten sie darüber, welche Kraft Leo wohl bekommen würde und was sie am besten fänden (eine Mischung aus Fliegen, Telekinese und Mit-Überschallgeschwindigkeit-Hausaufgaben-machen-können). Dann blätterten sie wieder im Rezeptbuch, wobei ihnen die dort abgebildeten Süßigkeiten genauso gut gefielen wie die wundersamen Rezepte. Carolines neues Bett war so schön weich, und die Sonne schien so schön durchs Fenster herein und wärmte Leos Schulter. Es war einfach toll, ihre beste Freundin zurückzuhaben!

Jetzt musste sie nur noch diesen Zauber in Gang bringen.

KAPITEL 13

Ingwerkekse

Kurz vor dem Abendessen kam Leos Vater, um sie abzuholen, und brachte einen großen Korb mit Zitronenbrötchen mit. Während er sich mit Carolines Dad unterhielt, klopften die beiden Mädchen den Plan für den nächsten Tag fest. Leo war für die Backzutaten, den Ort, die Rezepte und natürlich die Magie zuständig. Caroline besorgte dafür Brents Unterschrift, eine Wimper und ein Kleidungsstück von ihm. Gleich am nächsten Morgen wollte sie sich ein Sweatshirt von ihm ausleihen – mit einer aus der Umkleidekabine stibitzten stinkenden Sportsocke wollten nämlich beide Mädchen nicht so gerne Kekse backen.

Lächelnd stieg Leo in Daddys Auto. Mit so einem idiotensicheren Plan im Rücken konnte sie es kaum erwarten, sich weiter im Zaubern zu üben. Wenn Brent mal nicht mehr so ein Doofmann war und sie alle auf die Highschool wechselten, würden Caroline und Brent sich vielleicht so richtig ineinander verlieben. Sie wären auf jeden Fall ein hübsches Paar. Und sie würden sich nicht ständig so streiten wie Marisol mit den Jungs, mit denen sie ausging. Sie würden glücklich sein und zusammen in Baumhäusern sitzen und Bücher lesen. Ob Leo wohl ihre Hochzeitstorte backen durfte? Dann würde sie eine ganz besondere Glückstorte zaubern, weil sie nämlich bis dahin die weltweit mächtigste Bruja sein und die Bäckerei leiten würde – natürlich mit Isabel als Stellvertreterin.

»Hast du Spaß gehabt?«, fragte Daddy, nachdem Leo eingestiegen war. Er startete den Motor beim ersten Versuch und rollte aus der Einfahrt.

»Ja, es war toll bei Caroline! Ich hab sie wirklich vermisst.« Leo ließ einen Arm aus dem offenen Fenster hängen. Ihr ganzer Körper vibrierte immer noch vor Aufregung.

Der Lieferwagen ächzte, als sie am Ende von Carolines Straße über eine Temposchwelle holperten.

»Das freut mich.« Er zerzauste Leo die Haare. »Alle meine Mädchen sind so wunderbar geraten, ich bin der glücklichste Mann der Welt.«

Leo lächelte und fragte sich, ob Daddy von dem Glücksbrot wusste, das Mamá ab und zu buk. Hatte er sich überhaupt mal das magische Buch angeschaut? Und wie fand er es, in eine Familie von Back-Hexen eingeheiratet zu haben? Und … war sie wirklich so wunderbar geraten, beziehungsweise würde Daddy das immer noch denken, wenn er wüsste, was sie mit Caroline vorhatte? In Leos Magen grummelte es, als sie daran dachte, was Mamá oder ihre Schwestern wohl sagen würden, wenn sie davon erfuhren. Aber ihre Nervosität wurde schnell wieder von Vorfreude überlagert, als sie erneut an ihre und Carolines wunderbare Zukunft dachte.

»Süße!« Sobald Leo zur Tür herein war, schlang Mamá die Arme um sie und drückte sie fest an ihre Brust. »Hast du Spaß gehabt? Hast du Hunger? War Carolines Vater auch zu Hause? Wie geht es ihm? Du musst mir alles erzählen.«

»Alles gut«, sagte Leo. »Sie richten sich gerade neu ein. Wir haben viel gequatscht und einfach Spaß gehabt.«

»Ja, prima.« Mamá lächelte. »Ich hatte überlegt, Daddy könnte heute Abend mal wieder Quesadillas machen, und wenn du mir helfen magst, können wir auch mal ein neues Nachtisch-Rezept ausprobieren.«

»Ihr habt es gehört: Zum Abendessen gibt es die weltberühmten Logrono-Quesadillas! Schön einer nach dem anderen anstellen, nicht drängeln und nicht schubsen!« Daddy kam mit erhobenen Händen in die Küche, als müsse er einen Haufen unsichtbarer Fans abwehren. Seufzend und kopfschüttelnd folgte Marisol ihm.

»Eigentlich wollte Caroline morgen vorbeikommen und lernen, wie man Ingwerkekse macht«, wandte sich Leo an ihre Mutter. »Das sind nämlich ihre Lieblingskekse. Ich würde es ihr gern beibringen, aber … ich weiß selber nicht richtig, wie das geht.«

Mamá klatschte begeistert in die Hände. »Oh, ich liebe Ingwerkekse! Und zum Herbst passen die jetzt auch besonders gut. Leo, das ist eine wirklich tolle Idee.«

»Ingwerkekse?« Alma streckte den Kopf zur Tür herein. Mehrere Haarsträhnen, die in Alufolie gewickelt waren, standen nach allen Seiten ab. »Wer macht hier Ingwerkekse?«

»Ich wollte Leo zeigen, wie es geht, damit sie es Caroline beibringen kann«, erklärte Mamá. »Du darfst nach dem Abendessen gern mithelfen, wenn du möchtest.«

Beléns Kopf, mit ähnlichen Alufoliensträhnen verziert, tauchte hinter dem ihrer Zwillingsschwester auf. »Und was gibt's zum Abendessen?«

Nachdem Daddys berühmte Quesadillas auf die Teller verteilt, mit *Sour Cream* und *pico de gallo* – einer Art Salsa – begossen und gierig verschlungen worden waren, verschwanden die Zwillinge in ihrem Zimmer und kamen schließlich ohne Alufolie und dafür mit einigen blauen und rosafarbenen Strähnen im Haar zurück.

»Wäre schön gewesen, wenn ihr uns Bescheid gesagt hättet, dass ihr euch die Haare färben wollt.« Mamá schüttelte den Kopf, lachte aber dazu.

»Mir gefällt's.« Marisol sah herausfordernd in die Runde.

»Das finde ich jetzt erst recht besorgniserregend«, neckte Daddy sie. Doch bevor sie wütend werden konnte, stand er auf und versenkte sein schmutziges Geschirr im Spülbecken.

»Na los, reicht mir mal alle eure Teller. Wer möchte mir beim Abwasch helfen?«

Alma, Belén und Leo benutzten die Ingwerkekse als Ausrede, und so machten sich Daddy, Isabel und Marisol daran, die Küche aufzuräumen. Mamá schleppte währenddessen ihre Schachtel mit Rezepten ins Wohnzimmer und kramte alle Rezepte für Ingwerkekse heraus, die sie hatte.

»Das hier werden wir in ein paar Wochen in der Bäckerei einsetzen«, sagte sie und zog eine grellweiße Karteikarte heraus, auf die ein ausgeschnittenes, gedrucktes Rezept aufgeklebt war. »Es ist ziemlich schlicht, aber die Kekse werden perfekt und man kann sie wunderbar formen.«

»Wie wär's damit?« Leo hielt eine Karte hoch, die an den Ecken schon ganz geknickt und vergilbt war. Das Rezept war in einer eng gedrängten Handschrift auf Spanisch darauf geschrieben. Leo hatte bei Caroline sowohl die Handschrift als auch die Anleitung zur Zubereitung der magischen Kekse sorgfältig studiert, und dieses Rezept sah fast genauso aus – nur die Wimpern und so fehlten auf der Zutatenliste.

Ein seltsames Lächeln schlich sich auf Mamás Gesicht. »Ach, das alte Rezept …« Sie lachte. »Klar, warum nicht. Das ergibt sehr hübsche kleine Plätzchen.«

Leo hoffte, ihre Mutter würde sich nicht zu sehr fragen, warum sie ausgerechnet dieses Rezept ausgesucht hatte. Die Zwillinge wechselten einen Blick und zogen die Augenbrauen hoch. »Was ist denn so witzig daran?«, fragte Alma.

»Ach.« Mamá machte eine wegwerfende Handbewegung. »Als ich auf der Highschool war, hab ich die Plätzchen für … für einen Jungen gemacht, den ich sehr mochte.« Sie kicherte, und es sah sogar so aus, als würde sie erröten. »Das Ganze ist dann zwar anders gelaufen, als ich wollte, aber … Na ja, einen Versuch war es wert. Er war einfach so süß und so hübsch … So … wie sagt ihr jungen Leute heutzutage? So *heiß*.«

»Mamá!« Belén schlug sich die Hand vor den Mund, und Alma lachte, bis ihre Wangen fast genauso rosa waren wie ihre Haarsträhnen. Leo gab sich alle Mühe, nicht verdächtig zu wirken, musste aber einfach mitlachen. Bestimmt hatte Mamá das Rezept für die Liebesbisschen benutzt! Ihr Plan, zu lernen, wie man die perfekten *mordidas de amor* machte, schien viel besser aufzugehen, als sie je zu hoffen gewagt hatte!

»Und?«, hakte Alma nach, »Was ist damals passiert?«

Mamá schüttelte den Kopf. »Nicht mal die besten Plätzchen können etwas erschaffen, was nicht da ist. Aber er und ich waren danach zumindest gute Freunde.« Sie lächelte, wurde dann aber plötzlich ernst. »Ich hoffe, ihr macht nie so was Dummes wie ich damals.« Mamá zeigte erst auf die Zwillinge, dann auf Leo. »Die Menschen sollten euch mögen, weil ihr ihr seid, nicht weil … nicht aus irgendwelchen anderen Gründen. Nicht einmal wegen eurer tollen Backkünste.«

»Oh-oh.« Daddy kam aus der Küche herüber und legte seiner Frau die Hände auf die Schultern. »Das ist jetzt wohl nicht der richtige Zeitpunkt, um zu erwähnen, dass ich dich wegen deines *tres leches*-Kuchens geheiratet habe, oder?«

Mamá klatschte ihm auf die Hände und packte die Rezepte dann wieder in die Schachtel zurück. Leo folgte ihr in die inzwischen blitzsaubere Küche. Gemeinsam suchten sie alle Zutaten zusammen und begannen, sie nach und nach in die Rührschüssel zu schütten. Leo passte gut auf, um ja keinen Hinweis von Mamá zu verpassen, zum Beispiel, dass man die Mischung nicht zu lange rühren durfte, weil die Plätzchen sonst zu hart werden würden. Zu Leos Überraschung hatten auch Alma und Belén den einen oder anderen guten Ratschlag parat.

»Nicht vergessen, du musst die extra klein zerhäckseln, Elenita … ich meine … Mamá«, sagte Belén, als Mamá nach der Ingwerwurzel griff.

»Ach, sei still.« Mamá sah dabei jedoch nicht Belén an, sondern ließ den Blick misstrauisch durch den Raum wandern, als hielte sie nach jemandem Ausschau. »Ich hab das alles im Griff, seit ich zwölf Jahre alt war.« Sie verdrehte die Augen genau so, wie Marisol es immer tat.

Leo war sich fast sicher, dass die Ratschläge nicht von den Zwillingen, sondern von Abuela persönlich kamen. Sie sah sich verstohlen in der Küche um, konnte aber keine Anzeichen für irgendwelche Geistererscheinungen entdecken.

Als die Kekse schließlich im Ofen waren, ging Mamá ins Badezimmer. Kaum hatte sie den Raum verlassen, begannen die Zwillinge in ihrer eigenen Geheimsprache miteinander zu reden, die auch gegenseitig am Ohrläppchen zupfen und an die Nase tippen beinhaltete. Leo stieg auf den Hocker am Küchentresen und überließ die beiden ihrer eigenen Welt. Doch zu ihrer Überraschung schnaubte Alma auf einmal ärgerlich und wandte sich Leo zu. »Wir müssen reden. Abuela sagt, du hast es rausgefunden.«

Leo klappte die Kinnlade runter. Sie überlegte, ob sie so tun sollte, als wüsste sie nicht, wovon Alma da sprach, aber dann gewann ihre Neugier die Oberhand.

»Woher weiß sie das denn?«

»Ach, Geister schauen ab und zu mal nach dem Rechten. Außerdem ist Señor Gato eine fürchterliche Petze«, erklärte Belén mit einem süßlichen Lächeln.

Leo hatte es geahnt – dieser Kater war der Missetäter! Bei der nächstbesten Gelegenheit würde sie ihn in die Badewanne stecken. »Ihr könnt auch mit Katzen sprechen?«

»Nicht direkt, aber manche Katzen können mit Geistern reden, wenn ihnen danach ist«, sagte Alma. »Meistens mit den stärkeren Geistern, so wie Abuela.«

»Augenblick mal.« Leo war sich immer noch nicht ganz sicher, wie die Gabe der Zwillinge funktionierte. »Ich dachte, ihr müsst so ein besonderes Brot backen, um mit den Verstorbenen Kontakt aufzunehmen?«

»Das ist nur auf dem Fest so. Wir können alle Geister sehen, die in der Nähe sind, und mit ihnen sprechen. Das ist alles kein Problem. Nur wenn wir sie extra herbeirufen oder als Mittler zwischen ihnen und lebenden Menschen fungieren sollen, kostet das zusätzliche Kraft – und dafür brauchen wir das Brot.«

Als hätten die beiden noch einen Grund gebraucht, um in ihrer eigenen Welt zu leben … »Und Abuela ist jetzt gerade hier?«

Alma nickte. »Die Liebe verbindet sie immer noch sehr mit der Welt der Lebenden. Die älteren Geister … verstreuen sich mit der Zeit immer mehr, und manchmal hören sie dann ganz auf, vorbeizuschauen …«

»Aber jetzt geht es nicht darum, dir die Feinheiten der Geisterbeschwörung zu erklären«, ging Belén dazwischen. »Wir wollen eigentlich wissen, ob dein plötzliches Interesse an Mamás alten Rezepten etwas damit zu tun hat, dass du das mit der Magie herausgefunden hast.«

»Und was noch wichtiger ist …« Alma starrte ihre Zwillingsschwester an. »Wir wollten dir den Rat geben, nach Geistern Ausschau zu halten. Es weiß ja noch niemand, was dein Geburtstalent sein wird. Wir beide haben vor etwa einem Jahr begonnen, immer wieder Augenpaare in dunklen Ecken aufleuchten zu sehen und merkwürdiges Geflüster zu hören. Aber manchmal fängt es auch viel früher an, und wir wollten dir unsere Hilfe anbieten.«

Leo hätte gern eingehakt, aber Belén griff den Gesprächsfaden schon da auf, wo ihre Schwester aufgehört hatte. »Außerdem war uns sofort klar, dass du dir nicht ohne Grund die Ingwerkekse ausgesucht hast. Wir wollen selber wissen, wie das mit dem Liebeszauber funktioniert, denn der könnte genau das Richtige sein, um Marcus und Marcellus dazu zu bringen, uns zu bemerken.«

Marcus und Marcellus bildeten das zweite Zwillingspaar an der Highschool von Rose Hill. Leo hatte bisher keine Ahnung gehabt, dass ihre Schwestern auf die beiden Jungs abfuhren, aber sie fand die Vorstellung, dass es dann zwei Zwillings-Pärchen geben könnte, auf Anhieb lustig. Außerdem freute sie sich, dass Alma und Belén gar nicht vorhatten, sie vom Zaubern abzuhalten. Sie wollten sogar von ihr hören, wie das mit dem Liebeszauber funktionierte.

»Aber vor allem …« Alma streckte Belén die Zunge raus. »Wollten wir dir sagen, dass wir uns freuen. Es hat uns überhaupt nicht gefallen, dich immer ausschließen zu müssen.«

»Das mit der Fünfzehn-Jahre-Grenze ist echt albern, schließlich werden wir selber auch erst in drei Monaten fünfzehn«, fügte Belén hinzu.

»Und Magie ohne Aufsicht zu üben ist *gefährlich*, das weiß jeder«, sage Alma und warf mit einer Kopfbewegung ihre blauen und rosafarbenen Strähnchen nach hinten.

»Tía Paloma ist einfach zu streng. Wir dürfen kaum jemals richtig coole Zauber ausprobieren. Noch nie ist irgendwas explodiert oder so. Ich würde echt lieber ein bisschen was riskieren, als ständig nur Beschwörungsformeln auswendig zu lernen«, beschwerte sich Belén.

»Außerdem hat Abuela gesagt, du wärst ein Naturtalent, Leo«, sagte ihre Zwillingsschwester.

»Also: Juchhu!«, sagte Belén.

»Jetzt wissen es alle.«

»Was echt gut ist.«

Die Zwillinge wechselten einen Blick und nickten. Leo wartete kurz, um sicherzugehen, dass sie auch wirklich fertig waren – wenn die beiden gleichzeitig redeten, konnte das manchmal über mehrere Stunden so ausufern, dass kein anderer zu Wort kam. Doch diesmal fand sie das Geplapper ihrer Schwestern alles andere als nervig. Sie war erleichtert und freute sich sehr. Alma und Belén hielten sie also gar nicht für zu jung zum Zaubern!

»Na ja, nicht alle«, wandte sie ein. »Mamá weiß es nicht.«

»Was weiß ich nicht?«, fragte Mamá, die in diesem Augenblick auf der Türschwelle erschien. Leo wäre vor Schreck beinahe vom Hocker geplumpst. »Meine süßen kleinen Mädchen führen doch hoffentlich nichts im Schilde.«

»Nein, Mamá«, sagte Alma lächelnd. »Wir haben nur gerade darüber geredet, dass du nicht weißt, wie das mit dem Haarefärben funktioniert. Wir mussten uns das auch alles erst im Internet raussuchen.«

»Ach, ihr beiden.« Mamá seufzte. »Leo, ich weiß das Modegespür deiner Schwestern wirklich sehr zu schätzen, aber ich finde, du bist noch zu jung, um dir die Haare in so grelle Farben zu tunken, okay, Süße?«

»Okay, Mamá.« Leo lachte bei dem Gedanken, dass ihre Fussellocken wie bunte Zuckerwattekräusel abstehen würden, aber in ihrem Bauch zwickte das schlechte Gewissen. Nein, sie würde sich nicht die Haare färben, aber sie würde jede Menge anderer Sachen machen, für die sie in Mamás Augen noch viel zu jung war. Doch bevor ihre Schuldgefühle zu stark werden konnten, schrillte der grüne Backwecker auf einmal los und sie mussten die Plätzchen aus dem Ofen holen.

»Die sehen köstlich aus.« Mamá lächelte. »Ich finde es schön, dass du dir das Rezept rausgesucht hast, Leo. Jetzt wird mir erst bewusst, wie sehr mir Abuelitas Kekse gefehlt haben.«

Belén zwinkerte Leo hinter Mamás Rücken zu. Leo schluckte ihr schlechtes Gewissen herunter und grinste zurück. Es war wirklich nicht schön, Mamá etwas zu verheimlichen, aber immer noch besser, als die Einzige zu sein, die nicht eingeweiht war.

KAPITEL 14

Liebesbisschen

Als Leo und Caroline sich nach der Schule auf ihre Bussitze plumpsen ließen, brodelte es in Leos Innerem wie in einem Kochtopf. Nur noch diese eine Busfahrt trennte sie von ihrem ersten richtig großen Zauber!

»Hast du alles bekommen?«, fragte Leo, obwohl Caroline ihr schon den ganzen Tag über von ihrem Platz aus den erhobenen Daumen gezeigt hatte. Aber der Daumen reichte Leo nicht – sie wollte handfeste Beweise dafür haben, dass alles nach Plan verlief.

»Ja, ich hab alles ...« Caroline sah zu Boden, drehte an ihrem Armband und biss sich auf die Unterlippe. Irgendwie schien sie nicht halb so aufgeregt zu sein wie Leo. »Ich hab ihn nicht dazu bringen können, seinen Namen handschriftlich zu schreiben, er vergisst nämlich ständig, wie das mit dem r geht, aber ich hab seine Unterschrift in Druckbuchstaben.«

Endlich hielt der Bus an Leos Haltestelle, und gemeinsam gingen sie zum Haus der Logronos. Caroline kraulte Señor Gato am Kinn, als er auf die Couch sprang, um sie zu begrüßen.

»Fühlt sich an wie eine Ewigkeit, seit ich das letzte Mal hier war, aber irgendwie hat sich nichts verändert.«

»Hallo, Mädchen.« Daddy kam aus dem Wohnzimmer geeilt. In einer Hand hatte er einen Stapel Papiere und hinter seinem Ohr klemmte ein Stift. Die dunklen Haare standen ihm nach allen Seiten ab, und als er mit der Hand hindurchfuhr, zerzauste er sie nur noch mehr. »Ich hab gerade ein kleines Problem mit … ach, egal. Isabel ist mit Mamá und den Zwillingen in der Bäckerei, Marisol ist mit irgendjemandem unterwegs, sie haben irgendwas vor, und sie kommt irgendwann heute Abend wieder.« Er seufzte. »Schön, dich mal wieder hierzuhaben, Caroline.« Er versuchte ihr die Hand zu schütteln, während er gleichzeitig den Papierstapel balancierte.

»Daddy.« Leo schlug sich die Hände vors Gesicht. »Du bist echt peinlich.«

»Et tu, Leo? Verwandelt sich jetzt etwa auch noch mein letztes Baby in einen griesgrämigen Teenager? Hach ja, irgendwann musste es ja so kommen. Viel Spaß, ihr zwei.« Seufzend verschwand er in seinem Büro.

Leo führte ihre Freundin durchs Wohnzimmer in die Küche und war erleichtert, dass sonst niemand zu Hause war und sich albern aufführen konnte. Außerdem mussten sie die Küche für sich allein haben, um in Ruhe zaubern zu können, ohne erwischt zu werden.

»Wow.« Caroline strahlte. »Ich hatte ganz vergessen, wie toll eure Küche ist.« Leo sah ihr zu, wie sie den Blick über die ganzen Mixer und Küchenmaschinen gleiten ließ, die auf dem Küchentresen standen, über die Backbleche und Keksdosen, die in den Schränken keinen Platz mehr fanden und deswegen auf dem Kühlschrank aufgestapelt waren.

»Ja, das ist sie wirklich. Aber jetzt lass uns lieber anfangen.«

LIEBESBISSCHEN

Zutaten:

2 Tassen Mehl
1 Tasse Zucker
¼ Tasse Melasse
¾ Tasse Butter
1 EL gemahlener Ingwer
1 EL Zimt
1 Ei
2 EL Natron
¼ EL Salz
¼ Tasse Wasser
1 Kleidungsstück oder Gegenstand der Zielperson
1 Wimper der Zielperson
Die Unterschrift der Zielperson

1 Wimper und die Unterschrift der Person, in die sich die Zielperson verlieben soll

Leo ging das Rezept noch einmal durch, bevor sie den Ofen vorheizte und Wasser aufsetzte, um darin Brents Sweatshirt aufzukochen. Das war der schwierigste Teil der Aktion – nicht wegen des Kochens an sich, sondern weil es am auffälligsten war. Ein Stückchen Papier mit einer Unterschrift drauf, das man in einen Topf mit kochendem Wasser gleiten ließ, würde Daddy sicher nicht bemerken, eine Sweathirt-Suppe allerdings schon. Also mussten sie jetzt besonders gut aufpassen – und schnell sein.

»Okay, jetzt brauch ich deine Wimper und deine Unterschrift«, sagte Leo und streckte eine Hand aus.

»Leo ...« Caroline zögerte. »Was, wenn das vielleicht doch keine so gute Idee ist?«

»Was meinst du damit?« Leo erstarrte. »Deswegen bist du doch hier. Und wir haben schon angefangen.«

Caroline fuhr mit dem Finger die Herzen auf der aufgeschlagenen Rezeptseite nach. »Ich möchte ihn nicht zwingen, mich zu mögen«, sagte sie und ließ ihr Armband in Rekordgeschwindigkeit um ihr Handgelenk kreisen. »Das war eine blöde Idee. Lass uns aufhören.«

»Aber ...« Leo war schrecklich enttäuscht, dass sie jetzt ihren allerersten richtig großen Zauber abbrechen sollte. Das ging doch nicht! Bestimmt war Caroline nur aufgeregt, so wie

Leo vor jedem Schulfest. Bestimmt brauchte sie nur ein bisschen Aufmunterung. »Wir zwingen ihn doch gar nicht«, sagte sie. »Wir verpassen eurer Freundschaft nur einen winzig kleinen Schubs in die richtige Richtung. Wir fügen einen Tropfen Zuneigung hinzu, um seine Persönlichkeit etwas süßer zu machen.«

»Aber so funktioniert der Zauber doch gar nicht«, wandte Caroline ein und zeigte auf das Buch. »Man gibt etwas von demjenigen hinein, den die Zielperson lieben soll, und dann muss derjenige einen lieben. Das ist kein winzig kleiner Schubs, sondern eher eine Entführung oder so.«

»Aber … wenn wir …« Eine neue Idee nahm in Leos Kopf Gestalt an. »Was, wenn der Zauber anders funktionieren würde?«

»Was willst du damit sagen?«

Leo rang um die richtigen Worte. »Was, wenn wir dich ganz aus dem Rezept ›rausnehmen‹?« Je klarer sie ihre Idee sah, desto aufgeregter wurde sie. »Wir wollen ihn nicht zwingen, dich zu mögen, aber wir könnten die Kekse doch so backen, dass sie ihn nur dazu bringen, allgemein mehr Zuneigung zu empfinden. In Bezug auf dich funktioniert das dann bestimmt trotzdem super, weil ihr doch schon so gute Freunde seid. Bestimmt braucht er nur ein bisschen mehr Liebe, um sich bei dir zu entschuldigen, und dann könnt ihr wieder Freunde sein.«

Carolin kaute auf ihrer Unterlippe.

»Keine Unterschrift von dir, keine Wimper von dir. Die

Sachen lassen wir einfach weg. Dafür ein bisschen extra cariño für alle, die er sowieso schon mag, also auch für dich.«

»Und du meinst, das klappt?«

Wäre Leo ehrlich gewesen, hätte sie zugeben müssen, dass sie keine Ahnung hatte. Wäre sie wirklich ehrlich gewesen, hätte sie auch erwähnen müssen, dass Marisol sie davor gewarnt hatte, mit Rezepten herumzuexperimentieren, weil Zauber auch mal sehr gefährlich werden konnten. Aber obwohl Leo Marisols Warnung durchaus im Hinterkopf hatte, waren es eher Isabels Ermunterung und die Unterstützung der Zwillinge, die ihr jetzt als Erstes einfielen. Wenn Isabel experimentieren und ihre eigenen Rezepte erschaffen konnte, dann würde Leo das doch auch hinkriegen! Schließlich ging es ja hauptsächlich um das Gefühl, so wie Isabel gesagt hatte.

»Ja!«

Sobald Brents Sweatshirt ausgekocht war (und über einer Stuhllehne zum Trocknen hing), begann Leo mit dem richtigen Backen. Sie zeigte Caroline, wo alle Zutaten in der Vorratskammer zu finden waren und wie man den gefüllten Messbecher glatt strich, ohne das Mehl zu sehr zu verdichten. Caroline hatte sich die Einzelheiten des Rezepts so gut gemerkt, dass sie nicht ständig nachschauen mussten, also konnte Leo das magische Buch unter einer riesigen umgedrehten Pfanne versteckt halten, während sie arbeiteten. Als sie drei Tropfen des Brent-aromatisierten Wassers in die Rührschüssel träufelten, lachten die beiden. Und als der fertige Teig schön rund und klebrig in der Schüssel lag, konnten sie nicht widerstehen und stippten einen Finger hinein, um zu probieren.

»Okay«, sagte Leo. »Jetzt muss ich ernsthaft zaubern. Kannst du auf die Türen aufpassen?«

Caroline checkte die Lage und gab das Signal, dass die Luft rein war. Leo atmete tief ein und schloss die Augen, Brents gestohlene Wimper in der einen Hand, den Zettel mit seinem Namen in der anderen. Dann versenkte sie beide Hände im Teig.

»Brent Bayman«, flüsterte sie und stellte sich Brent mit dem Mund voller Kekse vor. Sie dachte daran, wie er Caroline angelächelt hatte. Sie erinnerte sich an einen Tag in der zweiten Klasse, als Brent und seine Mutter in die Bäckerei gekommen waren, um einen Geburtstagskuchen zu kaufen. Seine kleine Schwester hatte sich furchtbar aufgeregt, weil sie eine *richtige Torte* wollte, und Brent hatte sie mit lustigen Grimassen abgelenkt, während seine Mutter Mamá erklärte, dass die Kleine gegen Weizenmehlprodukte allergisch war. Allzu gut kannte Leo den Jungen nicht, aber was sie von ihm wusste, gefiel ihr eigentlich ganz gut. Oder hatte ihr zumindest bis vor Kurzem gut gefallen. Es fiel ihr nicht schwer, genug süße Gedanken über ihn zu finden, um den Keksteig damit anzufüllen. Leos knetende Hände kribbelten, als wären sie ihr eingeschlafen.

»Hat es funktioniert?«, fragte Caroline, als Leo ihre Hände wieder herauszog. »Man hat nichts gesehen.«

»Es …« Leo zögerte. Sie hatte schließlich erst ein paar Mal gezaubert, und sie war sich nicht sicher, ob überhaupt irgendwas Besonderes zu sehen sein musste. Aber sie hatte durchaus etwas gespürt. »Es hat funktioniert«, sagte sie schließlich, weniger, weil sie selber felsenfest davon überzeugt war, als vielmehr, weil sie nicht wollte, dass Caroline an ihr zweifelte. »Jetzt käme eigentlich der Teil, wo wir deinen Namen und deine Wimper hinzufügen, aber das machen wir ja nicht. Also müssen wir die Kekse jetzt nur noch formen und backen.«

Sie hatten Spaß, während sie aus dem Teig hübsche kleine Bällchen in der perfekten Happen-Größe formten und auf dem Backblech aufreihten. Leo machte sogar ein paar herzförmige Kekse, nur um zu sehen, ob sie die Form beim Backen auch beibehielten. Sie überlegte, ob sie auch ein Plätzchen in Ferkelform machen sollte, entschied dann aber, es lieber nicht zu riskieren.

Sie hatten die Mengenangaben von Anfang an halbiert, aber der Teig reichte dennoch aus, um ein ganzes Backblech voll zu kriegen – zwölf Plätzchen wurden es am Ende. Ganz schön viel für eine einzige Person, aber Leo wollte lieber keins selber essen, weil man nie wissen konnte, wie der auf Brent zugeschnittene Zauber auf Leute wirken würde, die eben nicht Brent waren. Während die Kekse im Ofen buken, machten Leo und Caroline hastig ihre Mathe-Hausaufgaben, und dann half Caroline ihrer Freundin beim Sozialkunde-Arbeitsblatt. Sie waren erst zur Hälfte damit fertig, als der Küchenwecker klingelte. Der Duft nach Plätzchen hatte längst jeden Winkel der Küche erfüllt, doch als sie die Ofentür aufmachten, strömte eine überwältigende würzige-warme Duftwolke heraus. Leo war sich sicher, auch die Magie darin riechen zu können. Aufgeregt hüpfte sie auf und ab, musste dann aber aufhören, um das heiße Blech mit einem Backhandschuh herauszuholen. Die Plätzchen würden funktionieren, das spürte sie!

»Da komme ich wohl gerade recht.« Daddy kam in die Küche, gerade als Leo jeweils zwei Kekse mit einem Pfannenwender auf das Abkühlgitter rüberhob. »Ihr habt doch hoffentlich nicht zu viel Chaos veranstaltet, oder?« Er griff hinter Leos Rücken nach einem der immer noch heißen Plätzchen.

»Nicht essen!«

Verdattert ließ Daddy den Keks fallen. Sofort wünschte sich Leo, sie hätte nicht geschrien, aber sie hatte eben Angst, was die Magie mit ihm anrichten könnte.

»Tut mir leid«, sagte sie hastig. »Es ist nur … wir brauchen die alle. Für die Leute … im Club.«

»Im Club?« Daddy runzelte die Stirn. »Was denn für ein Club?«

Leo öffnete den Mund, ohne einen Ton rauszubringen. Sie kam sich eher vor wie ein stummer Fisch als eine geniale Zauberin, doch zum Glück eilte Caroline ihr zu Hilfe.

»Ein Probier-Club.« Sie biss sich auf die Unterlippe und nestelte an einem ihrer Zöpfe herum. »Jeder muss mal was zum Mittagessen mitbringen, was zum Naschen. An meiner Schule in Houston gab's das, und ich dachte, ich könnte jetzt auch hier so einen Club ins Leben rufen. Deswegen hab ich Leo gebeten, mit mir die Plätzchen zu backen.«

Leo setzte ein Lächeln auf und nickte, als wäre das mit dem Club ein alter Hut. Als Daddy ihr einen Arm um die Schultern legte und sie liebevoll drückte, wusste sie, dass sie die Umarmung gar nicht verdient hatte.

»Ich finde das eine tolle Idee, Caroline. Aber ihr schließt da doch niemanden aus, oder? Ihr hättet ja auch mehr Plätzchen machen können, wenn ihr Sorgen habt, es könnte nicht für alle reichen.«

»Ach, jeder, der in den Club reinmöchte, darf auch rein«, sagte Caroline. »Bisher sind wir noch nicht so viele, aber das ändert sich nächste Woche hoffentlich.«

Leo drehte sich weg und machte sich am Abkühlgitter zu schaffen, damit Daddy ihr Grinsen nicht sehen konnte. Caroline hatte echt schauspielerisches Talent!

»Ich kann mir nicht vorstellen, dass jemand eure Einladung ausschlägt, sobald er einmal den Duft dieser Kekse erschnuppert hat«, sagte Daddy. »Tja, dann werde ich das Grummeln meines leeren Magens mal zugunsten eures Clubs ignorieren.« Er warf den Plätzchen noch einen letzten wehmütigen Blick zu, dann ging er zur Tür.

»Daddy?«, hielt Leo ihn auf.

»Ja?«

»Die sind nach dem gleichen Rezept gemacht wie die von

gestern. In der Keksdose sind noch ein paar übrig. Von denen kannst du gern so viele essen, wie du magst.«

»Ah, das hört sich doch schon viel besser an.« Daddy hob den Deckel der Teddybär-förmigen Keksdose an, die trotz des weihnachtlichen Teddy-Pullovers das ganze Jahr über auf dem Fenstersims stand. Er fischte drei Plätzchen vom Vortag heraus und reichte Leo und Caroline zwei davon. »Haut rein, Mädchen.«

Das ließen sie sich nicht zweimal sagen.

Daddy seufzte glücklich. »Wie ich schon sagte … Euer Club wird sich vor Mitgliedern kaum mehr retten können, sobald die Leute diese Kekse mal probiert haben. Die Dinger haben bestimmt einen durchschlagenden Erfolg!«

Obwohl es den Club ja gar nicht gab und er nur das Ergebnis einer kleinen Notlüge unter Freundinnen war, hoffte Leo mit aller Macht, dass Daddy recht behalten würde.

KAPITEL 15

Familie und Freunde

Nach einigem Hin und Her beschlossen Leo und Caroline, Brent drei Kekse in sein Schließfach zu legen. Sie wollten nicht riskieren, dass er sie mit jemandem teilte, hatten aber Bedenken, dass ein einziges Plätzchen zu wenig sein könnte.

Leo packte die Kekse in eine durchsichtige kleine Plastiktüte und verschloss sie mit einer goldfarbenen Schnur, die Mamá auch zu Hause immer auf Vorrat hatte, obwohl sie eigentlich für Bäckereiprodukte gedacht war. Caroline schrieb eine geheimnisvolle Nachricht dazu (»Die sollen dir den Tag versüßen!«), und zwar in einer verschnörkelten Schrift, die nichts mit ihrer normalen Handschrift zu tun hatte.

Die restlichen Plätzchen stopfte Leo in einen großen wiederverschließbaren Beutel, den sie unter ihrem Bett versteckte, bis sie Alma und Belén fragen konnte, was sie damit tun sollte. Wegwerfen wollte sie sie nicht – Mamá konnte es nicht leiden, wenn Lebensmittel weggeschmissen wurden –, aber sie war sich auch nicht sicher, ob es so eine gute Idee war, sie herumliegen zu lassen. Und wenn Alma und Belén nicht weiterwussten, dann vielleicht Abuela.

Am Mittwoch fragte Caroline während der Mittagspause um Erlaubnis, in die Schulbibliothek gehen zu dürfen, um ein Buch für ein ausgedachtes Projekt auszuleihen. Leo rupfte ihr Sandwich in der Cafeteria in klitzekleine Krümel, während Caroline sich in den Sechstklässler-Flur hinunterschlich, um die Tüte mit den Keksen an Brents Schließfachtür zu kleben. Vor lauter Nervosität wippte Leo unter dem langen grauen Cafeteria-Tisch mit den Füßen und rutschte unruhig auf ihrem Plastikstuhl hin und her. Was, wenn Caroline erwischt wurde? Wieso brauchte sie bloß so lange?

»Alles in Ordnung bei dir?«

Leo zuckte erschrocken zusammen. Mai Nguyen sah stirnrunzelnd zu ihr herüber, den Kopf genau so zur Seite geneigt wie Señor Gato, wenn er Leo dabei erwischte, wie sie ihn beobachtete.

»Oh ja, alles bestens«, sagte Leo, als sie sich von dem Schreck halbwegs erholt hatte.

»Wo ist denn Caroline?« Tricia deutete mit dem Kopf auf den leeren Platz neben Leo.

»Sie ist …« Eigentlich hatte Leo »in der Bibliothek« sagen wollen, aber das musste sie gar nicht mehr, denn genau in diesem Augenblick machte Caroline die Cafeteria-Tür auf und zeigte Leo hinter Tricias und Mais Rücken den erhobenen Daumen. »Da ist sie ja.«

Die Mädchen drehten sich zu Caroline um. Leo ließ ihre Handvoll Krümel fallen und nahm endlich den ersten richtigen Bissen von ihrem Schinkensandwich. Grinsend setzte Caroline sich neben sie und holte ihr Pausenbrot aus dem Rucksack. »Mission erfüllt«, raunte sie so leise, dass nur Leo es hören konnte.

»Ah, gut.« Tricia lächelte sie an. »Wir dachten schon, du lässt die Mittagspause wieder wegen der bescheuerten Jungs ausfallen.«

Mai nickte. »Wir wollten dir sagen, dass wir das richtig ätzend finden, was die gemacht haben. Jungs sind manchmal echt zum Kotzen.«

»Oh.« Caroline lief rot an und rutschte unbehaglich auf ihrem Stuhl hin und her. »Danke.«

»Außerdem wollten wir dir sagen, dass wir uns freuen, dass du wieder da bist.« Mai lächelte. »Wie geht's dir denn?«

»Gut. Ich verbringe viel Zeit mit Leo. Sie hat mir Backen beigebracht.«

»Wow!« Tricia biss hungrig von ihrem Thunfischsandwich ab und versprühte Krümel nach allen Seiten, als sie weitersprach. »Das ist echt cool. Leos Familie macht das beste Brot in ganz Texas, finde ich. Du musst echt schon eine Backexpertin sein, Leo, oder?«

Leo senkte den Kopf und grinste in ihre Brotdose hinein.

Sie hatte keine Ahnung gehabt, dass Tricia so auf die Sachen aus der Bäckerei stand. Leo mochte die beiden Mädchen, wusste aber nicht so recht, worüber sie mit ihnen reden sollte. Die zwei waren schon seit Beginn der Grundschule befreundet und passten zusammen wie Salz- und Pfefferstreuer.

»Meine Geburtstagstorte hole ich auch immer in eurer Bäckerei«, sagte Mai. »Ich hab dich am Tag der Toten da arbeiten sehen, aber du warst so in ein Gespräch mit deiner Schwester vertieft, dass du mich gar nicht gesehen hast.« Mai wirkte peinlich berührt.

»Oh, tut mir leid«, sagte Leo. »Du hättest mich doch ansprechen können. Ich war wohl ein bisschen …«

»Abgelenkt. Schon klar, das kennen wir.« Sie und Tricia lächelten einander an.

»Du bist irgendwie immer in deiner eigenen Welt«, sagte Tricia kopfnickend.

»Ja, aber Leos Welt ist auch viel cooler als die normale«, sagte Caroline.

»Dann würde ich da echt gerne mal vorbeischauen«, sagte Tricia.

»Vielleicht lässt du uns ja mal rein, in deine Welt.« Mai lächelte Leo an.

Leo ließ schuldbewusst den Kopf sinken. Sie hatte immer gedacht, neue Freunde zu finden, wäre furchtbar schwer. Der Gedanke, dass sie genügend Auswahl hätte, wenn sie nur mal wirklich schauen würde, war ihr noch nie gekommen.

»Ich würde auch gern backen lernen«, sagte Tricia. »Klingt echt toll.«

»Das ist es wirklich.« Caroline reckte das Kinn vor und lächelte. »Wir … wir haben gerade erst darüber gesprochen, ob wir …« Sie ließ den Blick zu Leo rüberwandern. »Ob wir nicht so einen Club gründen sollen, wo jeder reihum Kekse und so was backt und sie für alle mitbringt. So eine Art Probier-Club. Hättet ihr zwei denn … also … hättet ihr an so was vielleicht Interesse?«

Tricia und Mai waren von der Idee sofort hin und weg, und ihre aufgeregten Fragen zogen die Aufmerksamkeit anderer Sechstklässler am Tisch auf sich. Wenige Minuten später hatte Leo versprochen, am nächsten Freitag Kekse für alle mitzubringen, und Mai hatte angeboten, am Freitag darauf die süßen, bunten Muffins beizusteuern, die ihre Mutter immer machte.

Noch nie hatte Leo so im Mittelpunkt gestanden. Mit glühenden Wangen beantwortete sie alle Fragen zum Club – wie viele Portionen musste man denn mitbringen? Musste alles unbedingt hausgemacht sein? Durften auch Achtklässler mitmachen, und was war mit Jungs? Leo war ziemlich nervös, weil sie so viel reden und auf alles eine Antwort finden musste, doch dann schaute sie zu Caroline rüber und sah, dass die genauso überfordert war. Das brachte Leo zum Lachen, und dann fing auch Caroline zu lachen an, und schwupps, lachte schon der ganze Tisch.

Leo überlegte kurz, ob sie vielleicht aus Versehen irgendeinen Brotkrümel-Verstreu-Zauber gewirkt hatte, der einem große Beliebtheit einbrachte, aber im Grunde wusste sie, dass die Magie, die da gerade rund um ihrem Tisch stattfand, von einer ganz anderen Sorte war. Irgendwie hatte Caroline Leos halbe Klasse in Clubmitglieder und Freunde verwandelt. Vielleicht war das Freundefinden ja wirklich einfacher, wenn man schon eine Freundin hatte.

»Ich muss dir unbedingt erzählen, was vorhin passiert ist«, sagte Caroline, als sie und Leo auf dem Schulhof schließlich wieder allein waren. »Ich geh gerade Richtung Schließfächer, um die Kekse da dranzukleben, da sehe ich plötzlich, wie Brent direkt auf mich zukommt! Ich hab mich total erschrocken und mich hinter dem Wasserbrunnen versteckt. Ich dachte, der muss mich doch sehen! Aber hat er nicht, auch nicht, als ich über den Brunnenrand geschaut hab. Er hat nur ein paar Sachen aus seinem Schließfach rausgenommen, aber dann ist er auf einmal erstarrt und hat ganz steif in sein Schließfach reingeschaut. Irgendwann hat er dann die Tür zugemacht und ist weggegangen, aber ohne abzusperren! Er sah fast aus wie ein Zombie, total bleich.«

»Seltsam«, sagte Leo. »Hast du eine Ahnung, was da los war?«

»Nein.« Caroline schüttelte stirnrunzelnd den Kopf. »Aber weil er das Schließfach offen stehen gelassen hat, konnte ich die Plätzchen reintun und absperren. Das war echt ein Glücksfall.«

Leo nickte. Die Schulglocke bimmelte und alles strömte vom Pausenhof ins Schulgebäude. Das war ja noch besser gelaufen als geplant! Wirklich ein echter Glücksfall.

Aber kaum hatte Leo den Gedanken zu Ende gedacht, war ihre Glückssträhne auch schon zu Ende. Als die Bio-Stunde bei Ms Wood begann, blieb Brents Platz seltsamerweise leer. Leo fing von einem der Jungs Geflüster auf, laut dem Brent sich nach dem Sport übergeben hatte und nach Hause gegangen war.

Leo wurde ganz anders, und sie versuchte weitere Informationen aufzuschnappen. Hatte Brent die Kekse noch gefunden, bevor er heimgegangen war? Wie sollten sie das bloß herausfinden? Nervös biss sich Leo auf die Unterlippe und klopfte mit den Fingerspitzen auf ihr Pult. Carolines bestürztem Gesicht nach zu urteilen, hatte ihre Freundin das Gerücht wohl ebenfalls aufgeschnappt und stellte sich jetzt die gleichen Fragen.

Stumm saßen die beiden Freundinnen später nebeneinander im Bus. Leo trommelte mit den Fingern auf ihr Knie, Caroline nestelte an ihrem Zopf und ihrem Armband. Mindestens fünfmal machte Leo den Mund auf, um etwas zu sagen, aber jedes Mal schwieg sie dann doch aus Angst, jemand könnte mithören, wenn sie die Worte Brent, Magie oder Plätzchen verwendete.

Zu Hause stapfte Leo rastlos im Wohnzimmer auf und ab, bis Señor Gato genervt den Raum verließ. Dann wechselte sie in die Küche, wo sie hin und her tigerte und jedes Mal die Schritte zwischen Tisch und Kühlschrank im Kopf mitzählte.

»Alles gut bei dir?« Daddy trat ihr in den Weg, um sich Orangensaft aus dem Kühlschrank zu holen. »Wie sind deine Plätzchen bei den anderen angekommen?«

Leo brauchte eine Sekunde, bis ihr die Notlüge mit dem Probier-Club wieder einfiel. Zumindest konnte sie jetzt tatsächlich was Neues vermelden, statt sich wieder Lügen ausdenken zu müssen. »Super! Ich glaube, wir haben jede Menge neue Interessenten.«

Sobald ihr Vater die Küche verlassen hatte, begann Leo wieder hin und her zu laufen.

»Hey, kleine Leo.« Isabel schnappte sich zwei Ingwerplätzchen aus der Keksdose und aß sie über der Küchentheke. »Was ist denn los mit dir?«

Leo blieb stehen, klopfte sich aber weiter mit den Fingern an die Hosennaht und tippelte mit der Fußspitze auf den Boden. »Ach, nichts. Ich bin nur …« Lächelnd biss Isabel in ihren zweiten Keks und hörte zu. Isabel konnte sie doch bestimmt verraten, was los war, oder? Alma und Belén wussten es schließlich auch schon. Und Isabel würde sicher nicht wütend werden.

Oder vielleicht doch? Weil sie vielleicht der Meinung war, Leo hätte das Familiengeheimnis nicht verraten dürfen?

»Isabel, hast du schon mal ...«, setzte sie an. Sie konnte es nicht riskieren, Isabel alles zu erzählen, aber sie brauchte trotzdem den Beistand ihrer Schwester. »Was machst du eigentlich, wenn du dir Sorgen machst?«

Isabel setzte sich an die andere Seite des Tisches und stellte die Keksdose zwischen sich und Leo. »Das kommt drauf an«, sagte sie. »Worüber machst du dir denn Sorgen?«

»Nichts, nichts ... Ist nicht so wichtig.«

»Hm.« Isabel stellte die Ellbogen auf den Tisch und stützte das Kinn auf die Hände. »Also, wenn ich mal nicht weiß, worüber genau ich mir Sorgen mache, dann hilft es manchmal, wenn ich darüber rede.«

Leo schüttelte den Kopf. Sie wollte unbedingt die Ergebnisse ihres Zaubers sehen, und diese Ungeduld konnte nicht einmal Isabel besänftigen. Entweder die Magie wirkte oder sie wirkte nicht, und solange Leo das nicht wusste, war sie eben aufgeregt und nervös, voller Schuldgefühle und stolz, alles auf einmal.

»Vergiss es. Ich kann im Moment sowieso nichts dran ändern.«

»In dem Fall ...« Isabel lehnte sich wieder zurück, strich sich die Haare aus dem Gesicht und schloss die Augen. »Versuch dich einfach zu entspannen.«

Sofort verlangsamte sich Leos rasender Herzschlag und die Schmetterlinge in ihrem Bauch legten die Flügel an. Ein zischelndes, summendes Geräusch in ihrem Kopf hätte sie beinahe von dem würzigen Duft abgelenkt, der sich auf einmal in der Küche verbreitete und nicht von den Ingwerplätzchen stammte.

»Magie.« Sie musste sich am Tisch festhalten. »Du verzauberst mich gerade!« Ja, Isabel hatte die Macht, Gefühle zu beeinflussen, und genau das tat sie gerade mit Leos Nervosität.

»Ja, tut mir leid. Ich dachte, das hilft vielleicht. Nicht gut?«

Leo zuckte die Schultern, während das Summen in ihrem Kopf verstummte. Sie konnte es Isabel nicht übel nehmen, dass sie ihr helfen wollte. »Irgendwie schon. Aber es kitzelt so lustig.«

Isabel lächelte. »Manchmal mache ich so was, ohne drüber nachzudenken. Du nimmst das viel besser auf als Marisol, dabei hätte die es am meisten nötig, nervlich mal runtergefahren zu werden.«

Leo schaute über die Schulter, aber außer ihnen war niemand in der Küche. »Wieso mag Marisol eigentlich keine Magie?«

Isabel nahm sich noch einen Keks und biss davon ab. »Marisol … Aber sag ihr nicht, dass ich dir das gesagt hab, ja? Ich glaube, sie mag Magie sehr wohl, aber sie jagt ihr auch ziemliche Angst ein. Deswegen tut sie so, als könne sie Magie nicht leiden.«

»Aber warum macht sie ihr Angst?«

»Ach, du kennst sie doch.« Isabel stippte mit der Fingerspitze Kekskrümel vom Tisch auf. »Marisol hat doch vor allem und jedem Angst.«

Das klang aber gar nicht nach der Marisol, die Leo bisher kannte. Marisol fürchtete eigentlich gar nichts – weder Spinnen noch Kakerlaken noch fremde Leute noch Jungs. Leo kannte niemanden, der so furchtlos war wie Marisol.

»Aber man braucht vor Magie doch gar keine Angst zu haben, oder? Magie ist ja nicht *gefährlich*.« Leo wollte Caroline auf keinen Fall in etwas Riskantes mit reinziehen. Und sie wollte auch nicht, dass Brent etwas Schlimmes passierte.

»Na ja, manchmal können Zauber schon nach hinten losgehen«, sagte Isabel und schaute auf ihre Hände. »Ein bisschen Risiko ist immer dabei, wie bei fast allem im Leben. Die großen Backöfen zu benutzen, kann auch gefährlich sein, aber wir lernen eben richtig damit umzugehen, damit nichts passiert. Und so ist es mit unseren Kräften auch. Mach dir keine Sorgen, Leo. Deine Familie wird immer hinter dir stehen und dir helfen.«

Bestimmt hatte Isabel nicht vorgehabt, Leo Schuldgefühle einzureden, aber Leo wand sich innerlich, als sie die Worte ihrer Schwester hörte. »Ja, ich weiß«, murmelte sie. »Aber dann stimmt es, dass magische Experimente auch ganz schrecklich schiefgehen können?«

»Oh, Marisol hat irgendwas zu dir gesagt, stimmt's? Irgendwelche fürchterlichen Prophezeiungen …? Aber natürlich. Oh, ich könnte sie … Nur weil sie Angst davor hat, selber zu zaubern, hat sie noch lange kein Recht dazu, dir irgendwelche Ängste einzureden.«

Leo hatte nicht vorgehabt, zwischen ihren Schwestern Streit zu stiften – die hatten schon genug Zoff miteinander. »Nein, sie hat nur … Magie kann ja auch total toll sein, oder?«

Isabel strahlte sie an. »Magie ist immer toll. Leo, du gehörst zu dieser Familie. Du bist eine Bruja. Du brauchst vor Magie keine Angst zu haben. Sie ist ein Teil von dir.«

Leo nickte, doch trotz Isabels Beruhigungszauber war sie innerlich immer noch aufgewühlt. Daran, dass die Magie ihr selbst schaden könnte, hatte sie gar nicht gedacht. Es war ihre Freundin, um die sie sich Sorgen machte.

KAPITEL 16

Geduld

Als Brent am Donnerstag auch nicht in der Schule erschien, war Leo mit den Nerven fix und fertig. Sie und Caroline starrten Brents Schließfachtür an, aber da Leo trotz magischer Kräfte leider keinen Röntgenblick hatte, konnten sie nicht wissen, ob das Schließfach in der Zwischenzeit geöffnet worden war oder ob die Kekse noch darin lagen.

Beim Mittagessen wurde Leo von Mitschülerinnen umringt, die sie mit Fragen über den Probier-Club bombardierten. Die meisten wollten wissen, was sie mitbringen sollten, aber manche brauchten auch Hilfe beim Backen.

»In meinem Rezept steht, dass man das Ei trennen soll. Was heißt das?«, fragte Mary Gradel. »Ist das das Gleiche wie ein Ei aufschlagen?«

»Ich darf den Ofen nicht benutzen«, sagte Lara Sanchez. »Wie lange braucht Kuchenteig in der Mikrowelle?«

Greg Lewis kam vom Nachbartisch herüber, um zu fragen, ob erstens auch Jungs in den Club durften, und zweitens, was die Abkürzungen TL und EL in den Rezepten bedeuteten. Bis dahin hatte Leo gedacht, jeder Mensch auf der Welt würde die Abkürzungen für Teelöffel und Esslöffel kennen, aber nun stellte sie schnell fest, dass vieles, was für sie selbstverständlich war, sie plötzlich zu einer Sechstklässler-Expertin zum Thema Backen machte.

»Leo ist die perfekte Eieraufschlag-*Maschine*«, lobte Caroline sie bei ihren Mitschülern. »Und in ihrer Küche stehen Hunderte Sorten Mehl und so ziemlich jedes Gewürz, von dem ich je gehört habe.«

Immer mehr Leute drängten sich um den Tisch herum und stellten so viele Fragen, dass Leo langsam nicht mehr wusste, wie sie damit umgehen sollte. Die Lautstärke, das Gewusel … das war alles ein bisschen zu viel für sie. Endlich bimmelte die Schulglocke und sie konnte sich an ihren Tisch in Ms Woods Klassenzimmer zurückziehen.

»Unglaublich, dass der Probier-Club jetzt Wirklichkeit wird«, sagte sie später im Bus zu Caroline und sah durch den Mittelgang zu den Mitschülern hin, die sich immer wieder umdrehten und ihr zulächelten. »Bisher hat sich doch noch nie jemand fürs Backen interessiert.«

»Aber sicher doch, du hast es vielleicht nur nicht bemerkt. Auf Kekse steht doch jeder!«

Aber niemand hat mich je darauf angesprochen, dachte Leo.

Allerdings hatte sie selbst auch nie versucht, ihre Mitschüler darauf anzusprechen.

Als am Abend das Telefon klingelte, saß Leo gerade auf dem Fußboden im Wohnzimmer und machte Hausaufgaben.

»Leo«, rief Mamá. »Ist für dich.« Sie und Daddy hatten gerade – sprichwörtlich – alle Hände voll zu tun, den Pizzateig fürs Abendessen vorzubereiten.

»Hallo?« Leo rieb sich den Ellbogen, auf dem der Abdruck des Teppichs zu sehen war, und hielt sich den Hörer ans Ohr. »Caroline?«

»Es hat funktioniert!«

»Was?«

Carolines Stimme klang schrill und hoch, aber Leo war nicht sicher, ob das an der Aufregung oder an einer schlechten Telefonverbindung lag. »Brent hat die Plätzchen gegessen!«

Leo sah zu Isabel rüber, die nur wenige Schritte entfernt stand und ihr »Hach die Kleine wird so schnell groß«-Lächeln aufgesetzt hatte. Langsam und darauf bedacht, sich nichts anmerken zu lassen, ging Leo mit dem Telefon Richtung Flur.

»Mm-hm«, murmelte sie im Bemühen, möglichst gleichgültig zu klingen.

»Hast du nicht gehört? Er hat sie gegessen! Ich hab das durchs Küchenfenster gesehen.«

»Echt?«, flüsterte Leo, während sie den Flur entlang eilte. »Hmm …«

»Leo, hörst du mir überhaupt zu?«

Endlich hatte Leo es in ihr Zimmer geschafft und knallte die Tür hinter sich zu. Dann warf sie sich aufs Bett und strampelte in stillem Triumph mit den Beinen durch die Luft.

»Entschuldigung«, raunte sie ins Telefon. »Meine Schwester stand nur daneben. Bist du sicher? Also, hast du wirklich gesehen, wie er sie gegessen hat? Erzähl mir alles.«

»Ich hab gerade die Küche aufgeräumt, weil ich langsam anfangen will, auch mal in unserer eigenen Küche was zu backen, weißt du? Und Dad meinte, er will auch mitlernen, wie das geht, solange wir nichts in Brand setzen oder so.«

»Das ist ja toll. Ich kann euch beiden helfen, wenn ihr wollt.«

»Ja, bitte! Also, ich stand gerade am Fenster, und von da kann man in Brents Küche reingucken, weißt du ja. Er hat seinen Rucksack aufgemacht und sein Mathebuch rausgeholt, und dann sind mit dem Buch auch die Kekse rausgefallen. Er hat sie erst angeschaut und sie sich dann in den Mund gestopft und aufgegessen. Ratzeputz, alle weg!«

Leo lehnte sich im Bett zurück und drückte sich mit einem breiten Grinsen den Hörer ans Ohr. »Und was hat seine Mutter dazu gesagt?«

»Na ja, das konnte ich ja nicht hören. Aber ich glaube, sie hat gelacht. Wie lange dauert es eigentlich, bis die magische Wirkung einsetzt?«

Darüber hatte Leo noch gar nicht nachgedacht. »Wann hat er die Plätzchen denn gegessen?«

»Vor ungefähr zwei Minuten.«

»Hmm …« Leo hatte keine Ahnung, wie lange es dauerte, bis so ein Zauber wirkte, aber das wollte sie Caroline gegenüber nicht zugeben. »Im Rezept stand, ein Bissen reicht, also wird es wahrscheinlich nicht so lange dauern. Ich denke, da ihr ja so nah beieinander wohnt, meldet er sich bestimmt in der nächsten Stunde bei dir.«

»Meinst du wirklich?« Carolines Stimme klang jetzt noch schriller. »Denkst du echt, das klappt?«

»Ganz sicher.« Leo fuhr mit dem Finger die Nähte ihrer Decke nach und fragte sich, ob sie überhaupt selbst dran glaubte. »Spätestens morgen früh steht Brent vor deiner Tür und fleht dich an, dass ihr wieder Freunde werdet.«

KAPITEL 17

Liebesbriefe

Aber als Caroline am nächsten Morgen in den Bus stieg, deutete nichts in ihrem Gesicht darauf hin, dass Brent sich bei ihr gemeldet hatte. Leo sah ihr entgegen, als sie allein den Mittelgang entlangkam und sich auf ihren üblichen Platz setzte.

»Und, nichts?«, fragte Leo.

»Nichts.« Caroline seufzte und knabberte an ihrem Daumennagel. »Und zur Bushaltestelle ist er heute auch nicht gekommen.«

»Vielleicht ist er immer noch krank?« Leo hatte inzwischen schon selber Magenschmerzen. Ihre Plätzchen konnten doch hoffentlich niemanden krank machen, oder?

»Ich weiß es nicht.« Caroline knabberte jetzt am Nagel ihres Zeigefingers.

»Ich bin sicher, es ist alles in Ordnung«, sagte Leo so selbstsicher wie möglich. »Vielleicht hat er nur einen Arzttermin oder musste heute früher zur Schule. Mach dir nicht so viele Sorgen.«

Caroline nickte, knabberte aber weiter an ihren Fingernägeln.

In den fünf Minuten vor Unterrichtsbeginn war es in der Eingangshalle der Rose Hill Middle School immer am lautesten. Leo drückte sich zwischen einer Gruppe verschlafener Achtklässler hindurch und klammerte sich am Knauf ihres Schließfachs fest, wie ein ertrinkendes Tier sich an einen Ast klammert, um nicht von der Strömung mitgerissen zu werden. Leos Schließfach hatte die Nummer 15A und war genau wie alle anderen Spinde grellrot angestrichen, wobei unter etlichen Kratzern auch graue, weiße und schwarze Farbreste hervorblitzten. Leo gab ihren Öffnungscode ein, zog die Tür auf und griff nach dem Mathebuch, das sie gleich in der ersten Stunde brauchen würde.

Sie hatte nicht damit gerechnet, dass ihr irgendwas entgegenfallen könnte – aber genau das passierte.

Sie hatte auch nicht damit gerechnet, dass das herausfallende Ding ein Stück hellrosa Tonpapier sein könnte, das sie noch nie gesehen hatte – aber genau das war es.

Und womit sie am allerwenigsten gerechnet hätte, war die Nachricht, die darauf geschrieben stand, in wackliger Handschrift, mit einigen ausradierten und neu geschriebenen »r«.

Liebste Leo,

du bist echt die megacoole,
coolste Socke an der Schule!
Viele Schwestern, viel Gebäck,
Backen ist dein Lebenszweck.
Backst du auch mal was für mich?
Ob glutenfrei oder nicht.
Bitte sei mein! Xoxoxoxo,
Brent

Leo las den Zettel gleich dreimal hintereinander, dann ließ sie ihn zu Boden fallen und trampelte darauf herum. Schließlich bückte sie sich langsam, hob ihn auf und las ihn ein viertes Mal. In ihrem Bauch tobte es, und ihr Gesicht fühlte sich kochend heiß an. *Liebste? Bitte sei mein? Xoxoxoxo?* Die Liebesbisschen hatten offenbar ihre Aufgabe mehr als erfüllt – Brent hatte sich verliebt! Aber in Leo? Das war ganz falsch! Er hätte sich doch nur mit Caroline versöhnen sollen. Und wenn er sich schon verliebte, dann doch bitte auch in Caroline! Leo schaute noch mal nach – aber ja, da stand wirklich ihr eigener Name auf dem Zettel. Hatte sie versehentlich eine Wimper von sich in den Teig fallen lassen? Oder verliebte sich Brent automatisch in die Bruja, die den Zauber gewirkt hatte?

Oder … Leo vergrub den Kopf in ihrem Schließfach. Hatte der Zauber einfach nicht richtig funktioniert?

»Ich muss dir was sagen.« Leo packte Caroline am Arm, bevor sie sich auf ihren Platz vorne im Klassenzimmer setzen konnte. Noch eine Minute, vielleicht sogar anderthalb, bis die Schulglocke zum Unterrichtsbeginn läuten würde. Leo zerrte Caroline samt Rucksack auf den Flur hinaus. »Es tut mir so leid, ich weiß gar nicht, wie das passieren konnte, aber …«

»Schau mal!« Caroline starrte sie mit aufgerissenen Augen an. »Leo, ich glaube, der Zauber hat ein bisschen anders gewirkt als gedacht …« Sie hielt ein Stück rosa Tonpapier in der Hand, das mit krakeliger Handschrift beschrieben war.

Leo klappte die Kinnlade runter.

Tricia und Mai wollten ins Klassenzimmer, blieben aber stehen, als sie Caroline und ihren Zettel entdeckten.

»Ach«, sagte Mai. »Hast du auch einen gekriegt?«

»Ich hab gehört, er hat seine Mom überredet, ihn früher zur Schule zu fahren, damit er alle verteilen kann.« Tricia seufzte. »So was nennt sich wohl Pubertät, oder?«

Sie und Mai hielten gleichzeitig je einen rosa Zettel hoch. Leo zog ihren aus der Hosentasche. Carolines Lächeln erstarb, als sie die vier Liebesbriefe von Brent Bayman erblickte.

Liebste Caroline,

ich mag dein Lächeln,
ich mag dein Haar,
du bist ganz einfach wunderbar.
So irre schlau

und hübsch dazu,
das bist du, wirklich, und nur du!
Strahlst heller als der Sonnenschein,
ich wünsch mir so sehr, du wärst mein.
In Liebe,
Brent

Liebste Tricia,
Du bist so hammerhübsch und fein,
drum werde bitte ganz schnell mein.
Und glaube nicht, ich sei verrückt.
Schreib mir bitte bald zurück,
dann können wir zusammen gehen,
das wäre wirklich wunderschön!
In Liebe,
Brent

Liebste Mai,
ich schreibe nicht gut Haikus,
doch hab ich voll den Blues,
weil du nicht bei mir bist
und ich dich so vermiss.
Mach meinem Elend ein Ende
und reich mir deine hübschen Hände.
In Liebe,
Brent

»Haikus sind Japanisch. Ich bin aber Vietnamesin, nicht Japanerin!«, kreischte Mai und knüllte finster den Zettel zusammen, nachdem Leo ihn gelesen hatte. »Soll das ein blöder Witz sein oder was?«

Leo senkte den Blick und fühlte sich auf einmal kleiner als die winzigste Cucaracha. Am liebsten hätte sie ihren Brief auch zerknüllt. Brent hatte sich nicht mal die Mühe gemacht, für jedes Mädchen was Besonderes zu schreiben. Überall diese schwülstigen Verse, die sich gar nicht richtig reimten, und dann dieses »Sei mein!« … Leo kam sich so dumm, dumm, dumm vor, dass sie sich geschmeichelt gefühlt hatte in dem Glauben, sie wäre die Einzige, der Brent geschrieben hatte.

Und wenn *sie* das schon kränkte, wie musste es dann erst der armen Caroline gehen?

»Keine Ahnung, ob das ein Witz ist«, log Leo. »Aber anscheinend meint er das mit keiner von uns ernst. Am besten ignorieren wir das Ganze.«

Tricia und Mai nickten, und Caroline folgte nach einigem Zögern ihrem Beispiel. Leo meinte, ihre Augen glänzen zu sehen, aber sie war sich nicht sicher, denn Caroline versteckte schnell das Gesicht hinter ihren Haaren.

»Komm.« Leo nahm ihre Freundin am Arm. »Lass uns reingehen.«

Auf dem Weg zu ihrem Platz sah Leo weitere rosa Tonpapierzettel, die auf den anderen Tischen lagen oder aus Rucksäcken herausspitzelten, und einige waren sogar zerknüllt im

Abfalleimer gelandet. Wie es aussah, hatten die meisten Mädchen in der Klasse so einen Brief bekommen, und sogar einige von den Jungs.

Und dann die Überraschung: Brent saß an seinem Platz in der mittleren Reihe, ließ den Blick von einem Mitschüler zum anderen gleiten und grinste mit einem verwirrten Ausdruck im Gesicht. Als er Leo sah, strahlte er sie von einem Ohr bis zum anderen an.

»Guten Morgen, Leo, du siehst heute bezaubernd aus.« Und er zwinkerte ihr auf eine schrecklich kitschige, anzügliche Weise zu.

Leo schlug sich eine Hand vor den Mund, um nicht den Zimttoast zu erbrechen, den sie gefrühstückt hatte. Sie musste den Schaden, den ihr Zauber angerichtet hatte, unbedingt wieder in Ordnung bringen, und zwar schnell!

KAPITEL 18

Wie romantisch!

In der Mittagspause tauchte Caroline nicht in der Cafeteria auf.

»Geht es ihr gut?«, fragte Mai so leise, dass die anderen am Tisch es nicht hören konnten. Sämtliche Sechstklässler hatten kaum ein anderes Thema als die Liebesbriefe, flüsterten, murmelten, kicherten und warfen einander wütende, verwirrte oder neckische Blicke zu. »Keine Ahnung, was mit Brent los ist, aber … Ich hatte irgendwie den Eindruck, dass Caroline auf ihn steht.« Tricia nickte und beugte sich weiter über den Tisch, um dem Gespräch zu folgen.

Leo machte den Mund auf, klappte ihn dann aber gleich wieder zu. Sie hatte ja denselben Verdacht gehabt, aber sie wollte die Gerüchte nicht noch befeuern, vor allem weil die anderen ja nichts von dem wahren, magischen Grund für das Durcheinander wussten. Außerdem hatte Caroline ja nur gesagt, dass sie sich wieder mit Brent anfreunden wollte.

»Ich glaube, sie war ziemlich überrascht über den Brief«, sagte Leo und zuckte mit den Schultern. »Am Anfang wusste sie ja nicht, dass alle anderen auch einen bekommen haben. Und ich hatte auch keine Ahnung. Es war einfach alles total verwirrend.«

Tricia und Mai nickten mitfühlend. »Wir zwei haben uns heute Morgen bei den Schließfächern getroffen, deswegen haben wir unsere Briefe gleichzeitig gefunden«, sagte Tricia. »Was meinst du, was die anderen jetzt tun werden?«

Leo sah zu Brent hinüber, der ganz allein am entferntesten Ende seines Tisches saß, ein verträumtes Lächeln im Gesicht. Er schlürfte seine Nudelsuppe und hielt kurz inne, um etwas in sein aufgeschlagenes Heft zu kritzeln. Noch mehr Liebesbriefe? Leo drehte sich wieder der Magen.

»Ich weiß es nicht …«, begann sie, aber dann erhielten sie die Antwort in Gestalt von Emily Eccles, die ihren kaum angebissenen Müsliriegel auf den Tisch warf, aufstand und quer durch die Cafeteria zum Tisch der Jungs stapfte.

»Hi, Brent.« Ihre Stimme hallte durch den Raum, vor allem weil alle anderen Schüler – sogar die Achtklässler – auf einmal verstummt waren. Mr Kuo, der an diesem Tag die Pausenaufsicht hatte, schaute hoch.

»Emily!« Brent sprang auf und breitete die Arme aus. »Emily Eccles! Du mit den schönen Sommersprossen, ich bin ja so in dich verschossen! Was führt dich zu mir?«

Emily quollen schier die Augen aus dem Kopf. Leo war sicher, dass ihre eigenen Augen mindestens genauso weit aufgerissen waren. Brent hörte sich an, als hätte ihm jemand das Gehirn durch das eines Außerirdischen ersetzt.

»Ich wollte dich nur etwas fragen«, sagte Emily, wich seinen geöffneten Armen aus und setzte hastig ihr Lächeln wieder auf. »Möchtest du am Wochenende mit mir ins Kino gehen?« Sie stützte sich kokett auf dem Tisch ab. »Wo du doch meine Sommersprossen so toll findest …«

Am Mädchentisch fingen alle zu tuscheln an. Was machte Emily denn da? Und was würde Brent dazu sagen? Liefen im Kino denn überhaupt irgendwelche guten Filme am Wochenende?

Leo wünschte, sie würden alle den Mund halten. Sie musste doch unbedingt mitkriegen, was Brent auf Emilys Frage sagte.

»Nichts würde mich glücklicher machen, als einen ganzen Abend an deiner Seite verbringen zu dürfen.« Brent griff nach Emilys Hand, und alle Sechstklässler keuchten bei dem Anblick auf, selbst Brents Freunde, die bisher krampfhaft so getan hatten, als würden sie nichts mitbekommen. Die Leute aus der Siebten und Achten schnaubten belustigt. Mr Kuo stellte seinen Kaffee ab, schob seinen Stuhl nach hinten und sah abwartend zu den beiden Akteuren hinüber.

Emily drehte sich zum Mädchentisch um und grinste selbstzufrieden in die Runde.

»Dann bist du in *mich* verliebt, Brent?«, fragte sie. »Du möchtest mit *mir* zusammen sein?«

Leo hielt genauso den Atem an wie alle anderen in der Cafeteria, und auf einmal war sie heilfroh, dass Caroline das erspart geblieben war.

»Aber sicher!« Brent riss Emilys Hand zu sich heran und legte sie sich an die Brust. »Ich liebe dich mehr als alles andere auf der Welt, Emily Eccles.«

Er hörte sich an wie ein schnulziger Ritter in einem uralten Liebesfilm. Leo sackte auf ihrem Stuhl zusammen, sicher, dass gleich irgendjemandem auffallen würde, dass es hier nicht mit rechten Dingen zugehen konnte.

Emily wand sich aus Brents Griff und setzte sich auf den Stuhl neben dem, von dem er eben aufgesprungen war. Hastig nahm er auch wieder Platz und griff zum zweiten Mal nach ihrer Hand. Dann begann er plötzlich wieder etwas in sein Heft zu schreiben. Die Jungs am Tisch taten so, als müssten sie sich übergeben. Mr Kuo lehnte sich auf seinem Stuhl zurück und grinste in sich hinein. Geflüsterte Worte flogen wie Messer durch den Raum.

»Was schreibst du denn da?«, fragte Emily, immer noch ziemlich laut. Anscheinend war sie noch nicht bereit, ihre One-woman-Show zu beenden. Sie stand endlich mal im Rampenlicht, und das würde sie erst wieder verlassen, wenn es nicht mehr anders ging.

»Oh, möchtest du es lesen? Es ist ein Liebesgedicht. Für Maria Villareal.«

»*Was?*« Emily entriss Brent ihre Hand. Leo schlug sich die

Hände vors Gesicht, konnte aber dennoch hören, wie mehrere Sechstklässler Marias Namen raunten. »Wieso schreibst du denn ein Gedicht für *sie*?«

»Weil ich sie liebe«, erwiderte Brent fröhlich.

Leo hätte gar nicht hinzuschauen brauchen, um Emilys knallrote Wangen oder ihre wild hüpfenden Locken vor sich zu sehen, als die den Kopf erzürnt zurückwarf. Aber sie spitzelte trotzdem zwischen ihren Fingern durch – das war wie bei einem Horrorfilm, bei dem man einfach hingucken *musste*.

»Du kannst doch nicht in Maria verliebt sein.« Unter dem Gemurmel der ganzen Cafeteria stand Emily auf. Mr Kuo erhob sich ebenfalls, was den beiden aber nicht aufzufallen schien.

»Aber ja, ich liebe sie.« Auf Brents Gesicht klebte immer noch ein verträumtes Lächeln. »Mehr als alles andere auf der Welt.«

Emily stampfte mit einem Fuß auf. »Du kannst uns nicht *beide* mehr lieben als alles andere auf der Welt. Du musst dich schon für eine entscheiden!«

»Mich entscheiden? Aber wie soll ich das denn machen? Ich liebe alle Menschen auf der Welt mehr als alles andere auf der Welt!« Brent riss die Arme auseinander und strahlte in die Runde. Von jedem Tisch schlugen ihm schockiertes Aufkeuchen und Gelächter entgegen. Mr Kuo setzte sich Richtung Brent in Bewegung.

»Du bist ein Lügner, Brent Bayman, und ich hasse dich. Ich

mache Schluss mit dir!« Kaum hatte Emily das gesagt, schlug Mr Kuo freundlich vor, dass sie und Brent doch zum stellvertretenden Schuldirektor Torres gehen und das Ganze klären sollten. Brent starrte lächelnd zum Bildschirm an der Cafeteriawand hin und nickte.

Nachdem die beiden den Raum verlassen hatten, erfüllte lautstarkes Raunen die Cafeteria. Maria redete eifrig auf jeden ein, der ihr zuhören wollte, und erklärte, dass sie keinerlei Interesse an Brent habe. Auch ihre Freundinnen folgten diesem Beispiel und verkündeten, dass Brent sowieso nicht besonders süß sei, nein, im Gegenteil, sogar total nervig. In Leos Magen breitete sich das unheilvolle Gefühl, das sich seit der Entdeckung der ersten vier Briefe dort eingenistet hatte, immer weiter aus.

Irgendwas war mit den Plätzchen ganz schrecklich schiefgegangen. Brent war ja ganz krank vor Liebe, und das war allein Leos Schuld. Sie räusperte sich, um den schmerzhaften Kloß in ihrem Hals loszuwerden, und sah zu Tricia und Mai hinüber.

»Könnten wir Caroline bitte nichts davon erzählen?«, bat sie.

Die anderen beiden Mädchen nickten einträchtig.

Leo sah Caroline erst im Unterricht wieder, und da hatte Ms Wood schon von dem Vorfall in der Cafeteria gehört und beschlossen, die Klasse mit stillem Lesen und einem Arbeitsblatt zu beschäftigen, damit sich für den Rest des Tages alles beruhigte. Leo verbrachte die Zeit allerdings nicht mit den Übungen, sondern mit dem Ausarbeiten eines Plans, wie das mit Brent wieder in Ordnung zu bringen wäre. Sie hatte dieses Chaos angerichtet, dann musste sie das auch wieder geradebiegen. Außerdem konnte sie Brent ja nicht in diesem Zustand lassen. Sonst würden ihn die Sechstklässlerinnen spätestens bis zum Wochenende in Stücke reißen.

Wieso war denn nirgends ein Zauber zu finden, mit dem man einen missglückten Zauber rückgängig machen konnte? Zum dritten Mal blätterte Leo das ganze Rezeptbuch durch, aber vergeblich. Sie hatte längst alle Rezepte gelesen, die sie selbst übersetzen konnte, und keins davon schien sich dafür zu eignen, einen verzauberten liebeskranken Dichter wieder in einen normalen Menschen zu verwandeln. Sie brauchte Caroline, um die anderen Rezepte lesen zu können und herauszufinden, wozu sie gut waren … falls Caroline je wieder mit ihr reden würde, nach allem, was Leo angerichtet hatte.

Den ganzen Tag versuchte Leo den Blick ihrer Freundin aufzufangen, aber die hatte das Gesicht in einem Buch vergraben, auf dessen Umschlag ein mittelalterliches Schloss abgebildet war, und las stumm vor sich hin – oder tat zumindest so. Als Leo schließlich in den Bus stieg, befürchtete sie schon, sie müsste heute ohne Sitznachbarin nach Hause fahren, doch dann kam Caroline plötzlich doch durch den Mittelgang auf sie zu und setzte sich auf ihren Platz.

»Hi.« Leo schluckte dreimal, so trocken war ihre Kehle plötzlich. »Bist du … ähm … also … du weißt, dass das alles nur von dem schiefgelaufenen Zauber kommt, oder?«

»Ja, ich weiß.« Caroline sah ihre Freundin an. »Ich verstehe nur nicht, wie das passieren konnte. Ich dachte … also ich hab echt kurz gedacht, dass er vielleicht auf mich steht, und das war schon verwirrend genug. Aber jetzt bin ich total durcheinander.«

»Ich glaube …« Leo schluckte wieder. »Ich glaube, ich hab Mist gebaut. Bitte sei nicht sauer auf mich, aber … ich glaube, es war meine Schuld. Mein Plan ist total in die Hose gegangen.«

»Dein Plan?« Caroline starrte Leo an und sog dann erschrocken die Luft ein. »Der Teil des Rezepts, den wir ausgelassen haben! Das sollte doch verhindern, dass Brent sich in mich verlieben muss – stattdessen ist er jetzt in *alle* verliebt!

»Tut mir so leid, Caroline. Ich hab alles kaputt gemacht.«

»Der arme Brent«, raunte Caroline. »Emily Eccles wird ihn in Grund und Boden stampfen.«

Leo zuckte zusammen. Auch wenn ihre Klassenkameraden heute von nichts anderem gesprochen hatten, hatte sie trotzdem gehofft, dass die Sache mit der Mittagspause nicht bis zu Caroline vorgedrungen war.

»Und, was machen wir jetzt?«

Der Bus bog schon in Carolines Straße ein, und Leo musste eine schnelle Entscheidung treffen. »Ich rufe Daddy von eurem

Telefon aus an und erzähle ihm, ich hätte den Bus verpasst und wäre mit dir nach Hause gelaufen. Dann muss er mich von euch abholen, und bis er kommt, lassen wir uns was einfallen.«

Begeistert war Leos Vater von dem Anruf nicht gerade. Er hatte jede Menge wichtigen Papierkram für die Bäckerei zu erledigen und würde Leo frühestens in einer Stunde abholen können. Das war sogar noch mehr Zeit, als Leo sich erhofft hatte. Sie begrüßte Carolines Vater, hörte sich Carolines Notlüge über ein Geschichtsprojekt an, dann folgte sie ihrer Freundin in deren rosa-gelbes Schmetterlingszimmer.

»Ich hab nirgendwo einen Umkehrzauber finden können, aber vielleicht hab ich auch nicht alles verstanden. Das spanische Wort für Umkehr oder Rückgängigmachen kenne ich zum Beispiel gar nicht.«

»O.k., ich schau mal.« Caroline ließ sich von Leo das Rezeptbuch geben und blätterte es schnell und stumm durch, wobei sie ständig an ihrem Daumennagel knabberte.

Leo sah ihr eine Weile zu, fühlte sich dann aber ziemlich überflüssig. Sie schaute sich im Bücherregal neben Carolines Bett um, entdeckte einige Bücher darin, die sie kannte, und noch viel mehr, die sie nicht kannte. Vielleicht würde Caroline ja irgendwann wieder ihre Leihbücherei eröffnen. Falls sie nach der Katastrophe hier überhaupt noch Freundinnen waren. Leo ließ den Kopf hängen. Mit Freunden war es eben anders als mit Geschwistern – egal wie sauer deine Geschwister auf dich waren, sie würden immer deine Geschwister bleiben.

»Ich kann auch keinen Umkehrzauber finden«, sagte Caroline und blätterte die letzten Seiten durch. »Kein Das-war-meine-Schuld-Plätzchen, keine Ups-das-ging-daneben-Kekse. Nicht mal ein Vergesslichkeitskuchen. Da sind mindestens siebzehn verschiedene Liebeszauber in dem Buch, aber kein einziger mit gegenteiliger Wirkung.« Sie knallte das Buch zu und blies sich frustriert die Haare aus der Stirn. »Was sollen wir jetzt nur tun, Leo? Wir können Brent doch nicht so lassen!«

Leo seufzte. »Vielleicht lässt die Wirkung ja mit der Zeit von alleine nach?« Aber ihre Stimme klang sogar in ihren eignen Ohren kein bisschen überzeugend.

Caroline knabberte am Daumennagel und tippte mit dem Fuß auf den Boden. »Du solltest es deiner Mom erzählen.«

»Was?« Leo presste das Rezeptbuch an die Brust. »Nein, das geht nicht.«

»Dann eben Isabel. Leo, wir brauchen Hilfe!«

»Nein, das kann ich nicht. Ich darf doch eigentlich gar nicht zaubern. Und ich brauche ihre Hilfe nicht. Ich krieg das schon alleine hin.«

Caroline schwieg, aber ihr Stirnrunzeln zeigte, dass sie nicht überzeugt war. Leo drückte das Buch weiterhin so fest an ihre Brust, als könnte sie eine Lösung für ihr Problem herausquetschen. Caroline verstand sie einfach nicht – wenn sie jetzt zu Mamá oder Isabel rannte, würde das bedeuten, dass sie wirklich ein dummes kleines Kind war, so, wie es alle vermutet hatten.

Sie starrte eins der Bilder an, die Carolines Vater gemalt hatte – eine lilafarbene, lächelnde Blume inmitten eines dunkelgrauen Regensturms. »Wenn wir den Zauber nicht rückgängig machen können …«, sagte sie, und ihr Kopf ratterte weiter, noch während sie sprach, »… dann können wir ihn ja vielleicht irgendwie überdecken.« Sie dachte daran, wie das Grau des Bildes mit Lila übermalt worden war und nun nicht mehr zu sehen war. Vielleicht funktionierte das bei Zaubersprüchen genauso? »Wie viele Liebeszauber stehen da in dem Buch, hast du gesagt?«

»Ich hab ein bisschen übertrieben«, antwortete Caroline. »Aber sieben waren es bestimmt. Wieso?«

»Weil ich eine Idee habe.« Leo biss sich auf die Lippe und legte das Buch aufs Bett. »Ich bin mir nicht sicher, ob es klappt, aber ich finde, einen Versuch ist es auf jeden Fall wert.«

Caroline zögerte. »Beinhaltet deine neue Idee auch wieder Magie?«

»Ich glaube, man kann einen Zauber nur mit einem anderen Zauber stoppen.« Leo zuckte mit den Schultern. »Und … irgendwas müssen wir doch schließlich unternehmen.« Sie hätte so tun können, als wäre sie bombensicher, dass es funktionieren würde, aber sie war es leid, Caroline etwas vorzuspielen. Vor allem jetzt, wo Caroline doch längst wusste, dass Leo nicht die beste Hexe der Welt war. »Was meinst du?«

Caroline sah zwischen Leo und dem Rezeptbuch hin und her. »Und wie hoch stehen die Chancen, dass der neue Zauber das Ganze noch schlimmer macht?«

»Keine Ahnung«, erwiderte Leo wahrheitsgetreu.

Carolines Stirnrunzeln verwandelte sich in ein schwaches Lächeln. »Na ja, anhören kann ich mir deine Idee ja wenigstens.«

Leo gab sich alle Mühe, nicht zu glücklich zu grinsen, als Daddy sie bei Caroline abholte, aber es war schwer, den Weg bis zum Wagen nicht hüpfend zurückzulegen. In ihrem Rucksack steckte nämlich ein Blatt Papier mit der Übersetzung eines Liebestranks, der ganz einfach und süß war und damit genau das Richtige, um Brent dabei zu helfen, sich wieder zu besinnen und seinen allumfassenden Liebeswahn zu dämpfen. Während Daddy ihr erklärte, dass sie seinen Tagesplan ganz schön durcheinandergebracht hatte, und sie daran erinnerte, dass sie dafür verantwortlich war, rechtzeitig an der Bushaltestelle zu sein, starrte Leo nur aus dem Fenster und dachte über ihren neuen Plan nach.

Irgendwann merkte ihr Vater wohl, dass sein Geschimpfe auf Leo nicht den geringsten Eindruck machte, denn er drehte seufzend das Radio auf. Also betrachtete Leo die vorbeibrausende Landschaft von Rose Hill vor dem Hintergrund klagender Country-Stimmen und greller Gitarrenklänge. Die hatten doch gar keinen Grund, so herumzujammern, dachte sie.

Wenn die Sänger wirklich so schlimmen Liebeskummer hatten, wie sie sangen, dann hätte sie ihnen helfen können. Die Sache mit der Liebe mochte ja so ihre Aufs und Abs haben, aber am Ende wurde doch jedes Mal alles wieder gut. Da war sie sich ziemlich sicher.

KAPITEL 19

Spinnweben

Leo war froh, dass es Wochenende war, denn das bedeutete keine Schule, und keine Schule bedeutete kein Brent. Mit den Gedanken an den neuen Zauber im Kopf spazierte Leo am Samstagmorgen zur Bäckerei und erzählte Mamá, sie würde in Zukunft gern mehr aushelfen, jetzt wo sie zu Hause backen geübt hatte. Die Schuldgefühle angesichts ihrer Lügen quollen wie Hefeteig in ihrem Bauch auf. Aber wenn sie ihren Fehler wieder ausbügeln wollte, hatte sie keine andere Wahl.

Mamá und Isabel bedienten vorne im Laden die Kunden, während Tía Paloma auf der hölzernen Arbeitsplatte in der Küche Hefeteig knetete und wütend vor sich hin murmelte. Leo schlüpfte ungesehen hinter ihr vorbei zu den Holzschränken. Sie brauchte ein paar besondere Zutaten für ihren neuen Zauber, und sie vermutete, dass sie diese in den Vorratsschränken finden würde.

HERZFALLEN-HONIGTOPF
Eine Falle für die Liebe

Zutaten:
1 verschließbares Glas, egal wie groß
1 Kerze
(zur Reinigung)
Honig – genug, um das Glas zu füllen
1 Spinnennetz
1 Handvoll Zuckerherzen
ein paar Fliederblätter

Das Rezept für diesen Honigtopf, der romantische Gefühle erwecken und in die Falle locken sollte, war einfacher als das für die Liebesbisschen. Man musste weder backen noch Kleidungsstücke oder Wimpern oder sonst was von Brent mit reinarbeiten. Aber Leo würde ein Spinnennetz brauchen, und dazu eine Schachtel mit süßen Zuckerherzchen, die es immer zum Valentinstag gab und die man jetzt im November wohl kaum irgendwo kaufen konnte.

Leo machte den ersten Schrank auf und ließ den Blick rasch über die Regalbretter wandern. Hier wurden hauptsächlich Küchengerätschaften aufbewahrt – Schüsseln und Pfannenwender und Schneebesen und Backpapier. Und auf dem obersten Brett entdeckte Leo neben mehreren Auflaufformen aus Glas auch den dritten Gegenstand, den sie unbedingt brauchte: ein großes Glas mit Metalldeckel, das sonst für Marmelade oder eingelegtes Gemüse verwendet wurde.

Leo spähte über die Schulter, um sicherzugehen, dass Tía Paloma beschäftigt war. Dann stellte sie sich auf die Zehenspitzen, nahm das Glas aus dem Regal und ließ es so geräuschlos wie möglich in ihren Rucksack gleiten.

Schließlich schob sie sich zum zweiten Schrank weiter. Die Herzchenbonbons waren leicht zu finden. Sie lagerten in einem wiederverschließbaren Plastikbeutel, neben einer kleineren Tüte mit Halloween-Süßigkeiten und einer mit rot gestreiften Zuckerstangen aus Pfefferminz sowie dem Netz mit Schokotalern. Hastig stibitzte Leo eine Handvoll Herzchenbonbons und steckte sie in die Hosentasche (ein paar Fussel würden das Rezept sicher nicht beeinträchtigen). *So weit, so gut*, dachte sie.

Das mit dem Spinnfaden war dann aber schon ein bisschen schwieriger.

Leo spähte auf dem Fußboden in alle Ecken, aber bis auf einige wenige Staubflusen und Mehlkörnchen war da nichts zu sehen. Mamá hätte nie erlaubt, dass sich in der Bäckerei Spinnen aufhielten. Und erst recht würde sie nicht zulassen, dass sich irgendwo in der Nähe der Lebensmittel, die sie ihren Kunden verkaufte, staubige Spinnweben ansammelten. Leo dachte angestrengt nach. Sie konnte sich eigentlich nicht vorstellen, dass Mamá jemals Spinnweben vom Fußboden in ein Rezept tun würde, egal, wie magisch es auch sein mochte. Aber dann musste sie ihre Zutaten doch woanders her nehmen …

Leo wandte sich dem letzten Schrank zu, in dem sie noch nicht nachgeschaut hatte. Auf den ersten Blick sah sie darin nur Mehl, Zucker und weitere große Beutel mit normalen Backzutaten. Aber auf dem obersten Regalbrett, so weit oben, dass Leo es kaum sehen konnte, standen kleine Schachteln und Dosen, die Leo nicht zuordnen konnte und die sie noch nie zum Backen benutzt hatte.

Ein Beutel fiel Leo ganz besonders auf. Er war aus Plastik und mit einem goldfarbenen Band verschnürt, und darin lagerte etwas, das wie winzig kleine, äußerst feine Spitzendeckchen aussah. Daneben befand sich ein Glas mit blauschwarzen Federn und eine zusammengerollte Papiertüte mit der Aufschrift »Extra Stärke«, dazu ein paar seltsame getrocknete Pflanzen und Blätter, die geradezu »Wir sind magische Zutaten!« schrien.

Leo sah wieder über die Schulter, dann stellte sie sich auf die Zehenspitzen, um besser nach oben schielen zu können – und hätte vor Freude beinahe in die Hände geklatscht, als sie sah, dass der Plastikbeutel die Aufschrift *Spinnweben* in Tía Palomas kratziger Handschrift trug. Sie griff danach und …

»Bist du das, Leo?«, rief Tía Paloma. »Siehst du zufällig irgendwo die Flasche Vanilleextrakt? Ich weiß nicht, wo ich sie hingetan habe.«

Erschrocken zog Leo ihre Hand zurück, wobei sie das Glas mit den Federn beinahe heruntergeworfen hätte. Der Beutel mit den Spinnweben kippte nach hinten weg, sodass Leo nicht mehr sehen konnte, wo genau er lag.

Tía Paloma kam angerauscht und schob Leo beiseite, um sich ein kleines Glasfläschchen vom mittleren Regalbrett zu nehmen.

»Guten Morgen.« Leo drehte sich zu ihrer Tante um, damit die ihren ausgebeulten Rucksack nicht sehen konnte. »Was backst du denn Leckeres?«

Tía Paloma wandte sich zu ihr um, richtete den Blick dann aber ins Leere und schwieg. »Überall Chaos hier …«, sagte sie schließlich nach einer Weile. »Ich hätte bestimmt längst meinen Kopf verloren, wenn er nicht festgeschraubt wäre.«

Vorsichtig zog sich Leo zurück und verließ den Raum. Ihr schlechtes Gewissen brannte ihr regelrecht Löcher in Wangen und Bauchnabel, und sie hoffte inständig, dass das gestohlene Glas in ihrem Rucksack nicht zu laut klimpern würde.

Vorne in der Bäckerei erteilte Mamá Leo den Auftrag, Ingwerplätzchen in Tüten abzupacken, genau so, wie Caroline und Leo es mit den Keksen für Brent gemacht hatten. Leo freute sich, dass jetzt offiziell Ingwerplätzchen verkauft wurden – wenn Brent je versuchen sollte, herauszufinden, wer seine heimliche Verehrerin war, würde er nur zu dem Ergebnis kommen, dass jeder die Plätzchen hätte kaufen und in seinen Spint legen können.

Allerdings war Brent derzeit gar nicht in der Verfassung, Detektiv zu spielen. Er war ja damit beschäftigt, Liebesgedichte für die ganze Welt zu schreiben.

Während Leo die Tütchen abpackte und mit goldfarbenen

Bändern verschloss, wanderten ihre Gedanken wieder zum obersten Regalfach des letzten Schrankes. Sie brauchte die Spinnweben, um den Honigfallen-Zauber zu wirken, und den wiederum brauchte sie, um Brents romantische Gefühle in die Falle zu locken. Zumindest bis sie wieder in den Normalzustand zurückgekehrt waren.

Als sie Caroline den Plan zum ersten Mal erklärt hatte, war diese ziemlich skeptisch gewesen.

»Woher weißt du, dass der zweite Zauber das Ganze nicht noch schlimmer macht? Was, wenn der eine den anderen gar nicht überlagern kann?«

Darauf hatte Leo keine gute Antwort gehabt. Sie hatte nur einfach das Gefühl, dass es richtig war, die überschäumenden Emotionen sozusagen wieder einzufangen und einzudämmen. Außerdem, hatte sie Caroline noch einmal erklärt, war Brent ja schon zum Opfer eines missglückten Zaubers geworden, viel schlimmer konnte es eigentlich nicht mehr werden.

Leo beobachtete von ihrer Ecke hinter dem Tresen aus, wie eine Familie mit einem winzigen Baby die Bäckerei betrat. Lächelnd gaben sie eine Bestellung für eine Geburtstagstorte auf. Das silberne Türglöckchen bimmelte, als sie wieder gingen. Als Nächstes kam ein sehr alter Mann herein, der bei Isabel »das Übliche« orderte – und daraufhin ein *Guavenhörnchen* und einen kleinen Pappbecher Milch bekam. Hungrig und voller Vorfreude kamen die Leute herein, schnupperten in die Luft, begrüßten Mamá und Isabel, und manche winkten sogar

Leo freundlich zu. Und wenn sie den Laden verließen, lag auf ihrem Gesicht ein Lächeln und auf ihrer Zunge eine wunderbare Süße. Leo hätte sich so gern ihrer Arbeit und der süßwarmen Bäckereiatmosphäre hingegeben. Aber erst einmal musste sie unbedingt die Spinnweben zu fassen kriegen!

Als niemand herschaute, ließ sie die restlichen Verschlussbänder in die Tasche gleiten, stand auf, streckte sich und spazierte durch die Schwingtür in den hinteren Teil der Bäckerei. Tía Paloma stand mit dem Rücken zu ihr und knetete Teig, wobei sie immer wieder nickte.

»Der ist dick genug«, hörte Leo sie flüstern, als sie die Küche durchquerte. »Weil ich diejenige bin, die ihn unter den Fingern spürt, deswegen.« Sie seufzte und fuhr noch leiser fort: »Hast du nicht noch andere Enkelkinder, denen du hinterherspionieren kannst?«

Leo schlich zum Schrank und hoffte insgeheim, dass der Geist, mit dem sich Tía Paloma unterhielt, keine Petze war. Leise zog sie die Tür auf, dann öffnete sie ihren Rucksack, stellte sich auf die Zehenspitzen und tastete auf dem obersten Regalbrett nach der zerknitterten Tüte mit dem goldenen Verschluss. Ihre Hand strich über die Papiertüte, das Glas mit Federn und einen in seidigen Stoff eingewickelten, klumpigen Gegenstand, bevor ihre Finger endlich den Beutel mit Spinnweben ertasteten.

Plötzlich schepperte hinter ihr etwas Schweres zu Boden und Tía Paloma schrie auf. In einem Anfall von Panik wischte

Leo alle Sachen vom Regalbord herunter und stopfte sie in ihren Rucksack. Dann knallte sie die Schranktür zu. Als sie sich umdrehte, sah sie gerade, wie Isabel hereingerannt kam, um Tía Paloma zu helfen, das Chaos des heruntergefallenen Backblechs aufzuräumen.

Lachend entschuldigte sich Tía Paloma für ihre Tollpatschigkeit. Leo half den beiden, die Klumpen rohen Teigs zu entsorgen, die am Fliesenboden klebten, und niemand fragte nach, was sie eigentlich im hinteren Bereich der Bäckerei zu suchen gehabt hatte. Niemandem fiel auf, dass der Reißverschluss ihres Rucksacks nur halb zugezogen war und dass darin viel mehr Sachen steckten als am Morgen. Und als sie später wieder in den Verkaufsraum ging, fiel niemandem das leise Klimpern der beiden Gläser auf – eines leer, das andere voller Federn –, die in Leos Rucksack gegeneinander stießen.

Jetzt konnte es endlich losgehen mit den Honig-Herzfallen.

KAPITEL 20

Das Honigglas

Am Montagmorgen bekam Leo die Erlaubnis, nach der Schule mit zu Caroline zu gehen.

»Das passt perfekt«, sagte Mamá. »Ich habe eine besondere Bestellung zu erledigen, Daddy macht Inventur, und wir wollen nicht, dass du allein bist, wenn du nach Hause kommst. Habt viel Spaß, Süße. Wir rufen dann an, wenn wir dich abholen können.«

Brent war den ganzen Tag genauso liebeskrank wie schon in der Woche zuvor. Übers Wochenende schien es sogar noch schlimmer geworden zu sein. In der Mittagspause versuchte er gleich drei Mitschülern ein Liebeslied vorzutragen, aber die ganze sechste Klasse ignorierte ihn schweigend. Von Ms Wood handelte er sich eine Stunde Nachsitzen ein, nachdem er Sarah Florence mitten im Unterricht einen Heiratsantrag machte, so richtig mit Kniefall und allem Drum und Dran.

»Was ist bloß los mit dir?«, schimpfte Ms Wood und Leo sank mit Bauchgrimmen auf ihrem Stuhl zusammen.

Auf der Heimfahrt hatte Brent große Mühe, sich für einen Platz im Bus zu entscheiden – am liebsten hätte er neben jedem gesessen, doch niemand wollte neben *ihm* sitzen. Am Ende starrte Mrs Lillis ihn so lange an, bis er sich neben einem Drittklässler niederließ, der so weit wie möglich von ihm wegrückte und wortlos aus dem Fenster sah.

Als sie bei Caroline ankamen, saß deren Vater in der Küche auf dem Boden und packte ein paar Kartons aus.

»Da seid ihr ja!« Er zog seine Beine aus dem Weg und stand leise stöhnend auf. »Freu mich immer, wenn du kommst, Leo. Weißt du, du hast mich nämlich inspiriert, dieses Haus wieder etwas wohnlicher zu machen.« Er zeigte um sich. In der Küche waren jetzt etliche Teller zu sehen, – richtige, nicht die aus Pappe – und sogar eine kleine Pfanne lag neben dem Herd. Noch stand hier kein Tisch, aber es war immerhin ein Anfang, über den Leo sich sehr freute.

Allerdings war das jetzt leider auch ein bisschen unpraktisch. Sie hatten ja geplant, den Zauber in der Küche zu wirken, aber direkt vor der Nase von Carolines Vater war das ja wohl kaum machbar.

»Wollt ihr heute was backen?«, fragte Mr Campbell. »Ich könnte euch helfen – was abwiegen, oder rühren … Kompliziertere Sachen mache ich besser nicht, aber ich würde gern zugucken und lernen.«

Leo sah Caroline an, die nervös lachte. »Nein, Dad, wir wollen nur in mein Zimmer und Hausaufgaben machen. Obwohl …« Sie sah Leo in die Augen, dann senkte sie den Blick wieder. »Vielleicht machen wir uns einen Tee, der hilft bestimmt beim Konzentrieren. Möchtest du Tee, Leo? Wir haben auch *Honig* da.«

Leo befürchtete schon, Carolines Augenbrauen würden ihr gleich auf den Kopf hochkrabbeln, wenn sie sie weiter so nach oben zog. »Aber ja, sehr gern!«

Als sie schließlich mit zwei Teetassen, deren Henkel wie Regenbögen aussahen, und einer bärenförmigen Honigflasche in Carolines Zimmer angekommen waren, öffnete Leo ihren Rucksack. Sie holte das Rezeptbuch, das leere Glas, die Tüte mit Spinnweben, die Handvoll Bonbonherzchen und eine lange weiße Kerze heraus, die sie sich aus einer Schublade im Esszimmer ausgeborgt hatte. Die restlichen magischen Zutaten, die sie aus Versehen gestohlen hatte, lagerten sicher unter ihrem Bett zu Hause und warteten darauf, dass Leo eine Gelegenheit bekam, sie heimlich zurück in die Bäckerei zu bringen.

Ehrfürchtig betrachtete Caroline die Zutaten, vor allem die zarten Spinnfäden, und lauschte mit angehaltenem Atem, als Leo erzählte, wie sie beinahe beim Klauen erwischt worden wäre. Ein letztes Mal lasen die beiden Mädchen das Rezept durch, dann nickten sie und legten los.

Als Erstes blies Leo in das leere Glas. Und Caroline musste das auch tun, denn im Rezept stand, alle am Zauber Beteiligten müssten es machen. Caroline wandte zwar ein, sie würde doch gar nicht zaubern, aber Leo war sich sicher, dass auch Helfer gemeint waren. Nachdem sie das Glas mit ihrem Atem gefüllt hatten, stellte Leo die weiße Kerze hinein und zündete sie mit einem der Streichhölzer an, die Caroline für Stromausfälle in ihrer Nachttischschublade aufbewahrte. Sobald die Kerze brannte, hörte der Deckenventilator auf, sich zu drehen, und das Licht ging schlagartig aus.

Caroline schnappte nach Luft. Leo meinte zu spüren, wie Strom aus den Wänden hervorkrabbelte und sich in ihren Fingerspitzen sammelte, aber das konnte auch nur die Freude darüber sein, dass ihre Magie wirklich funktionierte.

Die Mädchen sahen zu, wie die Kerze herunterbrannte und dabei das Glas, den Zauber und ihre Absichten reinigte – das behauptete das Rezept zumindest. Leo wartete mit Blick auf Carolines lilafarbenen Wecker in Katzenform dreizehn Minuten ab, dann schraubte sie den Deckel aufs Glas, damit die Flamme erstickt wurde. Anschließend flüsterten sie und Caroline dreimal Brents Namen. Dann öffnete Leo das Glas wieder, holte die Kerze heraus und legte ein einzelnes, filigranes Spinnennetz auf den Boden des Glases.

»Sieht ganz schön dünn aus. Bist du sicher, dass das stark genug ist, alles einzufangen und festzuhalten?«

Leo sah ins Glas. Natürlich hatte sie noch jede Menge Spinnweben da, aber diesmal wollte sie sich ganz genau an die Zauberformel halten und nicht das kleinste bisschen abändern. »Das ist genau richtig so«, sagte sie entschieden. »Was kommt als Nächstes?«

Als Nächstes kam der Honig. Während Leo ihn in das Glas kippte, dachte sie konzentriert an Brents kitschige Liebesbotschaften, seinen Zusammenstoß mit Emily in der Cafeteria und seine dümmlichen Liebesarien. Das waren die Gefühle, die sie hier im Glas einkerkern wollte. Sie dachte auch an all die sauren Gefühle, die dadurch hervorgerufen worden waren, und ersetzte sie durch die Süße des Honigs und der Bonbonherzchen, die sie nun ebenfalls ins Glas warf.

Es war nicht einfach, sich gedanklich und gefühlsmäßig auf so viele Dinge gleichzeitig zu konzentrieren. Aber zugleich gab es Leo das Gefühl, unheimlich mächtig zu sein. Sie konnte regelrecht riechen, wie die Magie zusammen mit dem Honig ins Glas floss.

Als das Glas halb voll und die Honigflasche halb leer war, hörte Leo auf zu gießen. Sie stellte den Honig beiseite, leckte sich die klebrigen Finger ab und wischte sich ein paar lose Haarsträhnen aus der Stirn.

»Jetzt die Fliederblätter.« Sie sah zu Caroline hinüber, die im Schneidersitz auf dem Bett saß und Leo mit großen, runden Augen beim Zaubern zusah. »Die hast du doch bekommen, oder?«

»Ja, hier!« Caroline nahm etwas vom Nachttisch. »Dad hat sich ein paar neue Bonsaibäumchen zugelegt, und eines davon ist ein Miniatur-Flieder.« Sie öffnete die Hand und zeigte ihrer lächelnden Freundin die kleinen grünen Blätter, die darauf lagen.

»Die sehen wirklich wie Herzen aus. Wie winzig kleine Herzchen.« Leo nahm eins der Blätter und ließ es ins Glas fallen. »So süß!«

Fang Brent, dachte Leo, während sie die Blätter eins nach dem anderen ins Glas tat. *Halt ihn davon ab, sich weiter so verrückt zu benehmen. Fang seine Gefühle ein.*

Sie hoffte inständig, dass der Zauber klappen würde, denn wenn nicht, hatte sie keine Ahnung, was sie tun sollte. Diesmal hatte sie sich genau ans Rezept gehalten, von den Spinnweben über die Bonbonherzchen bis hin zu den Blättern, die zwar winzig waren, aber immerhin von einem echten Fliederbaum stammten. Der Zauber *musste* einfach funktionieren!

Als die Honigfalle fertig war, schraubte Leo den Deckel auf das Glas. Das Licht im Zimmer ging flackernd wieder an, der Ventilator begann sich wieder summend zu drehen. Caroline half Leo, das volle Glas und das Rezeptbuch zurück in den Rucksack zu packen, wobei sie vor Aufregung auf und ab hüpfte.

»Jetzt müssen wir das Glas vergraben.« Leo schwang sich den schweren Rucksack über die Schulter und tippte mit den Fingern auf die Riemen. »Meinst du, dein Dad kriegt es mit, wenn wir das hinter eurem Haus machen?«

»Glaub ich nicht. Na los.«

Seit dem Umzug nach Houston war Carolines Garten ziemlich zugewuchert. Wie ein Meer wogte das hohe, spitze Gras, nur unterbrochen von einem Baum in der hintersten Ecke und von der kleinen Trampolininsel, die Leo am liebsten gleich gestürmt hätte. Mamá konnte Trampolins nicht leiden (»Gefährlich!«), Leo dagegen liebte sie. Als Caroline das Ding geschenkt bekommen hatte, waren sie beide stundenlang darauf herumgesprungen.

Hinter dem Trampolin, im Schatten des einzigen Baumes, stand ein langer Holztisch voller Blumentöpfe und Gartenwerkzeuge. Lächelnd ging Leo darauf zu, um sich Mr Campbells Bonsai-Sammlung anzuschauen.

Die Minipflanzen waren wirklich beeindruckend, drei schön beschnittene Bäumchen in flachen schwarzen Tongefäßen, dazu vier, fünf schwächlich wirkende Exemplare, die noch nackt und unvollkommen aussahen und an manchen Stellen braune oder gelbliche Blätter trugen.

»Die hübschen hat er aus einer Gärtnerei. Er versucht auch selber welche zu ziehen, aber irgendwann gehen die immer ein.«

Leo nickte. »Daddy schafft es auch nie, Avocadokerne zum Sprießen zu bringen.«

»Meine … meine Mom hat ihn deswegen immer ausgelacht, aber sie mochte die Bonsais auch sehr. Sie saß immer hier draußen und hat gelesen, während Dad versuchte, die Bäume in Form zu stutzen oder neue zu pflanzen.«

Leo fuhr mit dem Finger über die Rinde eines Bonsais, dessen Stamm sich wie eine Spirale in die Höhe schraubte. Sie dachte daran, wie ihre Eltern oft nebeneinander im Wohnzimmer saßen und Papierstapel durcharbeiteten. Einer ohne den anderen – das war undenkbar. Kein Gleichgewicht mehr. Leo presste die Lippen zusammen und legte sich eine Hand auf den Bauch.

»Tut mir leid«, sagte Caroline. »Muss komisch für dich sein, wenn ich über meine Mutter rede, oder?«

»Nein! Ich weiß nicht … Ich glaube, ich finde nicht immer die richtigen Worte, aber du solltest nie aufhören, von ihr zu erzählen. Außer du willst nicht über sie reden.«

»Manchmal will ich das nicht.« Caroline starrte zum wolkengrauen Himmel hoch. »Manchmal tue ich so, als wäre alles ganz normal, als wäre sie noch am Leben und würde irgendwo im Haus herumwuseln. Und manchmal habe ich es satt, so zu tun. Es tut gut, sich an sie zu erinnern. So wie auf dem Fest zum Tag der Toten.«

Leo nickte und wünschte sich, sie hätte Isabels Gabe, Menschen durch Magie zu trösten, oder zumindest Mamás unmagische Gabe des perfekten Zuhörens.

»Wenn ich die Bonsais sehe, muss ich immer an sie denken. Die haben irgendwas Besonderes an sich, oder?«, sagte Caroline.

Leo fuhr mit den Fingerspitzen über die hellvioletten Blüten des winzigen Fliederbaums. In der herzförmigen Krone klafften ein paar kleine Laublücken. Ja, die Bonsais hatten eindeutig etwas Besonderes an sich. Es war nicht schwer, sich Feen vorzustellen, die unter dem Blätterdach der Baumwinzlinge lebten.

»Lass uns hier graben.« Sie hatten zwar vorgehabt, das Glas weiter hinten zu vergraben, möglichst nahe an Brents Haus. Aber jetzt hatte Leo auf einmal das untrügliche Gefühl, als beherbergten die Bonsais ihre ganz eigene Magie, und die wollte sie so gern mit der ihren vereinen. Gab es ein besseres Versteck für einen Zauber als einen verwunschenen Feengarten?

»Okay.« Caroline schielte zum Wohnzimmerfenster hinüber und stellte sich dann so hin, dass sie Leo verdeckte. »Hinter dem Topf da ist eine kleine Schaufel. Sag Bescheid, wenn du Hilfe brauchst oder wenn ich dich ablösen soll.«

In dem Schatten, den der Pflanztisch warf, wuchs das Gras nicht besonders gut, und das erleichterte Leo das Graben. Bereits nach kurzer Zeit stieß sie auf weiche, dunkle, feuchte Erde. Schon hatten ihre Fingernägel schwarze Ränder, und das Glas passte nach kurzem Hinundherschieben und Eindrücken perfekt in das gebuddelte Loch. Leo klopfte die Erde darüber fest und sprach stumm ein Gebet, dass ihr Vorhaben gelingen möge. Dann richtete sie sich wieder auf und lächelte Caroline an, wobei sie sich zuversichtlicher gab, als sie sich wirklich fühlte.

»Im Rezept steht, das muss über Nacht in der Erde bleiben.« Caroline schaute zu Brents Garten hinüber, dann wieder zu ihrem eigenen Wohnzimmerfenster und schließlich zu dem kaum merklichen Erdhubbel vor ihren Füßen. »Also vor morgen werden wir sicher keine Ergebnisse sehen.«

»Genau, deswegen brauchen wir uns vor morgen auch keine Sorgen mehr zu machen.«

»Genau. Keine Sorgen«, wiederholte Caroline.

Die beiden Mädchen sahen einander an – und machten sich Sorgen.

»Wir könnten … wir könnten uns aufs Trampolin legen, wenn du willst«, sagte Caroline.

»Ja.« Aber weder Leo noch ihre Freundin rührten sich, sondern blieben stumm vor dem Pflanztisch stehen, bis Carolines Dad aus dem Haus kam und fragte, ob sie Lust auf Pizza zum Abendessen hätten.

Mamá verstand einfach nicht, warum Leo an diesem Morgen ihr Rührei so hastig herunterschlang. Isabel und Marisol verstanden nicht, warum sie ständig den Hals reckte, um den Schulbus schon von Weitem zu sehen. Und Mrs Lillis verstand nicht, warum Leo so rasch in den Bus stieg, den Mittelgang hinuntereilte und sich dann auf ihren Sitz fallen ließ.

Ungeduldig wackelte Leo mit allen Fingern und Zehen, bis der Bus endlich an Brents und Carolines Haltestelle zum Stehen kam. Sie beugte sich vor und sah, wie erst ein Drittklässler einstieg und dann Caroline – sie war allein und knabberte am Daumennagel ihrer einen Hand, während sie mit der anderen an ihrem Zopf zupfte. Hinter ihr glitten die Türen zu.

»Keine Ahnung«, flüsterte Caroline, noch bevor Leo etwas fragen konnte. »Ich weiß nicht, ob es funktioniert hat. Ich weiß überhaupt nicht, was passiert ist. Ich weiß nicht, wo er steckt!« Beim letzten Satz war ihre Stimme ganz schrill, und die Fünftklässler in der Sitzreihe vor ihnen drehten sich um und kicherten.

»Mach dir keine Sorgen.« Leos Finger konnten nicht stillstehen. »Vielleicht ist er nur wieder krank. Vielleicht schwänzt er auch. Oder seine Mutter hat ihm einen Termin beim Psychiater gemacht, damit der rausfindet, was mit seinem Kopf nicht stimmt.«

Caroline erbleichte. »Meinst du, das würde sie wirklich machen?«

»Ähm … nein, bestimmt nicht.« Leo wollte Caroline nicht noch mehr Sorgen einreden. »Ich bin sicher, alles ist in Ordnung.« Und dann, weil sie sich vorgenommen hatte, Caroline möglichst nicht mehr anzulügen, fügte sie hinzu: »Hoffe ich jedenfalls.«

Doch im Verlauf des Tages schwand ihre Hoffnung immer mehr. Leo meldete sich freiwillig, um die Anwesenheitsliste ins Sekretariat zu bringen, und konnte daher sehen, dass Ms Wood neben Brents Namen »Unentschuldigtes Fehlen« eingetragen hatte, was bedeutete, dass seine Mutter nicht in der Schule angerufen hatte. Während der täglichen Mathestunde hörte sie zufällig, wie sich Josh und Randall darüber unterhielten, dass Coach Q bestimmt sauer sein würde, weil Brent schon wieder nicht zum Fußballtraining auftauchte, und dazu noch ohne Bescheid zu sagen.

Nach dem Mittagessen hatte Ms Wood plötzlich ganz rote Augen und einen besorgten Ausdruck im Gesicht, und sie wirkte nicht überrascht, als Josh, Randall und Emily Eccles mitten in der stillen Lesestunde ins Büro des Direktors gerufen wurden.

Caroline drehte sich zu Leo herum und sah sie aus aufgerissenen Augen panisch an. Leo riss ein Stück Papier aus ihrem Heft und kritzelte eine Nachricht darauf. Den Zettel ließ sie dann auf Carolines Pult fallen, als sie nach vorne ging, um sich aus dem Bücherregal ein neues Buch zu holen. Als sie der Meinung war, Caroline hätte genug Zeit gehabt, den aufgeschriebenen Plan durchzulesen, holte sie tief Luft und fing so laut und heftig zu husten an, wie sie nur konnte.

»Lieber Himmel, Leo, alles in Ordnung mit dir?« Ms Wood presste sich die roten Fingernägel vor den Mund und sah besorgter aus, als es angesichts eines kleinen Hustenanfalls nötig gewesen wäre. »Geh doch am besten ins Bad und trink einen Schluck Wasser.«

Nur wenige Minuten später kam Caroline auch ins Mädchenklo und holte hastig ihr Handy aus der Hosentasche.

»Ich weiß seine Nummer nicht auswendig, aber Dad hat mir gezeigt, wie das mit der Auskunft funktioniert.« Sie tippte die Nummer ein und lauschte. »Hallo? Ich brauche eine Nummer in Rose Hill, Texas. Von Mrs Margaret Bayman. Können Sie mir die geben?«

Leo zog beeindruckt die Augenbrauen hoch. Sie hätte nicht gewusst, wie man ohne Internet eine Telefonnummer herausfinden konnte.

»Ja, vielen Dank.« Caroline deckte das Handy ab. »Sie verbindet mich«, raunte sie. »Oh, es klingelt … Leo, mach du das lieber!« Sie schob Leo das Telefon ans Ohr, gerade rechtzeitig, dass die ein zittriges »Hallo?« hören konnte.

»H-hallo, Mrs Bayman? Ähm … Kann ich … könnte ich bitte mit Brent sprechen? Ihrem Sohn?«

Caroline hielt ihr Ohr dicht neben Leos, sodass beide fürchterlich erschraken, als plötzlich ein schrecklicher, unterdrückter Aufschrei aus dem Handy drang.

»Wer ist da?« Mrs Bayman hörte sich panisch an. »Was wollen Sie? Wer sind Sie? Wissen Sie etwas über meinen Brent?«

Leo riss Caroline das Telefon aus der Hand und legte mit wild pochendem Herzen auf. Eiskalte Angst rieselte ihr den Rücken hinunter. Irgendwas stimmte da nicht! Etwas Grauenhaftes musste passiert sein.

»Wir müssen zu ihm«, sagte sie zu Caroline. »Direkt nach der Schule.«

Caroline nickte stumm. Sie war leichenblass und ihr heruntergebissener Daumennagel blutete.

Direkt nach Unterrichtsende rief Leo zu Hause an. »Tut mir leid«, sagte sie zu Mamá und machte sich nicht einmal die Mühe, ihre besorgte Stimme zu verstellen. »Ich weiß, ich soll rechtzeitig fragen, aber ich muss heute unbedingt mit zu Caroline. Könnte ein Notfall sein.«

»Oh, Süße.« Mamá seufzte. »Du könntest ruhig ein bisschen langsamer erwachsen werden, ich komme kaum noch mit. Ich freue mich ja, dass du und Caroline wieder so gute Freundinnen seid wie früher, aber ich möchte auch nicht, dass wir dich zu Hause kaum noch zu Gesicht bekommen.«

»Mamá ...«

»Aber ich kann mich noch gut dran erinnern, wie ich in deinem Alter war. Also gut, geh mit zu Caroline und kümmere dich um den Notfall. Aber versprich mir, dass ihr beiden beim nächsten Notfall hierher kommt, ja?«

»Okay, Mamá.« Als Leo auflegte, war sie so überdreht, als hätte sie gerade einen ganzen Eimer Kaffee-Eis gegessen. Mamá hielt den Notfall für eine Mädchengeschichte, etwas Pubertäres wie eine Schmink-Katastrophe oder Streit mit einer zickigen Mitschülerin. Was würde sie wohl sagen, wenn sie die Wahrheit wüsste?

»Es geht ihm doch bestimmt gut, oder?« Caroline nestelte an ihrem Shirt herum. Ungeduldig warteten sie auf den Schulbus. »Es muss ihm einfach gut gehen!«

»Es war doch nur ein Liebestrank«, flüsterte Leo, als sie sich auf ihre Plätze fallen ließen.

»Brents Mom hat bestimmt nur überreagiert«, murmelte Caroline auf der ganzen kurzen Busfahrt immer wieder vor sich hin.

Doch beide verstummten, als der Bus in Carolines Straße hielt und sie die blau-roten Blinklichter der Polizeiwagen sahen, die Brents Haus umzingelten.

KAPITEL 21

Verschwunden!

Dad?«, rief Caroline, kaum dass sie die hintere Tür aufgemacht hatte.

»Caroline!« Mr Campbell kam in die Küche gerannt. Sein Gesicht war ebenso blass wie das seiner Tochter. »Oh, und Leo. Freu mich immer, wenn du hier bist, aber … wissen deine Eltern, dass du mitgekommen bist? Könnte sein, dass sie dich heute lieber zu Hause hätten.«

Leo brachte keinen Ton heraus. Ihre Kehle war ganz dick vor Schuldgefühlen.

»Dad, was ist hier los?«, fragte Caroline.

»Ihr müsst euch keine Sorgen machen.« Er schielte immer wieder zum Fenster, in dem sich die Blaulichter widerspiegelten. »Aber wenn ihr irgendwas wisst … Oder wenn Brent in letzter Zeit irgendwas gesagt hat … Er wird vermisst.«

»Vermisst?«, wiederholte Leo unwillkürlich. »Was soll das

heißen, er wird vermisst? Er kann doch nicht einfach verschwunden sein.«

»Er lag heute Morgen nicht in seinem Bett. Am Haus gibt es keine Einbruchsspuren, also muss er wohl selber weggelaufen sein. Wenn ihr etwas wisst, wäre es sehr wichtig, dass ihr das der Polizei erzählt«, erklärte Mr Campbell mit angespanntem Gesicht.

Caroline griff nach der Hand ihres Vaters, dann nach Leos. Leo hielt Carolines weiche Finger fest, während die Gedanken in ihrem Kopf wie wild hin und her rasten. Aber am Ende stand nur eines fest: Brent war verschwunden. Leos Beine zitterten, und sie musste sich an Carolines Arm festhalten, um auf den Füßen zu bleiben.

Brent war verschwunden, und das war ganz sicher ihre Schuld. Aber wie hatte das passieren können?

Vielleicht war er ja wirklich von zu Hause weggelaufen. Vielleicht hatten ihn die Liebeszauber so verwirrt, dass er einem vorbeifahrenden Auto hinterhergerannt war. Ja, so musste es sein – er hatte sich verlaufen. Die Polizei würde ihn bestimmt finden. Doch selbst wenn er ganz schnell wieder nach Hause kam – jetzt hatte Leo keine Chance mehr, ihrer Familie zu verheimlichen, was sie getan hatte. Sie steckte bis zum Hals in der Tinte.

Leo wünschte sich, sie wäre eine stinknormale Hexe, so wie die in Filmen, die einfach mit den Fingern schnippen und verschwinden konnten. Die ihre Magie dazu einsetzten, Probleme zu lösen, nicht sie zu verursachen.

Sie konnte nur hoffen, dass es Brent gut ging, wo auch immer er war. Hoffentlich war er irgendwo in Sicherheit. Hätte sie doch bloß nicht diesen schrecklichen Zauber mit dem Honigglas versucht …

Das Honigglas.

»Caroline.« Leo zupfte ihre Freundin an der Hand. »Caroline, können wir … kurz rausgehen? Ich will …« Sie wusste nicht, wie sie den Satz zu Ende bringen sollte, aber zum Glück erwartete das auch niemand von ihr.

Caroline nickte und ihr Vater drückte ihr einen Kuss auf den Kopf. »Leo, wenn du nichts dagegen hast, würde ich dich demnächst nach Hause fahren. Und du kommst bitte mit, Caroline, ja? Ich möchte nicht, dass du allein hier bleibst.«

»Okay«, sagte Caroline. »Aber gib uns noch ein paar Minuten, bitte.«

Mr Campbell nickte, und die beiden Mädchen eilten in den Garten hinaus.

Inzwischen war es so kalt geworden, dass Leo trotz ihres Pullovers fror. Die Bonsaibäumchen standen immer noch auf dem Pflanztisch, und darunter wölbte sich der kleine Erdhubbel von gestern.

»Wir müssen das Glas ausbuddeln und zerstören.«

»Und das hilft?«

Leo hatte nicht vor zu lügen. »Keine Ahnung.«

Diesmal gaben sie sich keine Mühe, unbemerkt zu bleiben. Hastig schaufelten sie lockere Erdbrocken beiseite, und schon nach wenigen Augenblicken wurde der goldglänzende Deckel sichtbar. Jetzt mussten sie nur noch ein bisschen um das Glas herum graben, um es herausheben zu können. Ganz schön schwer, dachte Leo, während sie es auf ihren Schoß hievte und die Erde abwischte. Sie hatte es gar nicht so schwer in Erinnerung gehabt …

Caroline schrie auf.

Da war ein Mensch im Glas. Ein winziger Mensch, kaum dreizehn Zentimeter groß, aber unzweifelhaft ein Mensch. Er schwebte mit geschlossenen Augen und unter dem Kopf gefalteten Händen im Honig, als würde er ein Nickerchen machen. Und er trug einen Schlafanzug mit Spiderman drauf.

Leo wünschte sich, es wäre ein Trugbild. Aber nein, der Mensch im Glas war eindeutig Brent Bayman.

»Leo …«

»Mädels!«, rief Mr. Campbell in dem Moment aus dem Haus.

»Ich ruf dich heute Abend an«, sagte Leo und stopfte das Glas ungeachtet der Erde in ihren Rucksack. »Ich finde eine Lösung. Ich …« Sie schluckte und zog mit zittrigen Fingern den Reißverschluss zu. »Ich hole mir Hilfe. Ich schaff das. Versprochen.«

KAPITEL 22

Nichts wie raus da!

Leo bedankte sich bei Mr Campbell fürs Heimfahren, lud aber weder ihn noch Caroline ein, noch mit reinzukommen. Mamá und Daddy hatten bestimmt noch nichts von Brents Verschwinden gehört, und das sollte möglichst auch so bleiben. Leo brauchte Zeit zum Nachdenken.

Mamá hing gerade am Telefon, und Isabel und Marisol stritten sich wegen einer Strumpfhose, die Marisol sich wohl »ausgeborgt« und dann zerrissen hatte, sodass Leo nur kurz winken und ihre fragenden Blicke ignorieren musste, bevor sie in ihr Zimmer hochlaufen und die Tür hinter sich zumachen konnte.

Sie stellte den Rucksack aufs Bett und starrte ihn an, als könnte er jede Sekunde in Flammen aufgehen. Wenn Caroline nur bei ihr hätte sein können!

Langsam zog Leo den Reißverschluss auf und holte das Glas heraus. Der winzige Brent lag immer noch schlafend darin.

Entsetzt und fasziniert zugleich sah Leo ihm zu, sah winzige Luftbläschen aus seinem offenen Mund strömen, sah seine mikroskopisch kleinen Wimpern zucken.

Schließlich holte sie tief Luft, als müsste sie vom Fünfmeterbrett springen, machte die Augen zu und schraubte den Deckel auf.

Plopp! Der Deckel flog Leo aus der Hand, als hätte jemand ihn ihr weggerissen. Auch der winzige Brent sauste heraus, aber zum Glück nur so hoch, dass Leo ihn mit einer Hand auffangen konnte.

»Ahh!« Brents Stimme war nur ein kleines bisschen leiser und quietschiger als normal, was bedeutete, dass sein Schrei immer noch sehr laut zu hören war. »Aaahhh!«

»Pssst!« Leo versuchte ihn mit der anderen Hand abzudecken, aber er war zu groß dafür, und schlug mit Armen und Beinen um sich, sodass er Leos Finger mit Honig bekleckerte.

»Hilfe! Mom! Aaaahhh!«

»Pst! Brent, sei leise!« Leo hob ihre Hand näher an ihr Gesicht. Brent klappte den Mund zu und schaute sich panisch im Zimmer um. »Psst«, zischte Leo noch mal. »Alles gut. Alles wird wieder gut …«

»Leo?« Isabel klopfte an ihre Tür. »Alles okay bei dir, Süße?«

»Ja, alles bestens!«, rief Leo mit vor Angst schriller Stimme. »Ich hab mich nur zum obersten Schrankfach hochgestreckt und wäre dabei fast umgefallen. Hahahaaa …« Sie schlug sich eine Hand vor den Mund, um das hysterische Gelächter zu unterdrücken, und schmeckte den Honig an ihren Fingern.

»Alles klar«, sagte Isabel. »Es gibt bald Abendessen, komm dann runter, ja? Daddy macht Quesadillas.«

Leo wartete, bis sie hörte, dass die Schritte ihrer Schwester sich wieder über den Flur entfernten, dann nahm sie die Hand vom Mund. »Okay, Brent«, flüsterte sie. »Bitte sei leise. Ich weiß, dass du verwirrt bist …«

Sie wusste gar nicht, wo sie anfangen sollte. Während sie um Worte rang, wirbelte Brent auf ihrer Handfläche herum, Augen und Mund weit aufgerissen.

»Ich verstehe nicht … Wo … Was ist hier los?« Er sah Leo ins Gesicht, dann senkte er den Blick zu ihrer Handfläche unter seinen Füßen. »Wieso bin ich …?« Er drehte sich im Kreis, bis sein Blick an dem Spiegel über Leos Kommode hängen blieb. Leo sah im Spiegel, wie er langsam begriff. Hoffentlich würde er nicht wieder losschreien.

»Du hast mich geschrumpft!«, keifte Brent, wenn auch nicht ganz so laut wie vorhin. »Du hast mich geschrumpft, Leo Logrono! Das sag ich meiner Mom, und dann kommst du ins Gefängnis, für … für Schrumpfen! Und was ist dieses Zeug, das überall an mir klebt?«

»Langsam, langsam … Das war alles nur ein Versehen, ich wollte dich nie … Es ist nur Honig«, sagte Leo.

Zögerlich leckte Brent an seiner Hand. »Okay.« Als er sah, wie der Honig von seinen Fingern tropfte, beruhigte er sich wieder. »Das ist alles gar nicht echt.« Er kniff sich mit den Fingern der einen honigverschmierten Hand fest in den anderen honigverschmierten Unterarm. »Autsch!«

»Brent, nicht …«

Er drehte sich wieder zum Spiegel, winkte, schnitt Grimassen, hüpfte auf und ab. Ob der Honig sein Gehirn irgendwie beeinträchtigt hatte?

»Ich hab mal gehört, wenn man im Traum in den Spiegel schaut, wacht man auf«, erklärte er schließlich. »Weil man sich selber nicht normal sehen kann. Und die Uhr lesen kann man auch nicht.« Er schielte finster zu Leos Wecker hinüber. »Das kann nicht echt sein, das kann nicht echt sein … Aber warum funktionieren die ganzen Traumtricks nicht?«

»Weil es kein Traum ist.«

Brent sah an seinem triefenden Schlafanzug hinunter. »Okay.« Er holte tief Luft. »Könnte ich dann vielleicht … ins Bad gehen und mich waschen?«

»Ich glaube eher nicht«, antwortete Leo ehrlich. Bei seiner Körpergröße würde er ja nicht mal an die Wasserhähne rankommen. »Aber ich kann dir eine Schüssel mit Wasser bringen und … gib mir einen Moment.«

»Leo, was läuft hier eigentlich?«

Darauf hatte Leo keine richtige Antwort. Sie konnte ihm ja nichts erklären, ohne alles zu verraten. Vielleicht war es jetzt sowieso zu spät, um noch auf das Wahren von Geheimnissen zu achten, aber Leo wusste einfach nicht, was sie tun sollte.

»Ich hol dir mal Wasser«, sagte sie nur. »Es wird alles wieder gut. Warte einfach kurz.« Sie sah sich im Zimmer um und stellte Brent dann in ihrem dreigeschossigen Puppenhaus aus Holz ab, das von der Größe her perfekt zu ihm passte. »Hier kannst du es dir gemütlich machen, bis ich zurück bin. Ich komme gleich wieder.«

Als sie mit Marisols Schmuckschale (in der sich jetzt statt Schmuck warmes Wasser befand) aus dem Bad zurückkam, saß Brent auf der Treppe vor dem Puppenhaus und strich sich Honig aus den Haaren.

»Danke«, sagte er, als Leo die Schüssel neben ihm abstellte und ihm beim Reinklettern half. »Tut mir leid, dass ich dir mit Gefängnis gedroht hab. Ich glaube, was zur Zeit mit mir passiert, ist nicht deine Schuld. Ich bin schon die ganze Woche so schräg drauf.« Er tauchte ab und schrubbte sich den klebrigen Honig aus dem Gesicht.

Leos Bauch zog sich zusammen. Doch, Brents schräge Woche war allein ihre Schuld, auch wenn er zuvor gemein zu Caroline gewesen war. Jetzt war er ganz verwirrt und hatte Angst. In Leos Kopf wirbelten alle möglichen Lügen durcheinander, die sie ihm hätte auftischen können, um das Familiengeheimnis zu wahren. Aber sie hatte das Gefühl, dass sie ihm eine ehrliche Antwort schuldete.

Also setzte sie sich seufzend auf die Bettkante. »Brent, erinnerst du dich an die Nachricht, die Caroline dir letzte Woche geschickt hat? Und wie fies du darauf geantwortet hast?«

Sie erzählte ihm die ganze Geschichte, von Anfang bis Ende, während er sich den Honig vom Körper und aus den Kleidern wusch. Mittendrin machte sie eine Pause, um frisches Wasser zu holen, und noch eine, um Brent einen Waschlappen zu bringen, mit dem er sich abtrocknen konnte. Als sie fertig war, blieb Brent lange schweigend sitzen.

Leo gab sich alle Mühe, geduldig abzuwarten – für Brent musste das schließlich ganz schön viel sein, was er da zu verkraften hatte. Hoffentlich würde er nicht wieder um Hilfe schreien, aber wenn doch, konnte sie es ihm nicht einmal übel nehmen. Sie machte sich am Puppenhaus zu schaffen und stellte die Möbel so um, dass er sie möglichst gut nutzen konnte.

»Das ist doch lächerlich«, sagte Brent schließlich. »Es gibt keine Magie.«

»Was meinst du damit? Ich hab dir Liebesbisschen gemacht und sie haben gewirkt. Und schau dich doch mal an! Ich hab dich geschrumpft!«

»Dafür muss es eine logische Erklärung geben. Bist du eine verrückte Wissenschaftlerin oder so was?«

»Hast du mir nicht zugehört? Ich bin eine Hexe!«

»Hmpf.« Brent wickelte sich den Waschlappen um die Schultern und zog ihn wie einen schmuddelig grauen Brautschleier hinter sich her. »Nein, für eine verrückte Wissenschaftlerin bist du nicht schlau genug. Caroline vielleicht, aber du nicht.«

»Ich *bin* schlau!«, rief Leo mit roten Wangen. »Ich bin absolut schlau genug für eine verrückte Wissenschaftlerin, nur bin ich eben keine, weil ich nun mal eine Hexe bin.«

»Hmpf.«

Leo dachte, dass ihr der liebeskranke Brent vielleicht doch besser gefallen hatte als diese aktuelle Version von ihm. »Hier.« Sie schälte ihre Jungspuppe aus der roten Hose und dem gelben T-Shirt und reichte Brent die Kleidungsstücke. »Zieh das an, damit dein Schlafanzug trocknen kann.« *Bevor ich mich noch vergesse und dich in eine Schublade sperre*, fügte sie in Gedanken hinzu.

Damit er sich unbeobachtet umziehen konnte, stellte sie zwei alte Bilderbücher auf, denn das Puppenhaus war ja extra so gebaut, dass es den Puppen keine Privatsphäre bot. Kurze Zeit später kam Brent hinter den Büchern hervor. In den neuen Kleidern sah er wie eine Vogelscheuche aus. »Ich habe Hunger«, sagte er. »Gibst du mir wenigstens was zu essen, solange du mich gefangen hältst?«

»Ich halte dich nicht gefangen. Ich versuche dir zu helfen.«

»Dann bringst du mich jetzt nach Hause?«

»Nein! Das geht noch nicht. Ich muss erst …«

»Leeeeonora!«, dröhnte Daddys Stimme zu ihr herein. Zum Glück war er noch weit genug entfernt, dass Leo die improvisierte Mini-Badewanne hinters Puppenhaus schubsen, die Bilderbücher zuklappen und Brent am Kragen hochheben konnte, um ihn im obersten Stock des Puppenhauses zu verstecken, bevor sie sich ins Bett warf – gerade noch rechtzeitig, denn schon kam Daddy nach kurzem Anklopfen in ihr Zimmer.

»Leonora, das Abendessen ist fertig. Wir warten schon alle auf dich.«

»Okay, Daddy, ich komme sofort. Nur eine Sekunde noch, ja?«

»Klar, aber beeil dich. Meine Quesadillas sind immer sehr begehrt, wie du weißt.« Damit stapfte er wieder hinaus und über den Flur davon. »Wer zuerst kommt, mahlt zuerst.«

»Quesadillas?« Brent streckte den Kopf aus dem Fenster in der obersten Etage und machte das gleiche Welpengesicht, das Leo schon auf dem Fest an ihm gesehen hatte.

Sie seufzte. »Ich bringe dir gleich eine. Möchtest du Salsa dazu?«

KAPITEL 23

Notfall!

Beim Abendessen tat Leo ihr Bestes, unauffällig zu sein. Aus dem Büro drang Mamás Stimme herüber, die gerade mit Tía Paloma telefonierte. Alma und Belén »lernten« für ihre Prüfungen im Dezember, indem sie versuchten, telepathische Zwillingskräfte zu entwickeln, damit jede nur die Hälfte des Stoffes auswendig lernen musste – den ganzen Abend starrten sie einander schon schweigend an, aber vergeblich. Daddy und Marisol diskutierten über irgendein langweiliges Thema aus den Nachrichten und Isabel versuchte sich als Mittlerin zwischen ihnen. Also war es für Leo kein Problem, schnell und schweigend aufzuessen und dann die Hälfte ihrer zweiten Quesadilla heimlich in eine Serviette zu wickeln, um sie nach oben zu schmuggeln.

»Hier, bitte.« Sie schob Brent das Essen durchs Fenster des Puppenhauses. »Ich komme gleich wieder, ich muss nur schnell jemanden anrufen.«

»Das Ding ist ja größer als ich!«, rief Brent zurück, und Leo hätte nicht sagen können, ob sie das als Beschwerde oder als Ausdruck seiner Begeisterung deuten sollte. Sie eilte nach unten und blieb vor dem Büro stehen, um zu sehen, ob Mamá ihr Telefonat schon beendet hatte.

»Bist du sicher, dass du sie nicht verlegt hast, Paloma?«, fragte Mamá. »Hast du mal im Nähkorb nachgeschaut?« Sie hielt inne. »Die Federn auch … Und du bist sicher, dass du sie nicht verwendet hast? Hmm … Aber warum sollte jemand in die Bäckerei einbrechen und dann nur ein paar Zutaten stehlen, egal, wie selten die sind? Ja, gut, ich werde meine Mädchen fragen. Vielleicht hat Isabel ja geübt. Aber ich komme morgen bei dir vorbei und helfe dir suchen. Ich bin sicher, dass die Sachen nicht …« Mamá drehte sich um und erblickte Leo.

»Hallo, Süße, was gibt's? Paloma, ich rufe dich nachher noch mal an. Ja, ich frage sie. Nein, natürlich glaube ich dir. Tschüss, amor. Besitos.« Mamá ließ das Telefon sinken und lächelte Leo an, die am liebsten jedes Fitzelchen ihrer magischen Kräfte dazu aufgewendet hätte, sich in einen Stuhl oder eine Topfpflanze zu verwandeln. »Na, Süße, wie geht es dir? Du sahst vorhin so niedergeschlagen aus.«

Leo versucht zu lächeln, aber jetzt, wo sie Mamás Gespräch mitgehört hatte, waren ihre Gesichtsmuskeln wie eingefroren. Tía Paloma hatte entdeckt, dass die magischen Zutaten fehlten – die Spinnweben, die Federn, die Gläser, alles … Und jetzt wusste Mamá auch davon! Je mehr Leo sich bemühte, unschuldig auszusehen, desto mehr spürte sie, wie ihr die Gesichtszüge entgleisten und ihr Tränen in die Augen stiegen.

»Mamá, ich wollte gern … Ich muss … Darf ich mal telefonieren?« Leo hielt den Blick auf den Boden geheftet und wackelte in ihren lila-grünen Tintenfisch-Socken nervös mit den Zehen.

Mamá lächelte. »Willst du Caroline anrufen?«

Leo nickte, ohne aufzusehen.

»Natürlich, Süße. Und wenn du mit mir reden willst, bin ich jederzeit für dich da. In deinem Alter hat man es nicht immer leicht auf der Schule, aber bisher hab ich noch all deine Schwestern heile da durchgelotst, gracias a Dios – Gott sei Dank.«

»Nein, nein, mir geht's gut. Es geht nur um Hausaufgaben.« Leo konnte sich kaum erinnern, welche Probleme ihre Schwestern in ihrem Alter in der Schule gehabt hatten, aber sie war sich ziemlich sicher, dass nichts davon mit dem Erschaffen eines Däumling-großen Jungen zu vergleichen war. Und die Bäckerei ausgeraubt hatte auch noch keine ihrer Schwestern. Mamá reichte Leo das Telefon und rief Isabel zu, sie möge nach unten kommen.

In ihrem Zimmer angekommen, wählte Leo Carolines Handynummer, die ihre Freundin ihr für alle Fälle ins Heft geschrieben hatte. Schon nach dem ersten Klingeln ging Caroline ran. »Was ist? Erzähl mir alles, schnell! Ist es … ist es Brent?«

»Ja. Er ist richtig … klein«, sagte Leo. »Hast du ja selber

gesehen. Aber er lebt und hat Hunger und hat mir kein Liebeslied vorgetragen, also der Teil des Zaubers hat zumindest funktioniert.«

Brent streckte den Kopf aus dem Fenster und winkte mit einem Käse-und-Soße-verschmierten Arm.

»Na super, wirklich großartig, Leo«, raunte Caroline wütend. »Jetzt ist er zwar nicht mehr in die ganze sechste Klasse verliebt, aber dafür nur noch ein paar Zentimeter groß.«

»Ja, ich weiß. Es tut mir leid.«

»Das Ganze ist eine totale Katastrophe. Unglaublich, dass ich mich von dir da hab reinquatschen lassen.« Caroline hörte sich wirklich zornig an.

»Wir stecken da zusammen drin.«

»Aber das ist total außer Kontrolle geraten!«, schrie Caroline. »Du hast nichts davon gesagt, dass so was passieren kann. Ich kann … ich kann es echt nicht fassen, dass du das getan hast!«

Damit legte sie auf. Das Piepen der toten Leitung schrillte schmerzhaft in Leos Ohr und Tränen stiegen ihr in die Augen. Jetzt hatte sie ihre beste Freundin wohl endgültig verloren.

Um sich zu beruhigen, holte sie dreimal tief Luft. Nun war sie auf sich allein gestellt.

»War das meine Mutter? Kann ich mit ihr sprechen?«, fragte Brent aus dem Puppenhaus.

»Nein, das war nicht … Wieso sollte ich deine Mutter anrufen?« Leo gerieten die Worte ungewollt barsch.

Da klingelte das Telefon in ihrer Hand plötzlich. Leo ging sofort ran, damit nicht eine ihrer Schwestern am anderen Apparat schneller war.

»Leo?« Carolines Stimme war mäuschenleise.

»Caroline, es tut mir echt leid.«

»Mir auch. Ich bin nur …«

»Ich weiß.«

Caroline seufzte. »Und wie bringen wir das wieder …?«

»Du redest mit *Caroline?*«, rief Brent.

»Ja, aber jetzt sei leise!«

»Wir müssen es deiner Mom erzählen«, sagte Caroline.

»Aber wie soll Caroline denn jetzt helfen können?«, fragte Brent aufgebracht.

Leo hielt sich gefrustet das freie Ohr zu. »Caroline, ich rufe dich gleich zurück. Und nein, ich will weder mit meiner Mutter noch mit irgendeiner anderen Mutter reden. Ich krieg das schon alleine hin.«

»Aber … wenn dir auch nichts einfällt …« Caroline seufzte.

»Bis später.« Leo legte auf, bevor Caroline noch etwas sagen konnte, und versteckte das Telefon unter ihrem Kissen. Ihre Freundin verstand die Situation einfach nicht. Leo konnte doch unmöglich Mamá gestehen, dass sie einen Jungen geschrumpft hatte und jetzt Hilfe brauchte. Schon beim Gedanken an Mamás enttäuschten Blick und an die ohrenbetäubende Standpauke wurde ihr ganz schlecht. Danach würde Mamá sie nie wieder in der Bäckerei arbeiten lassen. Und vielleicht durfte Leo dann erst wieder zaubern – Leo schluckte –, wenn sie dreißig war. Oder fünfzig. Oder vielleicht würde sie auch *nie wieder* zaubern dürfen. Dann wäre Leo das einzige Mädchen in der Familie, das ohne Magie, ohne Einweihung in die magischen Riten und mutterseelenallein durchs Leben gehen musste.

Nein, sie durfte nicht zulassen, dass Mamá von alldem erfuhr. Sie würde auf eigene Faust einen Gegenzauber finden müssen. Aber gab es für so was überhaupt Gegenzauber? Oder Umkehrzauber? Für den Liebeszauber hatten sie ja auch keinen passenden Umkehrzauber gefunden. Und Leo würde ewig brauchen, um jedes spanische Rezept zu übersetzen.

»Hey.« Brent spitzelte aus dem Puppenhaus heraus. Er kaute an einem Stückchen Quesadilla, das in seiner Hand wie eine riesige Pizza aussah. »Du rufst doch bald meine Mutter an, oder?«

»Wieso fragst du mich das ständig?« Leo stöhnte. Sie holte das Rezeptbuch aus dem Rucksack und legte es vor dem Puppenhaus auf den Tisch. Zufällig schlug sie eine Seite auf und landete bei einem Rezept, das Warzen entweder herbei- oder wegzaubern würde. Das war zwar auch nicht sehr hilfreich, aber zumindest hatte Leo so das Gefühl, überhaupt irgendwas zu unternehmen, um das Problem zu lösen.

»Na ja, irgendjemand muss sie doch mal anrufen«, sagte Brent. »Sie ist bestimmt schon ganz krank vor Sorge. Vielleicht ist sie sogar schon …«

Leo knallte das Buch so heftig zu, dass das Puppenhaus erzitterte. Brent musste sich am Fensterrahmen festhalten, um nicht umzufallen. Und sofort fühlte Leo sich noch schlechter als vorher.

»Tut mir leid.« Sie legte eine Hand aufs Haus, um es zu stabilisieren. »Es tut mir so so so leid! Ich hab keine Ahnung, wie ich das wieder in Ordnung bringen soll, und ich kann mit niemandem drüber reden, schon gar nicht mit deiner Mutter.«

»Wie würdest du dich fühlen, wenn es um deine Mutter ginge?«

Schrecklich würde sie sich fühlen, ganz schrecklich. Noch schrecklicher als jetzt. Sie hatte Mrs Baymans Aufschrei noch im Ohr, und sie erinnerte sich an Mr Campbells finsteres Gesicht. Wenn Leo gewusst hätte, dass ihre eigenen Eltern so litten, hätte sie alles getan, um sie anrufen zu können.

»Okay, wir rufen sie an, aber du sagst ihr bitte nichts von der Magie, ja? Noch nicht. Ich bringe alles wieder in Ordnung.« Sie zog das Telefon unter dem Kissen hervor, nahm Brent hoch und stellte ihn auf ihr Knie. »Wie lautet die Nummer?«

»Schalte erst mal auf ›Nummer unterdrücken‹ um«, sagte Brent. »Dann kann sie nicht sehen, von wo ich anrufe.«

Das tat Leo und wählte dann die Nummer, die Brent ihr diktierte, während er aufs Telefon kletterte. Mit dem Mund am Sprechteil wartete er, während es klingelte.

»Hallo? Hallo?«, drang Mrs Baymans panische Stimme an Leos Ohr.

»Mom?«, schrie Brent ins Telefon.

»Brent, mein Schatz, bist du das? Ich kann dich kaum hören. Wo bist du? Ich komme dich sofort holen.«

»Mom, ich kann gerade nicht reden, aber es geht mir gut«, sagte er.

»Wo bist du?« Ihre Stimme wurde immer schriller. »Ich kann dich wirklich kaum verstehen. Wo warst du bloß die ganze Zeit?«

»Ich kann dir nicht sagen, was hier los ist oder wo ich bin. Es ist … ein Geheimnis. Aber bitte mach dir keine Sorgen, es geht mir wirklich gut. Wir sehen uns bald wieder!«

Mrs Bayman brach in Tränen aus. Ihr Schluchzen hallte in Leos Zimmer wider.

»Leg auf«, flüsterte Brent. Aber Leo war wie erstarrt. Also kletterte er noch ein Stück am Telefon hoch und lehnte sich gegen den roten Knopf.

»Tut mir leid. Ich krieg das wieder hin.«

Brent sah Leo an. »Kannst du das wirklich?«

Leo schielte zu dem Rezeptbuch hinüber, dessen Inhalt sie kaum verstand, und dachte daran, in wievielerlei Hinsicht sie schon Mist gebaut hatte. Sie kannte beileibe nicht alle Regeln, die man als Hexe einhalten musste, aber sie kannte die Regeln, an die man sich als guter Mensch halten sollte. Und die sagten ganz klar, dass man alles versuchen musste, um seine Fehler wiedergutzumachen. Auch wenn das bedeutete, dass man sich selbst Ärger einhandelte. Sie hatte kein Recht, Brent und

Caroline immer tiefer in diese verfahrene Situation mit reinzuziehen, nur weil sie selber Angst hatte.

»Nein, kann ich nicht«, gab sie schließlich zu. »Jedenfalls nicht alleine. Warte kurz. Ich bin gleich wieder da.«

Marisols und Isabels Zimmertür stand weit offen, was nur dann der Fall war, wenn die beiden sich stritten. Leo wünschte sich, sie hätte sich für ihren Hilferuf einen passenderen Zeitpunkt aussuchen können, aber die Erinnerung an Mrs Baymans Tränen zwang sie dazu, über die Türschwelle zu treten und durch Räuspern auf sich aufmerksam zu machen.

»Leo?« Isabel drehte sich zu ihr um. »Was ist denn?«

Leo trat ein, ohne etwas zu sagen. Die linke Zimmerhälfte, die Marisol gehörte, war wie immer ein einziges Durcheinander – schwarze Oberteile und neonfarbene Leggings waren über den Boden verstreut, Bücher, Zettel und bunte Kritzeleien ergossen sich vom Schreibtisch. Marisol lag mit dem Rücken zur Tür auf ihrem ungemachten Bett, und Leo konnte sogar von da, wo sie stand, die Musik hören, die aus Marisols Kopfhörern plärrte.

Isabels Zimmerhälfte dagegen, die in Pastellfarben gehalten war, war wie immer sauber und aufgeräumt. Ein großer, mit farbigen Zetteln markierter Terminplaner hing über ihrem Bett. Isabel saß an ihrem Schreibtisch, ein aufgeschlagenes Buch vor sich. Aber eine Kuhle in ihrem ansonsten makellosen Bett und ihre willkürlich hingeworfene Kuschelente Patty deuteten darauf hin, dass sie noch vor Kurzem auf dem Bett gesessen und Trübsal geblasen hatte. Leo setzte sich aufs Bett und zog Patty auf ihren Schoß in der Hoffnung, dass das Kuscheltier ihr etwas Trost spenden würde. »Was machst du denn gerade?«, fragte sie.

Isabel seufzte. »Hausaufgaben. Ich bin nämlich die Vernünftigere von uns beiden. Was in diesem Haus aber offensichtlich nichts zählt.«

Nickend strich Leo Patty über das abgewetzte gelbe Plüschfell. Marisol hatte sich immer noch nicht umgedreht, und Leo war sich ziemlich sicher, dass ihre schmollende Schwester sie wegen der lauten Musik nicht hören konnte, aber sie zögerte dennoch. Sie konnte doch nicht einfach so erzählen, dass sie einen geschrumpften Jungen in ihrem Puppenhaus wohnen hatte. Sie musste ganz am Anfang beginnen. Aber womit hatte diese schreckliche Geschichte denn wirklich angefangen?

»Man sollte meinen«, sagte Isabel, bevor Leo loslegen konnte, »wenn Mamá erfährt – besonders wenn es am gleichen Tag ist, an dem Marisol *meine* Klamotten aus *meinem* Schrank geklaut hat –, also man sollte meinen, wenn Mamá erfährt, dass aus der Bäckerei Sachen gestohlen wurden, dass sie dann versuchen würde, den Hauptverdächtigen in dieser Familie mal zu befragen.« Isabel starrte ihrer Schwester Löcher in den Rücken. »Aber nein. Bestimmt bin *ich* diejenige, die die Sachen geklaut hat, weil ich ja so viel Zeit in der Bäckerei verbringe und so gern dazulerne …« Isabel hielt inne, schielte zur Tür und fuhr leiser fort: »… weil ich so gern dazulerne in

Sachen Magie. Mit anderen Worten, weil ich verantwortungsbewusst handle.« Sie schnaubte und setzte dann ein schwaches Lächeln auf. »Tut mir leid, Leo. Auf dich bin ich nicht sauer.«

Jetzt wusste Leo erst recht nicht, wie sie anfangen sollte. Mit klopfendem Herzen schluckte sie ein paarmal trocken. »Was ist denn passiert? Was fehlt in der Bäckerei?«

»Ein paar besondere Zutaten. Krähenfedern, Spinnweben und so weiter. Marisol behauptet, sie war's nicht, aber ich kann mir nicht vorstellen, dass Alma und Belén so was machen würden, die haben schon genug Schwierigkeiten, mit ihren Geistern kontrolliert umzugehen. Aber wer sollte dann …?«

Leo hielt den Blick auf ihren Schoß geheftet. Isabel beugte sich vor, um ihr in die Augen zu sehen, aber Leo machte sie sofort zu.

»Leo …?«

Leo konnte nicht antworten, nicht wo Marisol so nah dabeisaß. Isabel um Hilfe zu bitten, war das eine – immerhin mochte Isabel das Zaubern sehr. Aber das Ganze auch Marisol mithören zu lassen, war etwas ganz anderes. Schließlich hatte Marisol damit gedroht, Leo an Mamá zu verpetzen, wenn sie sie noch einmal beim Zaubern erwischte.

»Leo, du hast doch nicht etwa …?«

Leo wusste nicht, was sie sagen sollte. Sie legte Patty vorsichtig aufs Bett und griff nach Isabels Hand. Langsam zog sie

Isabel Richtung Tür, auf den Flur hinaus und in ihr Zimmer hinüber.

»Ich brauche Hilfe«, flüsterte sie, kaum dass sie die Tür hinter sich geschlossen hatten.

»Leo. Was hast du getan?«

»Ich habe ein Problem, ein Magieproblem, und ich brauche deine Hilfe. Es ist sozusagen ein magischer Notfall.«

»Okay, dann wissen wir ja jetzt schon mal, wo die Sachen aus der Bäckerei hingekommen sind«, sagte Isabel. »Aber ich kann hier keinen Notfall sehen.«

»Brent? Kannst du bitte … rauskommen?« Echt nett von ihm, dass er sich versteckt hatte. Er hatte ja nicht wissen können, wer reinkam, und er hätte auch versuchen können, die Aufmerksamkeit von Mamá oder wem auch immer auf sich zu lenken, damit derjenige seine Mutter anrufen konnte. Aber er hatte sich versteckt, damit Leo keinen Ärger bekam. Das war wirklich nett von ihm, viel netter, als Leo es eigentlich verdient hatte. »Meine Schwester ist hier, und sie kann uns helfen.«

Isabel drehte den Kopf nach allen Seiten, schaute zum Schrank, unters Bett, selbst hinter den Nachttisch. Sie checkte alle Stellen ab, an denen sich ein normaler Sechstklässler hätte verstecken können. Doch das Rascheln im Puppenhaus schien sie zu überhören – bis Brents winziger Kopf am Fenster erschien und er mit seinem kurzen Ärmchen winkte, um ihren Blick auf sich zu lenken.

»Hi«, sagte er. »Ich hoffe, du kannst besser zaubern als Leo. Und … habt ihr vielleicht noch mehr Quesadillas im Haus?«

Leo konnte es Isabel wirklich nicht verdenken, dass sie wie am Spieß zu schreien anfing.

KAPITEL 24

Das Duell

Zum Glück erholte sich Isabel rasch von dem Schreck und reagierte prompt. Sie stampfte mit dem Fuß auf und rief: »Daddy, kannst du beim nächsten Einkauf bitte Insektenspray mitbringen? In Leos Zimmer war eine Kakerlake, die hat mich fast zu Tode erschreckt!«

»Danke«, sagte Brent.

Aber Isabel antwortete nicht, sondern starrte nur zwischen ihm, Leo und der Tür hin und her. Überlegte sie etwa, ob sie Mamá holen sollte? Hoffentlich nicht, dachte Leo.

Schließlich schlug Isabel sich beide Hände vors Gesicht. Leo zuckte zusammen. Würde ihre Schwester gleich wieder schreien? Oder weinte sie sogar?

»Ähm … Isabel?«

»Entschuldigung.« Isabels Stimme drang merkwürdig gedämpft hinter ihren Fingern hervor. »Tut mir leid, ich …«

Plötzlich klappte sie nach vorn über, und da wurde Leo klar, dass sie lachte.

»Isabel! Das ist nicht witzig!«

»Ich weiß, ich weiß. Ich …« Isabel holte tief Luft, musste dann aber wieder kichern. »Es ist nicht witzig, stimmt. Tut mir leid, Leo. Und du bist … Brent?«

»Brent Bayman. Schön, dich kennenzulernen.« Brent streckte seinen winzigen Arm zum Fenster heraus, aber das brachte Isabel nur noch mehr zum Lachen.

Etwas kratzte an der Tür, und Leo wirbelte herum. Marisol schob gerade die Tür auf und ließ Señor Gato ins Zimmer. Isabel, die immer noch Mühe hatte, ihr Lachen zu unterdrücken, verpasste die Gelegenheit, sich zwischen Marisol und den winzigen Brent zu schieben, der immer noch aus dem Puppenhausfenster hing.

»Ich wusste es.« Marisol hatte sich die Kopfhörer um den Hals gelegt und kniff die Augen unter ihrem verschmierten Eyeliner zusammen. Doch als sie den Zeigefinger ausstreckte, zielte sie damit nicht auf Leo, wie diese erwartet hatte, sondern auf Isabel. »War ja klar, dass das passieren würde, wenn du sie ständig ermutigst, weiterzumachen.« Marisol machte die Tür hinter sich zu, stapfte zum Puppenhaus und hob Brent mit beiden Händen hoch, um ihn zu untersuchen. Brent wollte protestieren, doch ein eisiger Blick aus Marisols Augen ließ ihn verstummen.

Isabel lachte nun nicht mehr. »Ich hab nichts damit zu tun«, keifte sie. »Aber ich werde es wieder in Ordnung bringen. Du kannst mir gern dabei helfen, außer du willst dich lieber vor der großen, bösen Magie verstecken.«

Leo hatte gerade keinen Nerv für das Gezanke ihrer Schwestern. »Du kannst es wieder in Ordnung bringen? Aber wie?«

Isabel und Marisol starrten einander so wütend an, dass keine von beiden antworten konnte. Schließlich gab Marisol sich einen Ruck, ging auf ihre ältere Schwester zu und ließ Brent auf deren Hand hinüberlaufen. Dann setzten sich beide Mädchen im Schneidersitz einander gegenüber auf Leos Bett. Isabel stellte Brent vorsichtig zwischen sich und Marisol auf die Decke.

Auch Señor Gato sprang aufs Bett und kauerte sich sprungbereit hin, ohne den winzigen Brent auch nur eine Sekunde aus den Augen zu lassen. Da Isabel und Marisol immer noch in ihren Anstarrwettbewerb vertieft waren, schubste Leo den Kater vom Bett und jagte ihn aus dem Zimmer.

»Was habt ihr vor?« Brent schaute nervös zwischen den beiden Schwestern hin und her. »Habt ihr eure komischen Methoden überhaupt schon mal erfolgreich getestet? Ich habe keine Lust, als missglücktes Experiment zu enden.«

»Halt den Mund, du Winzling. Alles wird gut.« Marisol verdrehte die Augen.

»Komm her, Leo.« Isabel rückte beiseite, damit Leo auch mit aufs Bett passte.

So, wie sie jetzt mit Isabel und Marisol im Dreieck saß, kam

Leo sich plötzlich wieder ganz klein vor, wie damals, als sie und ihre Schwestern noch mit Puppen gespielt und mit ihnen Teepartys veranstaltet hatten.

»Ein Grund, warum du nicht zaubern solltest, bevor du es nicht richtig gelernt hast, ist folgender: …« Isabel zog die Augenbrauen hoch, sodass Leo sich furchtbar schuldig fühlte. »… Du hast keine Ahnung, wie du deine Fehler wieder ausbügeln kannst.«

»Ich habe Umkehrzauber gesucht, aber in dem Rezeptbuch waren keine. Und ich hab ihn ja auch gar nicht mit Absicht geschrumpft«, erklärte Leo.

»Was hattest du denn dann vorgehabt?«, fragte Isabel, doch zu Leos Erleichterung ging Marisol dazwischen.

»Ist doch egal, was sie vorhatte. Leo, wir bringen das wieder in Ordnung, aber nur wenn du versprichst, dass du keine magischen Experimente mehr machst.«

»Ich …« Leo schaute hilfesuchend zu Isabel rüber, aber die nickte. Auch jetzt, trotz aller Missgeschicke, war Leo immer noch nicht bereit, die nächsten drei Jahre auf Magie zu verzichten. Sie wollte wissen, warum ihre Zauber schiefgelaufen waren, und lernen, wie sie es beim nächsten Mal richtig machen konnte. Sie wollte, dass es ein nächstes Mal *gab*, und zwar möglichst bald.

Aber sie war schuld, dass Brent jetzt in der Klemme saß, und sie musste ihn da wieder rauskriegen. Und dafür brauchte sie die Hilfe ihrer Schwestern. Sie seufzte. »Versprochen.«

»Irgendwie glaub ich dir das nicht«, sagte Marisol und zerstörte Leos Moment der Selsbtaufopferung mit einem Schulterzucken. »Du hast mir schon mal versprochen, dich von alldem fernzuhalten, und jetzt sieht man ja, was daraus geworden ist …«

»Ähm, Entschuldigung Miss …?« Brent starrte Isabel an, die Hand wie in der Schule erhoben. »Das … das ist doch keine richtige Magie, oder? Ich meine, es gibt doch gar keine Magie und Hexen und so was …«

Isabel und Marisol schauten ihn an, schauten Leo an, schauten einander an.

»Wie auch immer«, sagte Marisol. »Wenn wir dem Ganzen ein Ende machen wollen, müssen wir Mamá alles erzählen.«

»Marisol! Das kannst du doch nicht machen!« Leo klammerte sich an Isabels Arm. »Isabel, ich schwöre, ich stecke meine Nase nie wieder in magische Sachen. Aber sag nur Mamá nichts davon!«

»Cucaracha, dein Recht auf den Welpen-Blick hast du verloren, als du deinen Freund hier geschrumpft hast.«

»Leo, jetzt hör bitte auf, an mir herumzuzerren. Marisol, und du ärger sie nicht noch mehr!«

»Ich will doch nur verhindern, dass ihr was passiert«, sagte Marisol. »Du bist diejenige, die ihr magische Flausen in den Kopf gesetzt hat, für die sie noch lange nicht reif genug ist. Du bist diejenige, die das alles hier losgetreten hat. Ich versuche es nur zu beenden.«

Isabel holte tief Luft und schloss die Augen. »Nun beruhigt euch doch alle mal«, sagte sie sanft. Leo spürte, wie sie ohne ihr Zutun nickte, wie ihre Panik verflog, ihre Schultern sich entspannten. Das Summen in ihrem Kopf und die Art, wie das Zimmer sich neigte, nahm sie nur noch wie durch weichen Nebel wahr. »Niemand möchte, dass Leo etwas passiert … Au!«

Isabel klatschte sich eine Hand an die Wange und duckte sich weg, um dem zweiten Zahnstocher auszuweichen, mit dem Marisol sie beworfen hatte. Leo schüttelte den Kopf, um das Brummeln darin und die magische Ruhe loszuwerden, die Isabel ihr eingepflanzt hatte. Wieder tauchte ein Zahnstocher wie aus dem Nichts auf Marisols Handfläche auf – und flog schon in der nächsten Sekunde in Richtung von Isabels Pferdeschwanz.

»Marisol!«, stieß Isabel hervor. »Hör jetzt auf damit!«

»Wieso? Du darfst Magie einsetzen, aber ich darf mich nicht mal dagegen wehren?«

»Ich hab dich doch nicht angegriffen. Ich wollte nur … Au! Du bist echt so unreif! Du nimmst Magie doch überhaupt nicht ernst, wieso tust du dann jetzt so, als würde es dich interessieren?«

Brent schaute zwischen den beiden Schwestern hin und her, als würde er sich ein Tischtennisspiel ansehen. Leo wäre am liebsten im Erdboden versunken.

»Ach ja? Dann sollte ich deiner Meinung nach lieber ständig mit Magie herumexperimentieren und zaubern lernen und auf Freunde verzichten? Die Magie ist doch nicht dazu da, um sich vor dem echten Leben zu verstecken.«

»Aber auch nicht dafür, Entschuldigungsschreiben zu fälschen, kostenlos an Schminke zu kommen und jeder Verantwortung aus dem Weg zu gehen.« Isabel schloss wieder die Augen, und Leo schrie auf, als eine Welle der Angst sie traf, zusammen mit einem so starken Gefühl der Benommenheit, dass sie beinahe vom Bett gefegt wurde.

»Hör auf damit«, zischte Marisol zwischen zusammengebissenen Zähnen. »Sonst bewerfe ich dich mit Spinnen. Schluss jetzt, Isabel!«

Die beiden starrten einander an. Marisol reckte Isabel ihre Handfläche wie eine Waffe entgegen.

»A-Aufhören!«, stammelte Leo, und beide Schwestern wandten sich ihr zu. »Hört bitte beide auf! Ihr seid nicht … Ihr macht alles nur noch schlimmer.« Sie schlug sich die Hände vors Gesicht und erwartete beinahe, dass ihr gleich eine Ladung Spinnen entgegenfliegen würde.

»Entschuldige, Leo. Tut mir leid. Du hast recht«, sagte Isabel seufzend. »Keine von uns beiden gibt gerade ein gutes Vorbild ab, was es bedeutet, eine Bruja zu sein.«

»Du hast angefangen«, murmelte Marisol, hielt dann aber abwehrend die Hände hoch, als Isabel sie missbilligend ansah.

»Magische Kräfte zu haben … bedeutet nicht, dass man Macht über andere gewinnt. Magie ist eine Art, seine Liebe zu zeigen. Eine Art, füreinander zu sorgen.«

»Was aber nicht heißt, dass man die Fehler der anderen immer vertuschen sollte«, fügte Marisol finster hinzu. »Nicht, wenn derjenige dabei mit dem Feuer spielt.« Sie schloss die Faust, und als sie sie wieder aufmachte, lag ein lilafarbenes Feuerzeug darin, genau so eins, wie sie es auch für Almas und Beléns Einweihungszeremonie herbeigezaubert hatte. Sie ließ es ein paarmal aufschnappen und die Flamme hochschießen. »Cucaracha, ich will doch auch nicht, dass du Ärger kriegst, auch wenn du ihn durchaus verdient hättest.« Sie wandte sich Isabel zu. »Also, letzte Chance. Wenn du sicher bist, dass du das auch ohne Mamás Hilfe in Ordnung bringen kannst, dann … dann halte ich auch den Mund.«

Isabel nickte und lächelte ihrer Schwester schmallippig zu. Marisol verzichtete dafür auf ihr übliches Augenverdrehen.

Isabel klatschte einmal in die Hände. »Also gut. Dann wollen wir den Jungen endlich wieder normal groß machen, damit er nach Hause gehen kann.«

»Ja, bitte«, sagte Brent.

»Pass auf, Leo«, fuhr Isabel fort. »Du hast deswegen keinen Umkehrzauber finden können, weil es keinen Umkehrzauber gibt, der jeden anderen Zauber rückgängig machen könnte. Jeder Zauber muss auf seine ganz besondere Weise wieder rückgängig gemacht werden, meistens, indem man sich eine Art Gegenteil dazu ausdenkt. Wenn du also Feuer eingesetzt hast, um etwas zu schrumpfen, dann kann man für den Umkehrzauber etwas mit Eis versuchen. Eventuell.«

»Aber das ist doch total unlogisch.« Brent wedelte mit den Armen durch die Luft, um Isabels Aufmerksamkeit auf sich zu ziehen. »Manche Reaktionen sind nicht umkehrbar, das weiß doch jeder. Man kann Toast nicht unverbrannt machen, indem man ihn in die Tiefkühltruhe steckt.«

»Entschuldige mal, kleiner Mann, wer auch immer du sein magst.« Marisol beugte sich zu ihm hinunter, sodass er ihr in die Augen sehen musste. »Bist du vielleicht eine Bruja? Eine Hexe?«

»Nein, aber …«

»Bist du Experte in Sachen Magie?«

»Es gibt keine …«

»Dann ist es mir vollkommen egal, wie viele Kinderbücher über Naturwissenschaften du gelesen hast, du Zwerg. Halt den Mund und lerne.«

»Sei nett zu ihm, Marisol«, schimpfte Isabel. »Brent, Magie beruht auch auf gewissen Gesetzmäßigkeiten, genau wie alles andere. Diese Gesetzmäßigkeiten sind nur etwas anders als die der Physik. Wissenschaftler beschäftigen sich mit Naturgesetzen, Brujas hingegen mit der Welt der Magie, und da wir nun schon einige Jahre zaubern, haben wir auch schon einige dieser Magie-Gesetze herausgefunden. Wir wissen also, wovon wir reden.«

Brent zuckte mit den Schultern. Marisol pikste ihn mit einem ihrer roten Fingernägel. »Au! Okay, tut mir leid.«

»Fein. Also, das Gute an den Fehlern eines Anfängers ist,

dass erfahrenere Zauberer sie relativ einfach wieder rückgängig machen können. Du brauchst dir also nicht für jeden winzigen Fehler mühsam einen Umkehrzauber auszudenken. Ich zeig's dir. Hast du vielleicht ein Stück Band? Oder Schnur, das geht auch«, sagte Isabel.

Leo sah sich in ihrem Zimmer um. Bestimmt würde sich irgendwo etwas finden lassen, das Isabel benutzen konnte. Vielleicht ganz hinten in der Sockenschublade oder in der Truhe mit Kostümen und Brettspielen, die am Fußende ihres Bettes stand.

»Hier, bitte.« Auf Marisols Handfläche, die eben noch leer gewesen war, lag ein Stück rotes Seidenband, das ungefähr so lang war wie der Mini-Brent von Kopf bis Fuß.

»Danke.« Isabel nahm das Band und knüpfte sorgfältig einen Knoten nach dem anderen hinein. Am Ende reichte sie das komplett verknotete Band an Leo weiter. »Jetzt erzähl uns genau, wie alles passiert ist, und lass nichts aus. Das ist wichtig für diesen Zauber.«

Also erzählte Leo ihnen die ganze Geschichte. Sie gab sich Mühe, sich zu konzentrieren und genau an alles zu erinnern – sodass ihre Worte sich in magische Fäden verwandeln konnten, die sich mit dem verknoteten Band verflochten.

»... und dann hab ich ihn mit nach Hause genommen und in mein Puppenhaus gesteckt und ihm eine Quesadilla zu essen gegeben. Und jetzt muss ich ihn unbedingt wieder nach Hause schaffen, bevor die Polizei uns auf die Schliche kommt!«

»Und bevor meine Mutter die ganze Stadt in Schutt und

Asche legt, auf der Suche nach mir«, fügte Brent hinzu. Marisol brachte ihn mit einem sanften Fingerstupser an den Kopf zum Schweigen.

»Danke, Leo.« Isabel nahm das Band wieder an sich und zog erstaunt die Augenbrauen hoch. »Du hast geübt, oder? Ich kann es in deiner Magie spüren. Okay, jetzt geht mal alle aus dem Weg und macht Platz für Brent.« Marisol und Leo rückten bis an die Bettkante zurück, sodass der winzige Brent ganz allein in der Mitte sitzen blieb. Isabel hielt Marisol die Hand hin, die diese mit einem kaum wahrnehmbaren Augenrollen ergriff. Dann schloss Isabel die Augen, und die Knoten schmolzen im Nu weg, bis nur noch ein glattes rotes Band auf ihrer Hand übrig blieb.

»Bitte schön, Leo«, sagte Isabel lächelnd und öffnete die Augen. »Jetzt kann dein Freund wieder …« Doch dann brach sie ab.

»Es hat nicht geklappt«, sagte Brent, der immer noch winzig war und dieselbe leise Quiekstimme hatte. »Warum hat's nicht geklappt?«

»Ich … ähm …« Isabel nestelte an dem Band herum, als wolle sie sichergehen, dass sich darin keine Knoten mehr versteckt hatten. Leo konnte sich nicht erinnern, ihre große Schwester jemals so verwirrt gesehen zu haben.

»Hast du den Zauber vergeigt?«, fragte Marisol. »Aber dann hätte er jetzt doch zumindest irgendeine komische Farbe oder sonst was. Wieso ist denn überhaupt nichts passiert?«

»Ich … ich weiß es nicht«, gestand Isabel.

Leo hatte nun schon so viele angsterfüllte Tage hinter sich, dass sie zunächst weder ihr wild pochendes Herz noch ihre Bauchschmerzen noch die wie zugeschnürte Kehle bemerkte. Aber auf Dauer war die Panik, die ihr nun in alle Knochen und bis ins Gehirn zu kriechen schien, doch schwer zu ignorieren. Hatte Brent vielleicht recht? Was, wenn manche Zauber, genau wie manche chemischen Reaktionen, nicht rückgängig zu machen waren? Leo war so erleichtert gewesen, dass sie die Verantwortung an Isabel übergeben konnte, damit die alles wieder in Ordnung brachte, dass ihr überhaupt nie in den Sinn gekommen wäre, dass es vielleicht gar nicht möglich sein könnte.

Ratlos starrten die drei Schwestern einander an, und wer weiß, wie lange sie noch so weitergemacht hätten – wenn nicht in diesem Moment die Tür gequietscht hätte und drei Augenpaare im Türspalt erschienen wären.

KAPITEL 25

Geistersprechstunde

Hey, hier ist ja Party«, sagte Alma.

»Und uns hat keiner eingeladen«, beschwerte sich Belén.

»Miau«, machte Señor Gato, hüpfte mit einem Satz zurück aufs Bett und rollte sich auf Leos Schoß zusammen. Demonstrativ ignorierte er Brent und leckte sich die Vorderpfoten, als hätte er noch nie das geringste Interesse daran gehabt, den winzigen Menschen anzuspringen.

»Macht mal die Tür zu«, sagte Isabel zu den Zwillingen. »Wir haben hier eine … verzwickte Situation.«

»Oh, hallo.« Belén näherte sich dem Bett und hielte Brent einen Finger zum Schütteln hin. Dann wandte sie sich Leo zu. »Hattest du noch vor, uns vor den Nebenwirkungen dieser Kekse zu warnen?«

»Das waren nicht die Kekse.« Leo senkte den Kopf. »Über die Kekse wollte ich eigentlich noch mit euch reden … also euch um Rat fragen … aber … ich wurde abgelenkt …« Sie bückte sich und holte den Plastikbeutel mit den Liebesbisschen unter ihrem Bett hervor. »Kann man die essen, ohne dass was passiert? Die haben Brent nicht geschrumpft, aber gemacht, dass er sich in alle verliebt hat.«

»Sind das Liebesbisschen?«, fragte Isabel. »Wenn man das Rezept nur auf eine ganz bestimmte Person ausrichtet, dann kann jeder andere ohne Nebenwirkungen davon essen.« Isabels Stimme wurde kräftiger, als sie wieder in die bewährte Besserwisser-Rolle schlüpfte. »Und ich für meinen Teil kann im Moment so ziemlich jedes Gramm Zucker gebrauchen, das ich nur kriegen kann.« Sie nahm sich einen Keks, biss davon ab und kaute mit genüsslich geschlossenen Augen. »Der Umkehrzauber hat nicht funktioniert«, erklärte sie den Zwillingen. »Keine Ahnung, wie das kommt. Ich fürchte, wir werden Mamá um Hilfe bitten müssen, also wenn ihr keinen Ärger abkriegen wollt, verschwindet jetzt lieber.«

»Ach, schon gut.« Alma zuckte mit den Schultern. »Wir wussten, dass Leo einen Liebeszauber gewirkt hat, also sind wir sowieso schon Mitwisser. Außerdem können wir ja vielleicht helfen.« Sie und Belén quetschten sich mit untergeschlagenen Beinen auf das ohnehin schon überladene Bett. »Schließlich können wir sogar ältere Kräfte als die von Mamá anzapfen.«

»Meint ihr, das geht?« Isabels Stimme klang nun wieder quietschiger, und in ihren Augen lag ein flehentlicher Blick. »Ist Abuela hier? Ich würde so gern mit ihr sprechen.«

»Normalerweise hängt sie immer irgendwo in der Nähe herum«, sagte Belén. »Aber heute hab ich sie noch nicht im Haus gesehen.«

»Könnt ihr sie vielleicht rufen?«

»Wir könnten versuchen, sie heraufzubeschwören. Dafür brauchen wir erst mal eine Kerze ...« Marisol zauberte ein kleines weißes Teelicht hervor. »Und Streichhölzer ...« Marisol reichte ihr stattdessen ein lilafarbenes Feuerzeug. »Danke. Brent, könntest du bitte die Mitte des Kreises freimachen? Da sitzt normalerweise der Geist.«

Brents aufgerissene Augen passten perfekt zu Leos eigener Verwirrung. Er krabbelte über die Tagesdecke und versteckte sich hinter Leo, die ihn hochhob und sich dabei alle Mühe gab, ihre Überraschung zu verbergen. Sie hatte keine Ahnung gehabt, dass Alma und Belén Geister heraufbeschwören konnten, wie in den Horrorfilmen, die Leo nicht gucken durfte. Der Gedanke, sich bei Abuela Hilfe zu holen, gefiel ihr zwar, aber eine Geisterbeschwörung ... Sie erschauerte. »Soll ich dich wieder ins Puppenhaus stellen?«, fragte sie Brent.

»Es ... es gibt keine ... Geister ...«, murmelte Brent, aber ganz überzeugt klang er dabei nicht.

Während die Zwillinge die Kerze mitten aufs Bett stellten und miteinander flüsterten, hob Leo Brent in die dritte Etage des Puppenhauses. Einerseits hätte sie sich am liebsten mit ihm versteckt, andererseits brannte sie darauf, die Fähigkeiten ihrer Schwestern hautnah mitzuerleben.

Als Leo wieder auf ihrem Platz saß, schob Alma die Kerze ein klitzekleines Stück weiter nach rechts. Belén schnaubte, verrückte die Kerze wieder nach links und zündete sie an. Dass das Deckenlicht wie von Geisterhand ausging, daran war Leo inzwischen ja schon gewöhnt. Alma und Belén, die an Kopf- und Fußende des Bettes einander gegenübersaßen, reichten sich über der Flamme die Hände. Die kleine Kerze flackerte und Leo hoffte, sie würde ihr Bett nicht in Brand setzen. Für alle Fälle überlegte sie schon mal, wie sie dann möglichst schnell Brent und Señor Gato schnappen und aus dem Zimmer fliehen konnte.

»Leonora Elena, träumst du schon wieder? Willst du mich denn gar nicht begrüßen?«

Leo zuckte zusammen. Mitten auf dem Bett saß, nein *stand* ihre Abuela! Ihr Oberkörper war aufgerichtet, ihre untere Körperhälfte verschwand in der Matratze. Sie war klein, faltig und vornübergebeugt und trug ein lilafarbenes Kleid sowie eine weiße Strickjacke und eine dünne goldene Halskette, als hätte sie sich für die Kirche zurechtgemacht. Das weiße Haar hatte sie zu einem Dutt hochgeknotet, und sie wäre der Inbegriff einer zuckersüßen alten Omi gewesen, hätten ihre Augen, die im Moment missbilligend auf Leo gerichtet waren, nicht wie schwarzes Feuer gebrannt.

»Tut mir leid, Abuela!«, rief Leo. »Ich freue mich, dich zu sehen.« Und sie freute sich wirklich. Leo war noch klein gewesen, als Abuela gestorben war, aber sie jetzt zu sehen, fühlte sich warm und vertraut an, ganz und gar nicht wie in einem Horrorfilm. Es war genauso, wie wenn Leos Großmutter Logrono über Skype aus Florida anrief. Auch wenn sie so weit auseinander lebten, tat es doch immer wieder gut zu hören, dass ihre Oma sie liebte, und sie sagte ihr gern, dass sie sie auch lieb hatte. Außerdem lachte sie genau wie Daddy, wenn Leo Witze erzählte.

Alma und Belén hatten die Hände inzwischen sinken lassen. Beléns Augen schimmerten wie weiße Murmeln.

»Ihr seid alle so groß geworden.« Abuelas Augen wurden ganz weich, als sie in die Runde schaute, und Leo entspannte sich. »Ich schaue zwar immer mal wieder vorbei, aber ihr verändert euch so schnell. Ach ja, aber ihr habt mich bestimmt nicht gerufen, damit ich von eurer Entwicklung schwärme, oder? Also, was gibt es denn, hijas?«

Erst beim letzten Wort wurde Leo klar, was das Allerseltsamste an dieser Begegnung war: Sie konnte ihre Abuela verstehen!

»Abuela!«, rief sie, bevor ihre Schwestern die Frage beantworten konnten. »Du sprichst ja gar nicht Spanisch!«

Abuela sah sie streng an. »Leonora Elena, das war ausgesprochen unhöflich. Seit du mich zuletzt gesehen hast, hatte ich viel Zeit, Neues zu lernen. Unter anderem auch andere Sprachen.«

»Entschuldigung.« Leo senkte den Blick.

»Leo, du Arme«, sagte Marisol lachend. »Abuela, sie hat doch nie gelernt, wie sie mit dir umgehen muss. Also, Leo, hier ein kleiner Tipp von mir: Wenn sie dir eine Standpauke hält, halt dir einfach die Ohren zu und streck die Zunge raus. Bei mir hat das immer funktioniert.«

Als Abuela lachte, klang es wie ein Erdbeben, das ihren ganzen Körper erzittern ließ. Das Geräusch kribbelte wie die ersten Töne eines vertrauten Liedes in Leos Kopf. »Du warst schon als kleines Kind eine Nervensäge, Marisol, mi sinvergüenza, mein Frechdachs, und ich wette, jetzt bist du auch nicht besser. Hör nicht auf sie, Leonora.«

»Abuela!« Alma wippte auf dem Bett auf und ab, als sei sie wieder die überdrehte Siebenjährige, die Abuela zu ihren Lebzeiten gekannt hatte. »Willst du gar nicht sehen, was Leo angerichtet hat?« Sie zeigte in Richtung Puppenhaus.

Leo zuckte zusammen.

Ohne dass eine Bewegung sichtbar geworden wäre, stand Abuela plötzlich vor dem Puppenhaus und spähte durch die Fenster ins dritte Stockwerk hinein. Leo hörte einen gedämpften Schrei. Der arme Brent – noch vor wenigen Minuten hatte er nicht im Geringsten an Geister geglaubt.

»Und wer genau bist du?« Abuela stemmte die Hände in die Hüften, und Leo ging davon aus, dass sie Brent finster anfunkelte.

»Ich … ich … ähm … ich bin Brent.«

»Hmpf.« Abuela beugte sich näher ans Puppenhaus heran. Dann drehte sie sich um und starrte Leo an. »Nun, Leonora, das sieht gar nicht gut aus.«

KAPITEL 26

Abuela

Leo lieferte Abuela so knapp wie möglich eine Zusammenfassung der Geschichte, wie sie Brent in eine puppengroße Version seiner selbst verwandelt hatte. Einerseits war es ihr nur recht, ihre Fehler nicht zu genau auszuführen, andererseits versuchte sie das Ganze zugunsten ihrer Zwillingsschwestern kurz zu halten. Den beiden sah man die Anstrengung inzwischen schon deutlich an. Alma wippte unruhig vor und zurück, zappelte und wackelte und brachte die Kerzenflamme gefährlich ins Flackern, während Beléns Gesicht schweißnass war, und um ihre Augen herum war ihre Haut so dunkel, als hätte sie seit Wochen nicht mehr geschlafen. Leo hatte keine Ahnung, wie lange die beiden Abuela hier sichtbar halten konnten, aber es schien sie auf jeden Fall sehr viel Kraft zu kosten. Kein Wunder, dass sie das auf dem Día de los Muertos Fest nicht für alle Kunden machen konnten – rein mündliche

Botschaften zu übermitteln war bestimmt schon erschöpfend genug.

»Ich dachte erst, das lässt sich ganz leicht wieder in Ordnung bringen«, übernahm Isabel das Erzählen und klang ein kleines bisschen beleidigt, nachdem Leo von ihrem Fehlversuch berichtet hatte. »Aber der Umkehrzauber hat nicht funktioniert. Und ich weiß nicht, was ich sonst tun kann, weil … Na ja, wie man individuelle Umkehrzauber wirkt, hat Mamá mir noch nicht beigebracht.«

Marisol schnaubte, woraufhin Isabel ihr ihren finstersten Blick zuwarf, der eine nur leicht abgeschwächte Version von Abuelas bösem Blick war.

»Mamá hat dir aber sehr wohl beigebracht«, sagte Marisol mit einem triumphierenden Lächeln, »dass man keine komplizierten Zauber ausprobieren darf, für die man noch nicht bereit ist.«

»Das reicht jetzt, Mädchen«, ging Abuela dazwischen, als Isabel den Mund aufmachte, um sich zu verteidigen. »Leonora, ich frage dich jetzt mal was. Weißt du eigentlich, warum ihr bis zu eurem fünfzehnten Geburtstag warten müsst, bevor ihr in der Kunst der Magie unterrichtet werdet?«

Schulterzuckend starrte Leo auf ihre Decke hinab. »Alma und Belén sind doch auch noch nicht fünfzehn.«

»Ja, es sind noch ein paar Monate bis zu ihrem Geburtstag, da hast du recht. Aber sie hatten sowohl die Erlaubnis als auch die Unterstützung ihrer Mutter, und sie haben sich der Einweihungszeremonie unterzogen, so wie jedes Mädchen es tun muss, bevor es mit dem Zaubern beginnen darf.«

Leo zuckte wieder mit den Achseln.

»Viele Menschen auf der Welt verfügen über magische Kräfte«, fuhr Abuela fort. »Aber sie können sie auf hundert verschiedene Arten einsetzen. Manche werden *curanderas*, Heilzauberer, und benutzen ihre Gabe, um Kranken zu helfen. Andere werden zu Alchimisten oder großen Hexenmeistern und halten die Fäden des Universums in der Hand. Wiederum andere tragen eine subtilere Magie in sich und erfahren niemals, welche Macht ihnen dazu verhilft, zu anmutigen Balletttänzern oder genialen Architekten von beeindruckenden Wolkenkratzern zu werden. Auch in der Familie deines Vaters schlummert Magie, und er selbst beherbergt einiges davon, auch wenn er sich dessen nicht bewusst ist. Die Magie deines Vaters versteckt sich nämlich nur allzu gern.«

Leo sah ihre Schwestern an. Bis auf Belén, die immer noch ins Leere starrte, wirkten sie auch alle überrascht, anscheinend war Leo also nicht die Einzige, die nichts von Daddys magischen Kräften gewusst hatte.

»Viele Leute wissen, wie sie ihre Magie mit der Welt verbinden können, indem sie Kerzen und Kräuter und Glauben und Traditionen benutzen. Aber eure Familie mütterlicherseits – genauer gesagt eure Ur-Ur-Ur-Ur-Ur-Urgoßmutter – hat einen Weg gefunden, ihre spezielle Magie zu begreifen, sie wachsen zu lassen und an ihre Töchter weiterzuvererben. Das hat die

Magie stärker gemacht, und macht nun auch jede Einzelne von euch stärker.«

»Aber wie hat sie das geschafft?«, fragte Leo.

»Indem sie zu einer *bruja cocinera* wurde.« Abuela zwinkerte ihr zu. »Und sie hat ihre Magie dazu eingesetzt, ihre Familie zu vereinen.«

»Eine Küchenhexe«, raunte Isabel.

»Seit Jahrhunderten wird unsere Zauberkraft von einer Generation zur anderen weitergereicht«, fuhr Abuela fort. »Jede Mutter weiht ihre Tochter ein, sobald diese fünfzehn wird. Du allerdings, Leonora Elena, hast schon viel früher mit der Tradition gebrochen, indem du als fünfte Tochter zur Welt gekommen bist.«

Leo wollte schon nachhaken, um nach ihrer besonderen Geburtsgabe zu fragen, aber Abuela schüttelte den Kopf und wedelte mit dem Zeigefinger vor ihrem Gesicht.

»Die Einweihungszeremonie spielt für jede Bruja eine große Rolle. Während der Zeremonie vereint sich die Magie der Novizin mit der Magie ihrer Familie, ihrer Schwestern, ihrer Urmütter, ihrer Ahninnen.« Abuela hielt inne. Leo hob den Blick und sah ihrer Großmutter schuldbewusst in die Augen. »Die Zeremonie macht es möglich, dass die Magie der anderen Familienmitglieder sich mit der Magie der neuen Bruja verwebt, sodass sie gemeinsam Zauber wirken können, sich gegenseitig Kraft geben und sogar Zauber rückgängig machen können, die jemand anders aus der Familie gewirkt hat. Ohne diese Verbindung steht die Kraft der neuen Bruja für sich allein, und nur sie selbst kann sie einsetzen oder rückgängig machen.«

»Das heißt, wir können ihr nicht helfen. Leo muss den Zauber allein wieder in Ordnung bringen.« Isabel schlug sich erschrocken eine Hand vor den Mund.

Abuela nickte. Leo klopfte das Herz bis zum Hals. Isabel und Marisol starrten einander wortlos an, Alma und Belén zuckten unruhig.

Ein schriller Schrei aus dem Puppenhaus durchbrach die Stille.

»Ich bin verloren!«, stöhnte Brent.

KAPITEL 27

Der Plan

Leo legte Alma, die inzwischen unkontrolliert zitterte, eine Hand auf den Arm. Sich um ihre Schwester zu kümmern war einfacher, als sich der Panik zu stellen, die sich wie ein Wirbelsturm in ihrem Bauch ausgebreitet hatte. *Nur sie allein …* Aber dieses ganze Durcheinander war doch nur deswegen passiert, weil sie allein gezaubert hatte. Und jetzt sollte sie wieder allein arbeiten, um alles in Ordnung zu bringen?

Das Schlimmste war, dass Leo insgeheim genau das gewollt hatte. Sie hatte im Mittelpunkt der Aufmerksamkeit stehen wollen, hatte sich gewünscht, dass ihre Schwestern aufhörten, sie immer links liegen zu lassen und über ihren Kopf hinweg zu entscheiden. Sie wollte ihre eigene Magie einsetzen, damit sie etwas Besonderes wurde, jemand Bedeutendes.

Kein Wunder, dass all ihre Zauber so furchtbar schiefgegangen waren.

»Alles klar?«, fragte Leo ihre Schwester Belén, deren Haut ganz klamm war. »Soll ich dir etwas Wasser holen?« Belén schüttelte den Kopf, brachte aber kein Wort heraus.

»Mädchen.« Abuela streckte eine Hand aus, und Leo zögerte kurz, bevor sie danach griff. Der Körper des Geistes fühlte sich genauso fest an, wie er aussah, wenngleich irgendwie seltsam leicht, als würde der Arm losgelöst vom restlichen Körper schweben. »Ich sollte besser gehen, bevor eure Schwestern völlig entkräftet sind. Aber es war schön, euch alle zu sehen. Leonora Elena, wenn du einen Rat von mir willst – sprich mit deiner Mutter. Sie kann dir helfen. Und viel Glück! Du schaffst das. Hör nicht auf diesen schmutzigen alter Kater.«

Señor Gato, der mit erhobenem Schwanz Richtung Puppenhaus geschlichen war, drehte sich um und miaute leise.

Abuela drückte jedem Mädchen einen Kuss auf die Wange und tätschelte den Zwillingen den Kopf. »Que bueno trabajo, hijas. Gut gemacht! Gracias. Gott segne euch!« Und dann war sie verschwunden. Die Kerzenflamme flackerte und erlosch, und Leo blinzelte gegen das Licht der wieder aufgeflammten Deckenlampe an.

»Mädchen?«, drang Mamás Stimme aus dem Wohnzimmer herüber. »Wo seid ihr denn alle? In der Spüle liegt noch das ganze schmutzige Geschirr.«

Leo erstarrte. Trotz Abuelas Ratschlag konnte sie sich immer noch nichts Schlimmeres vorstellen als Mamás Standpauke und Enttäuschung, wenn sie von ihrem Zauberdesaster erfuhr.

»Du hast nicht vor, es ihr zu sagen, oder?«, flüsterte Marisol.

Leo schüttelte den Kopf, die Augen auf das Teelicht gerichtet, das jetzt kaum mehr war als eine Wachspfütze in ihrem kleinen Blechgefäß. Mamá würde bestimmt den Kerzenrauch riechen, oder auch die Magie, und dann würde sie ins Zimmer gestürmt kommen und alles durchschauen. Sie würde Leo nie beibringen, wie man zauberte, und Leo würde nie in der Bäckerei arbeiten dürfen, sondern sich irgendeinen anderen todlangweiligen Job suchen müssen – als Steuerberaterin oder Beschrifterin von Suppendosenetiketten oder so.

Leo hatte keine Lust, für den Rest ihres Lebens Suppendosenetiketten zu beschriften!

»Also gut.« Marisol stand auf. »Mit dem Zauberzeug kann ich euch nicht helfen, aber ich werde Mamá und Daddy ablenken, während ihr daran arbeitet. Viel Glück, Cucaracha. Wenn du ein neues Zuhause für deinen kleinen Freund brauchst – in meinem Zimmer ist noch ein alter Hamsterkäfig, den kannst du haben.« Sie verließ das Zimmer, bevor Brent etwas anderes herausbringen konnte als einen empörten Aufschrei.

Leo hörte, wie Mamá sich über den Flur näherte und stehen blieb, um Marisol zu fragen, was da in Leos Zimmer los sei.

»Isabel ist eine fürchterliche Zicke und ich hasse sie!«, kreischte Marisol statt einer Antwort. »Keine Ahnung, warum ich immer noch in diesem Haus wohne, obwohl doch alle so froh wären, mich endlich loszuwerden! Vielleicht lasse ich die Schule sausen, haue nach New York ab und schlage mich dort als Straßenzauberin durch!«

Damit stapfte sie über den Flur davon, dicht gefolgt von Mamá, die ihre Tochter leise zu besänftigen versuchte, was ihr angesichts von Marisols Gezeter kaum gelang. Doch all das war perfekt, um Mamás Aufmerksamkeit von Leos Zimmer wegzulenken. Hätte sie nicht gewusst, dass das alles kaputt machen würde, wäre Leo am liebsten hinausgerannt, um ihre Schwester dankbar zu umarmen.

Als Belén aufzustehen versuchte, schwankte sie leicht und musste sich mit einer Hand am Bett abstützen. Alma, die immer noch zitterte, aber stabiler schien, reichte ihrer Zwillingsschwester einen Arm. »Wir holen uns mal ein Eis«, sagte sie lächelnd und biss sich auf die Unterlippe. »Und vielleicht noch ein paar Quesadillas. Oder einen Keks. Oder viele Kekse, das wäre bestimmt gut. Haben wir eigentlich noch Zitronenschnitten?« Bei der Erwähnung von Essen hob Belén den Kopf und ließ sich von Alma Richtung Tür bugsieren. »Tut mir leid, dass wir nicht mehr tun konnten, aber …«

Isabel schüttelte den Kopf. »Ihr habt schon sehr viel geholfen, und jetzt seid ihr erschöpft. Außerdem – ihr habt doch gehört, was Abuela gesagt hat. Leo muss es aus eigener Kraft schaffen.«

»Ja …« Alma strich sich die ohnehin schon glatten rosafarbenen Strähnchen glatt. »Leo, du hast jetzt schon mehr komplizierte Zauber gewirkt als Belén und ich zusammen. Keine

Sorge, du schaffst das schon.« Ihr Zittern minderte ihre Glaubwürdigkeit etwas, aber Leo war dennoch dankbar für ihre ermutigenden Worte.

»Okay, kleine Leo«, sagte Isabel, als alle anderen das Zimmer verlassen hatten. »Da wären wir wieder.«

Leo erinnerte sich, wie sie in der Bäckerei gesessen und zu Isabel hochgeschaut hatte, als die ihr zum ersten Mal etwas über Magie und Süße und Brujas erzählt hatte. Sie dachte an den schönen Schneesturm, den Isabel herbeigezaubert hatte. Ob Isabel es nun bereute, ihr je etwas verraten zu haben?

Auch wenn alles so schiefgelaufen war – Leo bereute es nicht, von der Magie erfahren zu haben. Sie fand es nur schade, dass sie nicht noch mehr darüber wusste, aber das würde sie jetzt hoffentlich ändern. Leo holte tief Luft und hielt den Atem an, bis der Wirbelsturm in ihrem Bauch sich halbwegs gelegt hatte.

»Ich muss also einen Umkehrzauber wirken. Und zwar aus eigener Kraft. Aber ich weiß nicht wie.«

»Dabei kann ich dir helfen. Mamá lässt mich zwar noch keine Umkehrzauber üben, aber ich hab auf eigene Faust ein bisschen was herausgefunden …«

Leo lächelte. Wenigstens eine Schwester, die ihren Drang nach heimlichem Herumexperimentieren mit Magie nachvollziehen konnte.

Gemeinsam gingen sie den Honigglas-Zauber durch, und Isabel erklärte Leo, wie jede Zutat durch ihr magisches Gegenstück ersetzt werden musste, damit am Ende ein funktionierender Umkehrzauber entstand. Keine leichte Aufgabe …

»Bei deinem ersten Liebeszauber hattest du die richtige Intuition, als du Caroline rausgenommen hast, damit der Zauber allgemeiner wirkt. Aber du hast daran auch gesehen, dass selbst die kleinste Änderung große, unerwünschte Folgen nach sich ziehen kann.«

Leo schluckte trocken und nickte. Da waren so viele verschiedene Zutaten im Honigglas – wenn jede einzelne davon potenziell zu solch einem Desaster führen konnte, dann war das mit dem Umkehrzauber vielleicht doch keine so gute Idee.

Brent schien dasselbe zu befürchten. »Ich verstehe nicht, wieso du Leo nicht einfach sagen kannst, welche Zutaten sie für den … Prozess verwenden muss«, sagte er, das Wort »Zauber« bewusst vermeidend. »Dann kann Leo das doch immer noch alles selber zusammenmischen. Wieso muss sie auch noch alles allein herausfinden?«

»Hab ich doch schon erklärt. Umkehrzauber sind echt heikel. Der Zauber, der dich geschrumpft hat, ist komplett auf Leos Mist gewachsen – ihre Idee, ihre Magie, ihre Fehler. Kein Umkehrzauber, den ich mir ausdenken könnte – oder auch Mamá oder Abuela oder sonst wer –, würde perfekt funktionieren.«

Aber was bitte war das Gegenteil von Honig? Oder von Spinnweben? Leo war, als würde ihr Gehirn wie ein Teig durchgewalkt, bis es ganz knubbelhart und flach geklopft war.

»Wie soll ich das alles rauskriegen? Jede einzelne Zutat könnte total falsch sein.«

»Hier geht es nicht um Richtig oder Falsch«, erklärte Isabel unvermindert geduldig, obwohl ihre Finger, die an ihrem Pferdeschwanz zupften, ihre Nervosität verrieten. »Es geht darum, dass es sich für dich sinnvoll anfühlt, dann passt es auch für den Zauber.«

Wäre Leo ihrer Schwester nicht so dankbar für ihre Hilfe gewesen, hätte sie diese Aussage wohl ziemlich genervt.

Letztlich entschied Leo, dass Sirupmelasse die Basis ihres Umkehrzaubers werden sollte. Melasse war süß und dickflüssig und würde am Ende dieselbe Konsistenz haben wie der ursprüngliche Honigzauber, aber sie war dunkel statt hell, von Menschenhand hergestellt statt ein Naturprodukt, und sie erinnerte Leo an den Winter statt an den Frühling. Als Gegenstück zum Spinnenfaden würde sie ein Stückchen von der Seide verwenden, die sie versehentlich aus dem Vorratsschrank hatte mitgehen lassen – Seide war dünn und schimmernd wie Spinnweben und wurde von Tieren gemacht, aber sie stammte aus einem schützenden Kokon statt aus der heimtückischen Falle einer Spinne. Anstatt der Herzchenbonbons würde Leo Schokotaler verwenden, weil die für Glück standen – Leo hatte nämlich das Gefühl, dieser Zauber konnte so ziemlich alles Glück brauchen, das er nur kriegen konnte. Und statt der Bonsai-Fliederblätter würde sie Blätter von der Rieseneiche in ihrem Garten nehmen.

Am Ende schrieb sie alles in ihr Heft.

LEOS ANTI-SCHRUMPF-GLASZAUBER
um Jungen auf normale Größe heranwachsen zu lassen

Zutaten:
1 verschließbares Glas
1 laufender Wasserhahn (zur Reinigung)
Melasse (genug, um das Glas zu füllen)
1 dünner Streifen Seide
Schokotaler
Blätter einer Rieseneiche

Isabel half Leo, in die Küche zu schleichen, um die Zutaten zu holen. Statt eine Kerze zu benutzen, wusch Leo das Glas im Badezimmerwaschbecken aus, um alle Spuren des Honigs zu entfernen und das Glas mit Wasser statt Feuer zu reinigen. Dann blies sie ins Glas, legte den Streifen Seide hinein, schüttete die Melasse dazu und ließ die Schokotaler hineingleiten. Sie dachte an Befreiung, an das Durchbrechen des alten Zaubers, an ihr Ziel, Brent aus dem Bann ihrer missglückten Magie zu lösen.

Nach Rücksprache mit Isabel packte Leo noch ein paar Krümel eines übrig gebliebenen Liebes-Ingwerplätzchens mit ins Glas, dazu einen Zettel, auf den Brent mit dem kleinsten Stift, den Leo finden konnte, zögerlich seinen Namen gekritzelt hatte. Das, so hoffte sie, würde die Überbleibsel des alten Liebeszaubers vernichten, sofern noch etwas davon übrig sein sollte.

Jetzt musste sie nur noch zwei Sachen machen, bevor sie zum Zaubern übergehen konnte, und für beides musste sie das Haus verlassen. Doch plötzlich erfasste Leo ein übles Gefühl – irgendwas hatte sie vergessen. Irgendwas stimmte hier nicht.

»Ich kann verstehen, dass du nervös bist, Leo. Das ist ganz normal. Aber wir haben nicht mehr viel Zeit. Also raus jetzt«, sagte Isabel.

Inzwischen war die Sonne untergegangen, der Mond spitzelte hinter dem Puppenhaus durchs Fenster herein. Marisol hatte sich im Wohnzimmer auf gedämpftes Schluchzen verlegt, und beide Eltern taten ihr Möglichstes, sie aus ihrer vermeintlichen Krise rauszuholen, über die Alma und Belén Leo in regelmäßigen Abständen auf dem Laufenden hielten. Brent war auf dem Puppenbett in einen unruhigen Schlaf gefallen. Señor Gato hatte es aufgegeben, den winzigen Jungen zu belauern, und kauerte nun unter dem Bett, immer wieder mit leisem Miauen zum Puppenhaus schielend. Das Glas mit Melasse stand auf dem Boden vor Leos Bett. Es war also durchaus nicht alles wie immer, doch Leo konnte trotzdem nicht den Finger darauf legen, woher ihre schlimme Ahnung kam, dass sie irgendwas vergessen hatte.

Sie begriff erst, als ihr Blick wie zufällig zum Bücherregal wanderte.

»Kannst du vielleicht hierbleiben und aufpassen?«, wandte sie sich an Isabel. »Ich brauche nur fünf Minuten. Und kann ich mir dein Handy kurz ausleihen?«

Leo kam sich vor wie ein entlaufener Sträfling, als sie durch den Flur zu Isabels und Marisols Zimmer schlich, wo das Handy am Ladekabel hing und ordentlich auf Isabels aufgeräumtem Schreibtisch lag. Leo tippte die Nummer ein, die sie aus ihrem Heft ausgerissen hatte, und lauschte dem Klingeln am anderen Ende der Leitung.

»Ja, hallo?«, meldete sich Caroline zögerlich.

»Ich bin's«, sagte Leo. »Ich rufe von Isabels Handy aus an.«

»Leo!« Carolines Stimme schaltete sofort auf durchdringend. »Was ist denn los? Du hast vorhin einfach aufgelegt!«

»Tut mir leid.« Tränen stiegen Leo in die Augen. »Tut mir echt leid! Ich …«

»Du beschwerst dich ständig darüber, dass deine Familie dir nicht vertraut, dass sie ständig Geheimnisse vor dir haben und dich anlügen und so weiter«, unterbrach Caroline sie. »Aber nach allem, was ich bisher mit dir erlebt habe, bist du die größte Lügnerin von allen!«

Leo schnürte es die Kehle zu. »Ich … ich weiß. Du hast ja recht, aber … Isabel hilft mir jetzt. Ich habe sie um Hilfe gebeten.«

»Gut«, keifte Caroline. »Hab ich doch von Anfang an gesagt.« Ihr atemloses Keuchen drang aus dem Hörer. »Hat … hat sie schon eine Lösung gefunden?«

»Wir haben etwas gefunden, was ich jetzt ausprobieren werde«, erwiderte Leo, aber beim Klang ihrer Worte wurde ihr selbst ganz angst und bange. »Ich weiß nicht, ob es funktioniert. Ich hab schon so viel Chaos veranstaltet …«

Ja, sie hatte Angst. Sie hatte Angst, dass sie es nicht schaffen würde, Brent wieder normal groß zu machen. Sie hatte Angst, verhaftet zu werden. Sie hatte Angst, dass Mamá böse auf sie sein würde, dass ihre Schwestern alle in den Genuss kommen würden, Magie zu erlernen, nur sie nicht. Sie hatte Angst, dass alles zu spät war, selbst wenn ihr der Umkehrzauber gelingen sollte. Sie hatte Angst, dass Caroline, egal wie die Sache ausging, nie wieder mit ihr befreundet sein wollte.

»Hey.« Nach einer langen Pause klang Carolines Stimme wieder viel weicher. »Ist schon gut, Leo. Ich bin sicher, du kriegst raus, wie es geht.«

Leo schüttelte den Kopf, auch wenn ihre Freundin das nicht sehen konnte. Wie konnte Caroline ihr immer noch vertrauen, nach allem, was sie schon kaputt gemacht hatte?

»Ich hätte nicht sagen sollen, dass du eine Lügnerin bist. Ich weiß, dass du das schaffen kannst. Und weißt du warum? Weil du …« Caroline hielt inne, weil sie lachen musste. »Weil du die begabteste Hexe bist, die ich kenne.«

Leo schniefte. »Ich bin ja auch die einzige Hexe, die du kennst, nicht wahr?«

Caroline lachte noch lauter. Bestimmt hatte ihr die Last der vergangenen Tage schwer zu schaffen gemacht, da half nur noch Galgenhumor.

»Es tut mir echt leid, dass ich dich und Brent da mit reingezogen habe«, sagte Leo noch einmal.

Caroline seufzte. »Mir tut es auch leid, dass ich mich hab reinziehen lassen. Aber weißt du, was noch besser ist, als sich zu entschuldigen? Das Problem zu lösen.«

»Okay.« Leo holte zitternd Luft. »Ich werde jetzt den Zauber probieren. Drück mir die Daumen.«

»Viel Glück, Leo«, sagte Caroline. »Ich glaube an dich.«

Als Leo auflegte, fühlte sie sich trotz der Tränen, die in ihren Augen brannten, viel besser als vorher. Das böse Gefühl, etwas vergessen zu haben, war verschwunden, und nun erinnerte sich Leo daran, dass auch Caroline ein Teil des Zaubers gewesen war. Auch wenn sie nicht beim Umkehrzauber helfen konnte, wusste sie nun immerhin davon, und sie drückte Leo die Daumen. Das war schon sehr viel wert.

Leo legte Isabels Handy wieder an seinen Platz und eilte über den Flur zur Haustür, um die allerletzte Zutat zu besorgen.

KAPITEL 28

Der Umkehrzauber

Als Leo aus der Haustür schlüpfte, war noch lange kein Ende von Marisols dramatischem Theater in Sicht. Leo schaffte es, unbemerkt nach draußen zu schlüpfen. Sie ließ die Tür einen Spalt breit offen stehen und eilte dann auf Zehenspitzen über den dunklen Rasen, dessen Nässe ihr in die Socken kroch.

Hoch und breit ragte die Rieseneiche in der Mitte des Gartens empor, der Stamm so dick wie ein Kühlschrank und mit langen Ästen, die beinahe das ganze Haus beschatteten. Das absolute Gegenteil eines Bonsaibäumchens, sofern es so etwas überhaupt gab. Die Blätter hatten sich noch nicht herbstlich verfärbt (meistens geschah dies erst kurz vor Weihnachten), doch Leo fand trotzdem schnell ein abgefallenes Blatt. Rasch trug sie es ins Haus und in ihr Zimmer, wo Isabel sich gerade mit Brent über seine Lieblingsfächer unterhielt (Naturwissenschaften und Englisch) und darüber, was er an

Thanksgiving vorhatte (seinen Vater und dessen Familie in Dallas besuchen).

»Da bist du ja.« Isabel lächelte ihrer Schwester zu und klang genauso freundlich entspannt wie Brent gegenüber, aber an der Art, wie sie die Lippen aufeinanderpresste und am Saum ihrer Bluse zupfte, erkannte Leo, wie nervös sie war. »Hast du alles bekommen, was du brauchst? Bist du bereit?«

»Ja, alles erledigt.« Dabei dachte Leo mehr an das Telefonat mit Caroline als an das Eichenblatt, das sie an die Brust gepresst hatte. »Los geht's.«

Sie ließ das Blatt ins Glas fallen. Isabel pflückte Brent vom Puppenhaus und trug ihn zum Bett.

»Musstet ihr schon mal in so was Klebrigem schwimmen?« Missmutig beäugte Brent das Glas. Leo und Isabel schüttelten den Kopf. »Also, spaßig ist das nicht, kann ich euch sagen. Fühlt sich ekelhaft an, vor allem, wenn man Klamotten anhat.« Er war inzwischen wieder in seinen Schlafanzug geschlüpft, der noch ein bisschen feucht war, weswegen Brent leicht fröstelte, zumal er barfuß war.

»Je schneller du wieder groß wirst, desto schneller kannst du zu deiner Mom nach Hause«, sagte Isabel.

Er nickte. »Hoffentlich funktioniert das diesmal.«

Amen, dachte Leo und schickte mit geschlossenen Augen ein Stoßgebet zum Himmel. Sie konzentrierte sich, ließ all ihre Magie in das Glas mit Melasse fließen, damit es bitte, bitte klappte. Jedes kleine bisschen konnte helfen, den Zauber wirken zu lassen, und sie hatte mächtig Angst, dass es nicht funktionieren würde.

Aber dann erinnerte sie sich daran, dass Caroline an sie glaubte, dass Alma und Abuela an sie glaubten, dass Isabel und Marisol und Belén an sie glaubten, sonst hätten sie doch nicht die ganze Zeit versucht, ihr zu helfen. Sie rang sich ein winziges Lächeln ab, nickte und ließ Brent dann über ihren Finger direkt in die klebrige Masse plumpsen.

Sie warteten zwei Sekunden ab, dann fischte Leo Brent an seinem T-Shirt wieder aus dem Glas, setzte ihn auf dem Waschlappen ab, den Isabel ausgebreitet hatte, und leckte sich die Melasse von den Fingerspitzen. Brent wischte sich den dunklen Sirup von den geschlossenen Lidern und den Lippen. Isabel saß aufrecht wie eine Statue auf dem Bett, den Atem angehalten.

Leo schluckte. »Warum hat es nicht …?«

Doch plötzlich explodierte Brent mit einem feuerwerkähnlichen Geräusch nach allen Seiten. Das Glas, das nur wenige Zentimeter neben ihm stand, wurde so heftig gegen die Wand geschleudert, dass es in zwei Stücke zersprang und die klebrige Melasse sich auf Leos Kissen ergoss. Aber das war Leo vollkommen egal, denn auf ihrem Bett saß auf einmal, immer noch von Kopf bis Fuß in Melasse getaucht und von der Wucht der Explosion ziemlich benommen, Brent Bayman – in normaler Größe und normal großem Spiderman-Schlafanzug. Angewidert wischte er sich eine normal große Eimerladung Melasse aus den Haaren.

»Das …« Er blinzelte Leo mit klebrigen Wimpern an. »… war hochgradig unwissenschaftlich.« Dann breitete sich ein gigantisches Grinsen über sein Gesicht aus, und er reckte die Arme nach oben, um zu checken, ob er auch wirklich genauso groß war wie vorher. »Sieht ganz so aus, als wärst du echt eine Hexe.«

»Um genau zu sein«, ertönte da eine Stimme hinter Leo, »ist sie eine Bruja.«

Mamá stand im Türrahmen, und ihr Gesichtsausdruck wechselte langsam von besorgt zu wütend. Hinter ihr stand Daddy, das Gesicht vor Schock wie erstarrt. Marisol spitzelte hinter ihnen hervor und zuckte hilflos mit den Schultern. Leo schluckte trocken.

»Und zwar eine kleine Bruja, die uns eine ziemlich große Erklärung schuldet«, sagte Mamá.

KAPITEL 29

Bruja

Die nächste Stunde fühlte sich für Leo an, als würde sie ein großes Stück Kuchen verschlingen, obwohl ihr Bauch schon voll war. Sie sah zu, wie Brent am Telefon lächelte, sie rief Caroline an, um ihr die guten Neuigkeiten mitzuteilen, sie erlebte mit, wie Mrs Bayman aus dem Auto stürzte, um ihren Sohn in die Arme zu reißen, ohne die klebrigen Melassereste zu bemerken – die Freude über all das schmeckte süßer als süß auf Leos Zunge. Doch hinter ihr brodelte Mamá wie ein Vulkan kurz vor der Explosion.

Sie schmiedeten keinen besonderen Plan. Brent erzählte seiner Mutter, er hätte sich aus dem Haus geschlichen und den Tag im Park verbracht, und dass er von dort aus zu Leo gelaufen sei, weil das näher war als sein Zuhause. Die Lücken in der Geschichte sah selbst ein Blinder mit Krückstock – angefangen mit der Frage, warum Brent sich barfuß und im Schlafanzug aus dem Haus geschlichen haben sollte –, aber zum Glück war Mrs Bayman zu erleichtert und froh und wütend, um weitere Fragen zu stellen. Mamá sagte ebenfalls nicht viel, sondern bot den Baymans einfach heiße Schokolade und Ingwerplätzchen an. Zum vermutlich allerersten Mal in seinem Leben lehnte Brent die Kekse dankend ab.

Sobald Brent und seine Mutter in der Dunkelheit verschwunden waren, lag das Haus der Logronos still, viel zu still da. Leo trippelte von einem Bein aufs andere und wartete darauf, dass jemand etwas sagte. Doch ihre Eltern gingen nur langsam Richtung Küche, und Leo und ihre Schwestern folgten ihnen eingeschüchtert. Ohne ein Wort setzten sie sich an den großen Tisch.

Normalerweise drang Mamás Wut durch ihren Mund nach draußen. Wenn sie ärgerlich oder enttäuscht war, schnalzte sie mit der Zunge, seufzte, hielt Standpauken oder sprach einfach nur Leos Namen aus, und zwar in diesem resignierten Tonfall, den alle Mütter perfekt beherrschen. Wenn sie wirklich außer sich war (zum Beispiel wenn Marisol sich nach draußen schlich, obwohl sie Hausarrest hatte), dann konnte Mamá lauter und schneller schimpfen als jeder andere, und sie schien dabei kein einziges Mal Luft zu holen. Doch jetzt, wo Leo bestimmt hundert Regeln gebrochen hatte, wo sie herumgeschnüffelt und gelogen und gestohlen und sich beinahe selber ins Gefängnis gebracht hatte, schwieg Mamá. In Leos Bauch bildeten sich dicke Knoten.

»Leo.« Daddy saß am Kopfende des Tisches und sah alle paar Sekunden zu seiner Frau hinüber. »Hast du die Zutaten aus der Bäckerei gestohlen?«

»Ja«, flüsterte Leo.

»Damit du Zauber ausprobieren kannst, von denen du noch keine Ahnung hast?«

»Ja.«

Isabel zupfte sich unsichtbare Fussel von den perfekt manikürten Fingernägeln, Marisol drückte mit dem Daumennagel halbmondförmige Kerben in die hölzerne Tischplatte. Alma und Belén, die von der Geisterbeschwörung immer noch ziemlich erschöpft waren, nippten an ihren Bechern mit heißer Schokolade und beäugten einander mit besorgt hochgezogenen Augenbrauen. Doch bei niemandem wirkte das Schweigen so unheilvoll wie bei Mamá.

»Und dann hast du einen Zauber ausprobiert – einen Zauber, den du nicht kanntest, von dem du aber wusstest, dass du ihn eigentlich nicht anrühren durftest –, und zwar an einem Jungen aus deiner Klasse?« Daddy seufzte. »Ich versuche nur zu verstehen … Warum hast du das gemacht, Leo?«

»Ich wollte …«, setzte Leo an.

»Das war alles meine Schuld«, ging Isabel dazwischen. »Ich habe ihr von der Magie erzählt. Ich habe ihr das Rezeptbuch gezeigt.«

»Und wir haben sie bestärkt«, fügte Alma hinzu. »Wir wussten, dass sie Kekse für Brent machen will, und haben sie gebeten, uns hinterher zu erzählen, wie es gelaufen ist. Im Grunde haben wir sie erst auf die Idee gebracht.« Belén nickte und sagte: »Hätte Isabel ihr nichts erzählt, hätten wir es bestimmt gemacht. Es ist doch ungerecht, dass alle Bescheid wissen, nur sie nicht.«

»Und ich habe sie nicht davon abgehalten, als ich mitbekommen habe, dass sie mit Magie herumexperimentiert«, sprang auch Marisol ein. »Ich hab zwar gesagt, sie soll damit aufhören, aber ich habe nichts unternommen. Ich finde auch, dass die Regel mit dem fünfzehnten Geburtstag, nicht gerecht ist. Wir sollten diese Regel ändern. Leo würde doch sowieso eine viel bessere Zauberschülerin abgeben als ich, zum Beispiel …«

Als Mamá aufstand, schrappte ihr Stuhl über den Linoleumboden und ließ den Chor der verteidigenden Stimmen verstummen. »Das reicht«, sagte sie. »Leo, geh die Sachen holen, die du geklaut hast. Bring alles zum Auto raus. Du musst sie in die Bäckerei zurückbringen, und wir müssen uns in Ruhe unterhalten.« Als Marisol und Isabel ebenfalls aufstehen wollten, warf Mamá ihnen einen vielsagenden Blick zu. »Allein.«

Sie fuhren mit Mamás Minivan die beinahe menschenleeren Straßen von Rose Hill entlang. Leo saß auf dem Beifahrersitz, auf dem Schoß ihren Rucksack, in dem die magischen Zutaten und das Rezeptbuch steckten. Niemand sprach ein Wort, und die Stille raubte ihr schier den Atem. Wenn sie mit Daddy allein im Auto fuhr, schwiegen sie meistens auch, doch bei Mamá, die sonst ununterbrochen plapperte, war das sehr ungewöhnlich. Als Leo einen Seitenblick auf ihre Mutter riskierte, war deren Gesicht leer und glatt, und Leo hätte nicht sagen können, welche Gedanken sich hinter ihrer Stirn versteckten. Aber sie konnte es sich vorstellen. *Unverantwortlich*, schimpfte Mamá bestimmt innerlich. *Egoistisch und verlogen und respektlos.* Leo schrumpfte auf ihrem Sitz zusammen.

Gefühlte eine Million Jahre später kamen sie endlich an der Bäckerei an. Leo stieg aus dem Wagen, schwang sich den Rucksack über die Schulter und folgte Mamá durch den Hintereingang in die Küche.

Dunkel, kalt und still lag alles da. Mamá knipste das Licht im Büro an und bedeutete Leo mit einer Kopfbewegung, sich auf Daddys Stuhl zu setzen. Leo spähte zur elektronischen Wanduhr hinüber (sie hatte noch nicht richtig gelernt, die nicht-digitale Uhr zu lesen) und schlussfolgerte schließlich, dass es schon fast halb elf Uhr abends war. Also wesentlich später als Mamá, die morgens um halb fünf schon wieder in der Bäckerei sein musste, normalerweise ins Bett ging. Die Erkenntnis, dass sie Mamá um ihren Schlaf brachte, war der letzte Tropfen, der Leos Schuldgefühle-Fass zum Überlaufen brachte. Tränen stiegen ihr in die Augen, und sie schniefte.

»Was ist denn?« Mamá setzte sich ihr gegenüber. »Was ist los mit dir, Süße?«

»Es ist schon so spät«, flüsterte Leo, denn hätte sie lauter gesprochen, hätte sie bestimmt losgeheult. Ihr Kinn bebte, sie zog die Nase hoch und hielt die Tränen zurück, denn sie wollte nicht weinen.

»Leo«, sagte Mamá.

Leo sah hoch, und eine widerspenstige Träne tropfte ihr von den Wimpern herunter.

»Süße, was hast du dir bloß dabei gedacht?«

Zuerst dachte Leo, das wäre der Einleitungssatz zu Mamás Standpauke, aber nach einer langen Pause wurde ihr klar, dass ihre Mutter wirklich eine Antwort auf diese Frage erwartete.

»Ich wollte doch nur alles in Ordnung bringen.« Leo wischte die Träne beiseite, aber bestimmt hatte Mamá sie längst gesehen. »Ich wollte das Schrumpfen wieder in Ordnung bringen, das nur passiert ist, weil ich den Liebeszauber wieder in Ordnung bringen wollte, und der ist nur passiert, weil ich versucht habe, das mit Caroline wieder in Ordnung zu bringen.« Mamá schaute sie verwirrt an, fragte aber nach keiner weiteren Erklärung, und Leo hatte es satt, die Geschichte immer und immer wieder erzählen zu müssen. »Ich hab herausgefunden, dass wir magische Kräfte haben, und wozu hat man die, wenn man sie nicht dazu einsetzen kann, um Sachen wieder in Ordnung zu bringen?«

Mamá schwieg. »Hast du alles dabei, was du von hier mitgenommen hast?«, fragte sie dann und zeigte auf Leos Rucksack, der unter dem Stuhl lag. »Nimm bitte alles raus.«

»Ich hab das nicht mit Absicht geklaut. Ich wollte nur an

die Spinnweben rankommen, aber dann ist alles vom Regal gepurzelt.« Eine nach der anderen holte Leo die Zutaten heraus und reihte sie auf dem Boden auf.

»Da ist es ja.« Mamá griff nach dem Gegenstand, der in dunkle Seide eingeschlagen war. Leo hatte zwar einen Streifen von der Seide abgeschnitten, aber das Bündel selbst war unangetastet geblieben. »Das ist sehr wichtig, Süße. Das hättest du nicht mitnehmen dürfen. Du solltest eigentlich nichts ohne Erlaubnis mitnehmen, erst recht keine magischen Sachen.«

»Ich weiß.« Leo seufzte. »Tut mir leid.«

»Das hoffe ich doch. Von jetzt an werden wir keine Geheimnisse mehr voreinander haben, keiner von uns. Einverstanden?«

Leo blinzelte überrascht. Das klang ja beinahe so, als hätte Mamá auch ein etwas schlechtes Gewissen. »Einverstanden«, sagte sie.

Mamá nickte und begann die Seide aufzufalten. »Ich bin echt traurig, dass du nicht gleich zu mir gekommen bist, Leo, um mich nach der Magie zu fragen. Ich bin traurig, dass du dich auf ein gestohlenes Buch und deine eigenen Mutmaßungen verlassen hast, nachdem der erste Zauber schiefgegangen ist. Und besonders traurig bin ich darüber, dass du mich nicht mal eingeweiht hast, als du richtig, richtig doll in Schwierigkeiten warst.«

Leo sank tiefer in Daddys Sitzpolster, knetete ihre Hände und gab sich alle Mühe, nicht mehr zu weinen. Sie hatte ja die ganze Zeit gewusst, dass sie das Falsche tat, aber sie hatte einfach immer weitergemacht, und dadurch war alles nur noch schlimmer geworden.

»Doch am allertraurigsten bin ich, weil ich im Grunde meines Herzens weiß, warum du mir alles verheimlicht hast. Es tut mir leid, dass ich dir so wichtige Dinge vorenthalten habe.« Mamá zog die Seide beiseite und entblößte einen kleinen, kreideweißen Stein, ungefähr so groß wie ein Marshmallow, doch unregelmäßig geformt. »Streck deine Hand aus. Ich möchte gern etwas ausprobieren.«

Von Mamás Entschuldigung völlig verdattert, streckte Leo die Hand aus. Ohne den Stein selbst zu berühren, ließ Mamá ihn aus der Seide auf Leos Hand gleiten. Das Deckenlicht ging sofort aus, stattdessen leuchtete der Stein auf Leos Hand grellweiß auf. Außerdem summte er und schoss kleine Lichtblitze nach allen Seiten.

»Was ist das?«

»Dieser Kristall hat deiner Ururgroßmutter gehört. Er misst, wie stark deine magischen Kräfte sind. Und da er so hell leuchtet, bedeutet das, dass du mehr Magie in dir trägst als die meisten Fünfzehnjährigen, wenn sie mit ihrer Ausbildung beginnen.«

Leo widerstand dem Drang, den Stein beiseite zu schieben, um sich die juckende Handfläche zu kratzen. »Aber wieso?«

»Tja, das weiß ich nicht so genau, Süße.« Mamá schüttelte bedächtig den Kopf. »Vielleicht weil du schon so viel ohne Erlaubnis geübt hast. Oder auch weil du für dein Alter schon sehr reif bist, oder weil deine Mamá so eine mächtige und begabte Bruja ist, dass das auf dich abgefärbt hat.« Mamá zwinkerte ihr zu. »Oder es liegt daran, dass du schon seit deiner Geburt immer versucht hast, mit deinen großen Schwestern mitzuhalten, egal wie.«

Leo lächelte mit Blick auf das Licht in ihrer Hand. Der flackernde, leicht nach Zimt duftende Schein erinnerte sie an eine Kerzenflamme. »Aber was mache ich denn jetzt mit dieser ganzen Magie, die ich in mir habe? Was …« Sie dachte an den Streit zwischen Isabel und Marisol, an den Ratschlag ihrer Abuela. »Was bedeutet es, eine Hexe zu sein?«

»Eine Bruja«, verbesserte Mamá. »Jeder kann eine Hexe oder ein Zauberer sein. Brujas sind nur wir. Tja, und was bedeutet es nun, eine Bruja zu sein?« Mamá lächelte. »Das ist, als würde man fragen, was es bedeutet, Texaner zu sein, oder ein Mädchen, oder ein Kind mit lockigen Haaren. Für sich allein genommen, bedeutet es nichts. Es ist ein Teil von dir. Und du entscheidest, welche Bedeutung es für dich hat.«

Leo nickte, auch wenn sie nicht alles verstand. »Und was soll ich jetzt tun?«

»Du musst ausgebildet werden. Sobald wie möglich. Ich werde dir einen Stundenplan machen, genau wie deinen Schwestern, damit du hier in der Bäckerei lernen kannst. Das beinhaltet auch, dass du lernst, die Kasse zu bedienen, bei der Inventur zu helfen, lauter langweiliges Zeug – aber eben auch

Unterricht im Zaubern. Verstehst du? Wenn du hier bist, musst du deinen Teil zu allem beitragen.«

Leo nickte, aber in ihrem Bauch grummelte es trotzdem. Irgendwas stimmte hier nicht. Das war viel zu glimpflich abgelaufen. Wo war der Haken?

»Und das ist alles?«, fragte sie.

»Was meinst du damit?«

»Ich kriege Unterricht im Zaubern – und keinen Ärger?«

Mamá zögerte. »Ich bin ganz und gar nicht glücklich über das, was du getan hast, Leo, und ich wünschte, du hättest genug Vertrauen gehabt, zu mir zu kommen. Aber … irgendwie verstehe ich dich auch. Du wirst größer, willst alles auf deine Weise rauskriegen … Als ich in deinem Alter war …«

»Mamá! Ich bin kein kleines Kind mehr!«, stöhnte Leo. »Wenn Marisol oder Isabel die Sachen aus der Bäckerei gestohlen hätten, hättest du sie angeschrien und zu tausend Jahren Hausarrest verdonnert.« Leo ließ den Kristall zurück auf sein seidiges Bett gleiten und blinzelte im Licht der wieder angegangenen Deckenlampe.

»Willst du etwa Hausarrest haben?«, fragte Mamá mit einem Lächeln, das sie nur unzureichend hinter der vorgehaltenen Hand versteckte.

»Ja!«, rief Leo. »Immerhin hab ich Brent Bayman *geschrumpft*!«

»Okay, okay.« Mamá hielt beide Hände hoch. »Für wie lange?«

Leo überlegte. »Wie lange hätte Marisol Hausarrest bekommen, wenn sie so was gemacht hätte?«

»Hmm ... eine Woche wahrscheinlich. Also, möchtest du eine Woche Hausarrest haben?«

»Eine Woche? Alma und Belén haben schon eine Woche Hausarrest gekriegt, als sie nur einen Tag die Schule geschwänzt haben, ganz ohne Magie.«

»Zwei Wochen?«

Leo zögerte. Zwei Wochen konnten ganz schön lang sein, wenn sie nicht mal Caroline besuchen und fernsehen durfte. »Ja, zwei Wochen dürften angemessen sein.«

»Also gut, Leonora Elena Logrono. Hiermit wirst du zu zwei Wochen Hausarrest verdonnert, weil du herumgeschnüffelt und gestohlen und ohne Erlaubnis gezaubert hast. Ich bin sehr enttäuscht von dir.«

Leo runzelte die Stirn. »Sehr enttäuscht siehst du aber nicht gerade aus.«

»Bin ich aber. Wirklich. Aber ich bin auch stolz auf dich, weil du ganz allein einen kompletten Umkehrzauber gewirkt hast.«

Leo strahlte. »Mamá, deswegen müsstest du aber eigentlich am meisten sauer sein!«

»Oh ja, ich bin fuchsteufelswild. Und wenn du je wieder versuchen solltest, mir so was Großes vorzuenthalten, wird es dir schrecklich leidtun. Dann koche ich dir zum Abendessen etwas, was bewirkt, dass dir alle Haare ausfallen – am Tag bevor die Klassenfotos gemacht werden.« Leo lachte, und Mamá strich ihr über die Wange. »Ich meine das ernst, Süße – jetzt, wo du von der Magie weißt, bist du vor keinem magischen Streich mehr sicher. Du hast die Tür zur Welt der kreativen elterlichen Strafmaßnahmen aufgestoßen.«

Leo kicherte, und es fühlte sich toll an! Das Lachen löste endlich die Knoten in ihrem Bauch. Keine Katastrophen mehr, keine Geheimnisse mehr. »Mamá?«

»Ja?«

»Wann darf ich anfangen, neue Zauber zu lernen?«

»Da musst du dich ein bisschen gedulden. Erst müssen wir dich offiziell einweihen. Ich muss Paloma bitten, die Roben zu waschen …«

»Mamá?«

»Ja, Leo?«

»Ich hab dich lieb.«

»Ich hab dich auch lieb, amorcita.« Mamá stand auf, schaute auf die Uhr und gähnte. »Jetzt hilf mir dein Diebesgut wegzupacken, und dann hoffen wir mal, dass wir es noch vor Mitternacht zurück nach Hause schaffen.«

KAPITEL 30

Bruja cocinera

Es war zwar nicht Freitag, aber da die Herbstferien schon am Mittwoch beginnen würden, hatte der Probier-Club vereinbart, sich bereits in der heutigen Mittagspause zu treffen. Leo ließ eine Dose mit Cranberry-Haferkeksen herumgehen, die sie am Abend zuvor mit Mamás und Isabels Hilfe gebacken hatte. Maria Villareal hatte tropfenförmige Zuckerkekse dabei, die mit einer supersüßen rosafarbenen Glasur überzogen waren.

Die komplette sechste Klasse hatte sich um den Tisch herum versammelt, um von den Keksen zu probieren, und etliche Schüler aus der Siebten und Achten lungerten in der Nähe herum, für den Fall, dass irgendwas übrig bleiben sollte. Mai, die perfekte Organisatorin des Clubs, erinnerte Tricia und Emily Eccles daran, dass sie am Freitag nach den Ferien an der Reihe waren, etwas mitzubringen. Leo schaute breit grinsend in die Runde, absolut überwältigt davon, dass der Club so schnell ein Erfolg geworden war. Sie fing Carolines Blick von gegenüber auf, und verzog das Gesicht zu einer komischen Monster-Fratze. Caroline, die Brent jedes Mal, wenn er wegschaute, einen von seinen Keksen stibitzte, streckte ihr die grellrosa Zunge heraus und kicherte.

Unter Mamás Anleitung hatte Leo den Haferkeksen ein winziges bisschen Magie hinzufügen dürfen. Nur eine kleine Prise Glückszauber, der so einfach zu bewerkstelligen war, dass er sich gar nicht wirklich wie Magie anfühlte. Aber als sie ihren Freunden und Mitschülern jetzt beim Essen zusah, war Leo froh, dass sie diese besondere Zutat mit reingebacken hatte, denn sie wollte, dass alle wundervolle, glückliche Ferien hatten.

»Leo, deine Club-Mitbegründerin benimmt sich ausgesprochen unprofessionell«, beschwerte sich Brent und griff nach einem zweiten Haferkeks, nachdem Caroline seinen ersten an einen wartenden Achtklässler weitergereicht hatte. »Man hat ja gar keine Chance, in diesem Probier-Club irgendwas zum Probieren abzubekommen.«

»Ach was. Sie wird dir nachher sowieso alles geben, was übrig bleibt«, sagte Caroline. »Es bleibt doch dabei, dass du nachher mit zu mir kommst, oder, Leo? Dad hat ein paar Fragen zu dem Kürbiskuchen, den wir backen und mit zu meiner Großmutter nehmen wollen.«

»Na klar!« Jetzt, wo ihr Hausarrest offiziell zu Ende war,

konnte Leo es kaum erwarten, den kühlen, aber sonnigen Nachmittag auf Carolines Trampolin zu verbringen. »Aber um fünf muss ich wieder los. Ich muss in der Bäckerei noch … was erledigen.«

»Was denn?«, fragte Brent.

»Ach ja, *das* …«, sprang Caroline mit übertriebener Betonung dazwischen. »Ich weiß, was du meinst.«

»Ich aber nicht! Was meint ihr denn?« Brent wirkte nervös. »Leo! Wenn du das meinst, was ich denke, dass du meinst, dann lass lieber die Finger davon. Ich dachte, du machst so was nicht mehr.«

»Also genau genommen«, sagte Leo lächelnd, »findet heute meine Einweihung in den *Familienbetrieb* statt. Ab morgen darf ich mich ganz offiziell ausbilden lassen.«

»Du meinst …« Brents Stöhnen wurde von seinen Keks-Kaugeräuschen übertönt.

»Genau.« Leo leckte sich einen Klecks rosa Zuckerguss vom Finger und lächelte angesichts der Süße. »Dann kann ich endlich richtig loslegen.«

»Ausstecher!«, rief Leo. »Mamá, wo haben wir die Plätzchen-Ausstecher?«

Die ersten Strahlen der Samstagmorgensonne sickerten schon durch die Fenster der Bäckerei herein, und Leo lief die Zeit davon. Nur noch eine Stunde, bis die Bäckerei öffnete.

»Ich hol sie.« Isabel stöberte mit einer Hand in einem der

Wandschränke herum, während sie mit der anderen ein Backblech voller roher Bolillos balancierte. Marisol und Mamá waren vorne im Verkaufsraum damit beschäftigt, die Fenster mit Weihnachtsgirlanden, bunten Lichtern und Papiersternen zu schmücken. Tía Paloma und Isabel waren dafür zuständig, im hinteren Teil der Bäckerei die Bleche in die großen Öfen reinzuschieben und wieder herauszuholen. Alma und Belén diskutierten über die perfekte Anordnung der Waren in den Auslagen.

Leo hatte eine eigene Ecke des Arbeitstisches zugewiesen bekommen, in der sie nun ein faustgroßes Stück ihres Teiges abtrennte und auf der bemehlten Arbeitsfläche ausrollte. Sie mochte es, den Teig unter den Händen zu spüren, sie mochte den Duft nach Mehl und Ingwer und Melasse. Inzwischen hatte sie eine echte Vorliebe für Melasse entwickelt.

Der Keksausstecher war schwer und silbrig und beinahe so groß wie Leos Hand, und sie drückte ihn in den ausgerollten Teig, immer und immer wieder, bis das Backblech mit den ausgestanzten Keksen gefüllt war – ein Dutzend perfekter kleiner Ferkel oder Puerquitos, die gleich in den Ofen konnten.

»Und, wie sehen sie aus?« Mamá streckte den Kopf durch die blauen Schwingtüren herein.

»Perfekt!«, sagte Leo und hoffte, dass es stimmte. Sie war immer noch nicht sicher, ob sie nicht einen Hauch zu viel Mehl genommen hatte und ob sie den Piloncillo-Zuckerhut auch fein genug geraspelt hatte. Zum tausendsten Mal überprüfte sie das Rezept, las jedes einzelne in weicher Handschrift festgehaltene Wort auf der ausgeblichenen Karte.

Mamá kam zu Leo und drückte ihr einen Kuss auf den Kopf. »Gut gemacht. Bist du denn noch gar nicht müde, Süße?«

Nein, Leo war überhaupt nicht müde, obwohl sie schon um vier Uhr morgens aufgestanden war. Die Aufregung hielt sie wach. Zum allerersten Mal stand ihr Name auf der Liste derjenigen, die Mamá ganz offiziell in der Bäckerei helfen durften.

»Sie macht das um Längen besser als ich an meinem ersten Tag.« Marisol lehnte sich gegen die Schwingtür und gähnte. »Oder als ich an welchem Tag auch immer. Und da sie sich so gut schlägt, wäre ich dafür, dass sie von jetzt an all meine Schichten übernimmt.«

»Soll ich die in den Ofen schieben?« Isabel griff nach Leos Backblech.

»Nein, Moment noch!« Leo breitete beschützend die Arme über ihren Keksen aus. »Ich … ähm … ich muss noch die Eierglasur fertig machen. Ich mach das schon, danke.«

»Mamá!«, rief Alma von vorne. »Könntest du Belén bitte erklären, dass man in der Auslage Schokoladen-Croissants nicht mit normalen mischen darf? Sonst verwirrt das die Kunden doch total.«

»Wieso? Die mit Schokolade drin sind auch mit Schokolade verziert, das kann doch jeder auseinanderhalten«, keifte Belén zurück.

Mamá eilte davon, um die Zwillinge zu befrieden, und

Marisol schlurfte schläfrig hinterher. Leo beugte sich über ihr Backblech und schnupperte an den Ferkelkeksen. Dann schloss sie die Augen und konzentrierte sich, bis der vertraute würzige Duft sie in der Nase kitzelte. Schließlich nahm sie letzte Korrekturen vor, pinselte die Kekse mit aufgeschlagenem Eiweiß ein und schob – von den anderen unbemerkt – das Blech in den Ofen.

»Hast du die Liste mit Kräuterzutaten inzwischen auswendig gelernt?«, fragte Tía Paloma, nachdem Leo die nächsten beiden Ladungen Puerquitos in die Schlange der wartenden Backbleche eingereiht hatte. »Ich könnte dich schnell abfragen.«

»Ach komm, an ihrem ersten Tag muss sie sich doch nicht gleich mit dem langweiligen Zeug rumschlagen.« Marisol tauchte hinter Leo auf und strich sich über den perfekt gebundenen Pferdeschwanz. »Na los, Leo, ich brauche mal Hilfe beim Aufstellen der Krippe.«

Leo hielt ihre Zauberstunden zwar keineswegs für langweilig, aber dem Abfragen ging sie nur zu gern aus dem Weg. (Ingwer und Zimt verstärkten beide die Kraft der Magie, das wusste sie, aber was verstärkte Schutzzauber gleich noch mal am besten? Heidekraut oder Zitronenverbene?) Tía Paloma ließ sie mit einem Achselzucken davonziehen, und Marisol führte Leo zum vorderen Schaufenster, wo sie genau elfeinhalb Minuten lang Krippenfiguren auspackte. Dann sagte ihr die Küchenuhr durch lautes Klingeln, dass ihr Backblech aus dem Ofen geholt werden musste.

»Ich mach schon!« Als Leo aufsprang, hätte sie beinahe den Engel vom Dach der Krippe gefegt.

»Keine Sorge, ich hab sie schon, Süße«, rief Mamá. »Die duften ja herrlich.« Leo stürmte gerade rechtzeitig in die Küche, um zu sehen, wie Mamá das Blech auf der Arbeitsfläche abstellte und sich lächelnd darüber beugte. »Die sehen wirklich perfekt aus. Aber warum haben die hinteren hier … also … oh!«

Es ploppte ein paarmal leise, und schon erhoben sich sechs geflügelte Schweinchen vom Backblech und schwangen sich über Mamás Kopf in die Lüfte. Zwei stürmten sofort zum vorderen Schaufenster, sodass Marisol aufkreischte und sie wegscheuchte. Zwei andere knallten gegen Almas und Beléns Auslage und versuchten nach dem darin liegenden *Pan dulce* zu schnappen. Eines landete glücklich auf der Spitze des kleinen Weihnachtsbaums, der in der Ecke stand. Und das letzte, das in der hintersten Ecke des Backblechs gelegen hatte und das deswegen ein zu dunkel gebackenes Hinterbein besaß, schwebte über Leos Kopf und ließ ihr Krümel auf Haar herabrieseln.

Während Mamá sich unter Tía Palomas Gelächter auf die Jagd nach den frechen Schweinchen machte, hielt Leo dem verbrannten Puerquito die offene Hand hin. »Hallo, bonita, du Hübsche«, flüsterte sie. »Willkommen in der Bäckerei.«

Das Ferkel schraubte sich noch höher in die Luft und ließ munter Krümel herunterbröseln. Leo hüpfte auf und ab vor

Freude über den geglückten Zauber, über die morgendliche Sonne, ihre wuselnde Familie und die Süße, die sie alle untrennbar miteinander verband.

Leos Glücksschweine verkauften sich wie im Flug – so gut, dass Leo den ganzen Tag damit beschäftigt war, immer neue Bleche davon zu backen.

LOVE, SUGAR MAGIC

Leonora Logronos
magisches Rezeptbuch

LEOS GLÜCKSSCHWEINE

Ergibt 24 – 28 Schweinchen.
Vorsicht, die Ferkel können fliegen!

Zutaten:

1 ¾ Tassen brauner Zucker, gut dicht geklopft
¾ Tasse Wasser
1 Zimtstange
½ Pfund ungesalzene Butter (Raumtemperatur), in kleine Scheiben geschnitten, dazu etwas Butter zum Einfetten der Pfanne
2 EL Honig
4 ¼ Tassen Haushaltsmehl plus etwas mehr zum Bestäuben der Arbeitsfläche
1 TL Backpulver
1 TL Natron
½ TL Salz
2 große Eier, die bei Raumtemperatur schaumig geschlagen werden
1 großes Ei für die Glasur, schaumig geschlagen
Puderzucker zum Verzieren

Zubereitung:

Braunen Zucker, Wasser und Zimt in einem mittelgroßen Topf verrühren. Bei mittlerer Hitze zum Köcheln bringen. Auf niedrige Hitze herunterdrehen und weiterköcheln lassen, bis der Zucker sich komplett aufgelöst hat und die Flüssigkeit auf die Konsistenz von Sirup eingedickt ist. Hitze abdrehen und Zimtstange entfernen. Butter und Honig hinzufügen und alles so lange verrühren, bis beides geschmolzen ist.

Mehl, Backpulver, Natron und Salz in einer großen Schüssel vermengen. In die Mitte der trockenen Zutaten eine Mulde drücken und die Zuckermischung hineinschütten. Mit einem großen Löffel gut vermischen. Zwei Eier hinzufügen und wieder verrühren. Der Teig ist jetzt sehr klebrig.

Zwei lange Streifen Frischhaltefolie über die Schüssel spannen, sodass sie komplett abgedeckt ist. Die Schüssel vorsichtig mit dem Boden nach oben drehen, sodass der Teig in die Folie fällt. In der Schüssel verbleibenden Teig herausschaben. Den ganzen Teig einwickeln und für mindestens zwei Stunden in den Kühlschrank legen.

Ofen auf 190 °C vorheizen. Zwei Backbleche mit Butter einpinseln. Mehl auf die Arbeitsfläche streuen. Vom Teig immer nur handliche Stücke abtrennen und diese mithilfe eines Nudelholzes auf ca. 4 mm ausrollen. Kekse mit einem Ausstecher in Schweinchenform (ca. 4,5 cm) ausstechen. Teigreste vermengen und wieder ausrollen. So oft wiederholen, bis der ganze Teig aufgebraucht ist.

Kekse auf die vorbereiteten Backbleche legen, dabei auf genügend Abstand achten. Vorsichtig mit dem aufgeschlagenen Ei überziehen. In den Ofen schieben, Backzeit ca. 7 – 9 Minuten. Auf einem Gitter abkühlen lassen. Die abgekühlten Kekse mit Puderzucker bestreuen.

PAN DE MUERTO MENSAJERO
(Totenbrot für Nachrichten)

Ergibt zwei Laibe. Schon ein kleiner Bissen stellt die Verbindung mit den Verstorbenen her.

Zutaten:

Für den Teig:

½ Tasse Butter

½ Tasse Vollmilch

½ Tasse Wasser

5 Tassen Mehl

2 Packungen Aktivtrockenhefe

1 TL Salz

1 TL ganze Anis-Samen

½ Tasse Zucker

4 Eier

Für die Glasur:

½ Tasse Zucker

¼ Tasse ungesalzene Butter

2 EL abgeriebene Orangenschale

⅓ Tasse frisch gepressten Orangensaft

Teigzubereitung:

Butter, Milch und Wasser bei mittlerer Hitze in einem Topf erhitzen, bis die Mischung warm ist (ca. 40 °C), aber nicht kocht.

½ Tasse Mehl, Hefe, Salz, Anis-Samen und Zucker in einer großen Schüssel vermischen. Die warme Milchmischung vorsichtig unterrühren. Unter Rühren nach und nach die Eier hinzufügen.

Eine weitere Tasse Mehl langsam hinzufügen. Ebenso mit dem restlichen Mehl verfahren, bis der Teig weich, aber nicht klebrig ist.

Teig auf eine leicht bemehlte Arbeitsfläche legen und mindestens 10 min kneten, bis er glatt und elastisch ist. Teig zu einer großen Kugel formen und in eine zuvor mit Butter eingefettete Schüssel legen. Teig in der Schüssel wenden, bis er von allen Seiten mit Butter überzogen ist.

Die Schüssel locker mit einem Tuch oder einer Folie abdecken und den Teig gehen lassen, bis er etwa doppelte Größe erreicht hat (Dauer ca. 1 – 1,5 Stunden).

Wenn der Teig bereit ist, herunterkneten und zu zwei Laiben formen. Je zwei kleinere Stücke von jedem Laib abzwacken und zu dünnen Rollen formen – das werden die Knochen!

Knochen über Kreuz auf die Laibe legen (je 1 Kreuz auf jedem Laib). Teig an einem warmen Ort gehen lassen, bis er wieder auf doppelte Größe angewachsen ist (Dauer ca. 1 Stunde).

Ofen auf 180 °C vorheizen. Backzeit ca. 40 Minuten.

Zubereitung der Glasur:

Hälfte des Zuckers, Butter, Orangenschale und Orangensaft bei mittlerer Hitze in einem Topf vermengen und so aufkochen lassen, dass der Zucker sich komplett auflöst. Vom Herd nehmen. Sobald die Brotlaibe fertig gebacken sind, mit der Glasur bepinseln und die verbliebene Hälfte des Zuckers gleichmäßig darüberstreuen.

ABUELITAS ALEGRÍAS
(Amaranth-Riegel, glutenfrei)

Ergibt ca. 2 Dutzend. Glutenfrei.
Befreit zuverlässig von jeder Art von Unglücklichsein.
Ohne Backen.

Zutaten:

½ Tasse geröstete Erdnüsse
½ Tasse geröstete Pecannüsse
½ Tasse Rosinen
½ Tasse geröstete Kürbiskerne (wenn gewünscht)
225 g geraspelter Piloncillo (Panela)*
½ Tasse Honig
½ TL frisch gepresster Zitronen- oder Limettensaft
115 g gepuffte Amaranthsamen

* Piloncillo/Panela ist nicht raffinierter, reiner Rohrzucker

Zubereitung:

Ein Backblech mit Backpapier auslegen. Erdnüsse, Pecannüsse, Rosinen und Kürbiskerne vermischen und alles auf dem Backblech ausbreiten. Piloncillo, Honig und Zitronensaft in einem Topf bei mittlerer Hitze verrühren. Unter gelegentlichem Rühren so lange weitererhitzen, bis der Piloncillo geschmolzen und die Mischung eingedickt ist (ca. 5–10 Minuten). Hitze abstellen und Amaranthkörner hinzufügen. Körner zügig hineinkippen und gut vermischen.

Flüssigkeit über die Nussmischung schütten. Alles mit angefeuchteten Händen gut andrücken (Vorsicht, heiß!). 45 – 50 Minuten abkühlen lassen, dann in quadratische oder längliche Stücke schneiden. Wenn die Masse am Messer klebt, das Messer leicht mit Mehl bestreuen oder kurz in heißes Wasser tauchen, abtrocknen und dann weiterschneiden.

Riegel in einem verschlossenen Behälter aufbewahren.

Danksagung

Ohne die Liebe, den Schweiß und die Magie vieler Menschen hätte dieses Buch nie das Licht der Welt erblickt, und so möchte ich Danke sagen:

Dhonielle Clayton und Sona Charaipotra von CAKE Literary, die mir mit Leo vertraut haben, noch bevor sie überhaupt existierte. Ihr habt mich auf Schritt und Tritt durch den Entstehungsprozess und darüber hinaus begleitet, und ich bin dankbar, dass ich zu der CAKE-Familie gehören darf. Unglaublich, dass die Logronos jetzt wirklich da sind, oder?

Meiner Agentin, Victoria Marini: Danke für die vielen guten Ratschläge, die tollen Erste-Kapitel-Rettungsversuche und dafür, dass du auch über dieses Buch hinaus an mich glaubst.

Meinem Lektor, Jordan Brown: Danke, dass du das Projekt so geliebt hast, wie es war, und das daraus gemacht hast, was es jetzt ist.

Allen, die mitgeholfen haben, Leo aus meinem Kopf heraus in die reale Welt zu hieven, ganz besonders Debbie Kovacs und dem ganzen Team von Walden Pond Press: Danke für die viele harte Arbeit, die am Ende den Eindruck erweckt hat, als würde sich alles auf magische Weise fügen.

Der Young-Adult-Literatur-Community, die in ihrer Gesamtheit so unglaublich hilfsbereit ist, und besonders meinen Dozenten von der New School, Caron Lewis, David Levithan und Sarah Weeks sowie meiner Meute aus dem »Für Kinder Schreiben«-Kurs. Danke an Zoraida Córdova dafür, dass sie die coole ältere Schriftstellerin-Cousine ist, der ich ständig nacheifere und die ich zu beeindrucken versuche. Ich hatte das große Glück, Tehlor Kay Mejia, Ausnahme-Bruja und Allround-Schreibgenie, als hochempfindliche Testleserin gewinnen zu können – danke für deine viele Mühe. Und danke an alle 2017-ner-Debütautoren und Electric Eighteens (2018-ner-Debüttanten) für ihre Unterstützung, ihre Solidarität und ihr hysterisches Gelächter.

Ohne das Zutun von Kiki Chatzopoulou und Amanda Saulsberry hätte ich Dhonielle und Sona vielleicht nie kennengelernt. Ohne ihre Unterstützung und ohne die Hilfe meiner Motivations-Partnerin Laura Silverman und der weltweit schnellsten Testleserin Meghan Drummond hätte ich dieses Buch vielleicht nie fertig geschrieben. Ihr alle macht mich zu einer besseren Autorin und einem besseren Menschen.

Meinen Freundinnen in Houston und New York: Danke, dass ihr immer für mich da wart, wenn ich während des Schreib- und Lektoratsprozesses jemanden zum Reden brauchte. Claire, Devon und Mary – ohne euch könnte ich keine E-Mail und kein überzeugendes Wort über die Verbindung zwischen zwei besten Freundinnen schreiben. Andrea, danke für die schnelle Antwort auf ungefähr eine Million Mitten-in-der-Nacht-Spanisch-Fragen. Ariel: Ich kann dir für die vielen Übersetzungen, die Recherchearbeit, das Testlesen und die aufmunternden Worte gar nicht genug danken.

Danke an meine Eltern Frank und Rita, meine Brüder Michael und Gabriel, an all die Meriano- und Lynch-Tanten, -Onkel, -Vettern und -Cousinen sowie an Grandma und Grandpa – ihr alle habt es mir so leicht gemacht, eine Familiengeschichte zu schreiben. Alles, was ich tue, ist nur euretwegen möglich. Hab euch alle lieb!

Und danke an meine Schüler und Leser dafür, dass ihr mir zuhört. Ich hoffe, wir denken uns in Zukunft richtig tolle Geschichten zusammen aus!

© Claire Morice
Walden Pond Press

Anna Meriano wuchs in Houston, Texas, mit zwei Brüdern und jeder Menge Cousins und Cousinen auf. Sie studierte an der Rice University und machte ihren Master in Kreativem Schreiben mit Schwerpunkt Kinderliteratur an der New School in New York. Sie ist in der Lehre tätig, und in ihrer Freizeit strickt sie, lernt Gebärdensprache und spielt Muggel-Quidditch.

ABUELA
MAMÁ
TÍA PALOMA
MARISOL